吉時良緣 下

風 文創 101

百里堂 著

目錄

第二十五章　親事

凌夢晨怔了怔，臉上露出寵溺的笑容。「妳想知道什麼？問吧！」

「令尊令堂還健在嗎？」

「在！他們身體很好。」

「你家中做什麼營生？」

「我父母整天遊手好閒，家裡嘛，還有點兒土地。」

嗯……普通人家，很好，沒有富豪之家的禮儀規矩。

「可有其他兄弟姊妹？」

「沒有，父親並沒有納妾。」

嗯……沒有姨娘，沒有兄弟姊妹，雖然冷清了點兒，但是沒有那些勾心鬥角，不錯。

「你家在哪裡？」

「在京城。」

京城？雖然遠了點，比不上南方的山明水秀，但天子腳下也是個繁華熱鬧之地。

「那木公子……」

「他父親和我母親有著七拐八彎的親戚關係，因為年齡相近，所以關係不錯。」

聽著那低沈溫柔的聲音，沈梨若瞄了瞄那張普通的臉，只覺無比順眼舒服。

正想著，耳邊響起凌夢晨滿含笑意的聲音。「我說，夫人，咱們是不是該選個日子成親了？」

「成親？」沈梨若驚叫。

凌夢晨一手攬過沈梨若的腰。「不成親，難道妳想進宮服侍皇上？」

「當然不想，可是……」

「妳說明日如何？」

「明……明日！」沈梨若張口結舌。

凌夢晨眨了眨眼睛。「難道娘子嫌晚？那就今夜吧！」

「什麼！」沈梨若尖叫。

見到沈梨若目瞪口呆的傻樣，凌夢晨嘴角一揚。「逗妳玩的，雖然倉促，但我也想給妳一個美好的婚禮，就定在後日吧！」

「可這婚姻大事，總需要你父母同意……」沈梨若的心頓時漲得滿滿的，這樣一個溫柔體貼的男人，嫁給他也不錯。

「放心！」凌夢晨擺擺手。「我娘要是聽到我要成親，就算是娶頭野豬，也會高興得三天三夜睡不著覺。」

沈梨若瞪了他一眼，你才是野豬，你全家都是野豬！

「那我祖母……」

「簡單，包在我身上！」凌夢晨滿不在乎。

沈梨若翻了個白眼，哪裡簡單？就她祖母的性子能這麼輕易地將她嫁出去？不過這樣先斬後奏，祖母除了氣得跳腳，還能做什麼？若是因此趕她出沈家，那就太好了。

「好吧，還有……」

「好了，天色不早了，妳早些休息，明日可有得忙了。」凌夢晨在沈梨若嘴唇上輕輕一啄。

說完，身影便漸漸消失在門口，只剩下沈梨若撫了撫嘴唇，好半晌才回過神來。

第二日，沈梨若頂著黑黑的眼圈出了屋門。昨日晚上凌夢晨的面孔和話語不時出現在她的腦海裡，讓她徹夜難眠。

忽然院外響起一陣喧譁，接著一個聲音傳來：「官爺、官爺！就是這裡！」

緊接著伴隨砰的一聲，院子的木門被人撞開，歪歪倒倒地搖晃著。

「你……你們想幹什麼？」留春驚慌的聲音傳來。

沈梨若臉色一沈，理了理衣衫走了出去。

只見三個衙役站在院中，正是前幾日來宣告選秀女的人，而那個領頭的身側竟然站著之前想來訛詐她的郝仁。

沈梨若眼中閃過一陣了然，她一直納悶是何人向官府通風報信，現在看見郝仁，她終於明白了。

沈梨若定了定神道：「幾位官爺，何事？」

「你說的就是她？」領頭的衙役指了指沈梨若，向郝仁問道。

「是的，官爺。」郝仁哈了哈腰。「據小的所知，這女子姓沈，今年十六歲。」

領頭的衙役上上下下打量了沈梨若一圈，從袖中掏出本名冊模樣的紙張看了一會兒，忽然臉一拉，喝道：「黃正，這是怎麼回事？」

「官爺，這還用說嗎？」郝仁看向沈梨若的眼神盡是幸災樂禍。「顯然是這女子仗著家中有點兒銀錢，便買通了村長……」

領頭的衙役雙眼一瞪。「黃正，你有什麼話說？」

「冤枉啊，官爺！冤枉啊！」村長咚的一聲跪倒在地，連磕了幾個響頭。「這選秀可是皇上的旨意，小的就算有天大膽子，也不敢在此事上弄虛作假啊！」

「那這女子你如何解釋？」領頭的衙役喝道。

「是啊，這女子顯然沒過十八歲，你卻沒有將其名登記在冊，還想狡辯！」郝仁一臉囂張。

「你！你血口噴人！」村長惡狠狠地剮了眼郝仁，望向衙役嚎道：「官爺，全因這女子只是短暫在村子居住，戶籍在陵城，實在算不上咱們村裡之人啊！小的當村長幾十年，盡忠職守……」

「好啦！」領頭的衙役一臉不耐。「這次就饒了你，把她名字加上！」

「是！是！謝謝官爺！」村長急忙站起身。

「不行，我家小姐……」留春叫道。

「妳家小姐可是有福了。沈姑娘，將來要是入宮做了娘娘，可別忘了小的功勞啊！」郝仁滿臉的陰陽怪氣。

「郝仁，這種福氣我可消受不了。對了，我記得你家閨女今年十四……」沈梨若嘴角一勾。

「妳少在那裡東拉西扯，我閨女早許了人了！」郝仁臉上閃過一陣驚慌。

「官爺，小女子也早已有了未婚夫婿，又怎能選秀呢？」沈梨若走到衙役身前。

「妳……妳胡說！」郝仁嚷道。

「這就奇了，難道只准你閨女許人，就不許我定有婚約嗎？」沈梨若斜眼看著郝仁。

「我……我……」感受到衙役疑惑的眼神，郝仁忙道：「官爺，小的原來是沈家莊子的管家，從未聽說小姐許了夫婿。」

留春斜著眼瞄了他一眼。「你不過是一個莊子上的管事，怎可能知道小姐的私事？」說到此，她向衙役福了福身。「官爺您若不信，可稍等片刻，算算時間姑爺應該馬上就回來了。」

接著她道：「本來小姐和姑爺的婚事是定在兩個月後的，不過這段時日……為了避免不必要的誤會，老夫人特地讓姑爺和小姐先成親。」

「官爺，相信我，她們不想選秀……」郝仁急道。

「郝仁！你真枉費郝這個姓，別以為我不知道，你不過是氣沈姑娘解雇你，便心懷怨恨，乘機編造謊言刁難！」黃村長義正詞嚴地斥喝。

黃正當村長三十餘載，素來受村民愛戴，從未和官衙起過任何衝突，可沒想到臨老卻被這郝仁插上一腳，被官爺抓去衙門擔驚受怕了一晚上，如今見郝仁詞窮，怎能不順勢打狗，以報一「晚」之仇。

「官爺，」留春福了福身。「我家小姐乃是陵城沈家九小姐，出身名門。而姑爺和小姐的婚事可是由咱們老夫人親自許下的……官爺您看這院子，這幾日咱們都在為小姐和姑爺的大喜之日忙乎……」

沈家？領頭的衙役眼珠轉了轉，桂慶離陵城不遠，他自然知道沈家，這種世家可不比村民野夫，就是縣老爺見著也得禮讓三分，若是婢女所言屬實，那可不好辦了。

沈梨若盈盈一笑。「若是官爺還不信，小女子可以將準備的喜被、喜服拿出來，官爺看了自然知曉誰說的是真，誰說的是假。」

正說著，一個低沈的聲音在門外響起。「什麼事？」

留春一聽，便歡快迎上去。「姑爺，您回來啦！」

凌夢晨掃過院中的眾人，笑道：「留春，這是怎麼回事？」

「姑爺，這幾位官老爺信了小人讒言，非要將小姐納入秀女候選名單裡。」留春一臉不快。「我都說了小姐和姑爺早定下婚事，可他們就是不信。」

「什麼？」凌夢晨頓時射出一股冰寒刺骨的目光，郝仁一見只覺得一股寒意從背脊直衝入腦門，連忙縮到領頭衙役身後。

「這位官爺，留春所言句句屬實，她確實是在下的未婚妻子。」凌夢晨走到衙役身前。「只因在下主僕幾人只是到此暫住，沒有什麼朋友，因此沒有張揚，引起誤會還望各位多多包涵。」

「頭兒？你看？」其中一個衙役湊上來小聲詢問。

這些衙役本就出身普通人家，自然知道不願選秀的人的心理，雖然說得聲色俱厲，但都是雷聲大雨點小，只要在時間內找到人嫁了，或是有婚書的，都睜一隻眼閉一隻眼放過。今日來到此處也全因有人舉報，沒想到卻是富貴人家子弟，本就有放過之意，如今見凌夢晨雖然樣貌平凡，穿著樸素，但舉止有禮，進退有度，見到他這衙役也毫無敬畏之意，如平常人一般，便料想不是平常百姓，於是更不想追究。

沈梨若走到凌夢晨身邊。「官爺莫要信這小人胡言，當初小女子初來此地，發現此人作為管事卻處處中飽私囊，便辭退他，沒想到此人心腸歹毒，竟然懷恨在心！」說到此，她頓了一下道：「不過誣衊小女子的事小，若是因此讓官爺選了不該選的人，那才是……」

她話音剛落，郝仁便嚇得臉上蒼白，忙道：「官爺，她胡說！她胡說！這男的從他們來的時候就住在隔壁，他們是串通好的！」接著他指著沈梨若。「官爺，她要是有婚約，那應該有婚書在身，只要他們交出婚書，小的……小的任由官爺處置！」

領頭衙役沈吟了一會兒道：「那就煩勞兩位將婚書交出來吧。」

沈梨若和凌夢晨對望了一眼笑道：「官爺真會說笑，小女子出來養病，怎會隨身攜帶婚書，婚書自然放在家裡，由家中長輩保管。」

「哼！空口白牙，說了等於白說！」郝仁斜著眼譏誚。「我看兩位八成是沒媒沒聘，就這樣攪和了吧。」

沈梨若的臉頓時一僵，雖然郝仁算是說對了，但那是她的選擇，還容不得這樣一個小人對自己指手畫腳！並且作為一個女人，被人指著鼻子這樣說，她只覺得一股鬱氣衝上胸口。

就在這時，一個略帶沙啞的聲音傳來。「是哪個不長眼的，竟敢說我的兒子媳婦是私下勾搭，無媒苟合？」

頓時凌夢晨那黑如鍋底的臉拉得更長，眼角直抽。

兒子？媳婦？這人叫的是誰？沈梨若感覺到凌夢晨明顯一僵的身子，面帶疑惑地朝門外望去，這「兒子」該不是指他吧……一想到這兒，沈梨若的心中莫名升起一陣慌亂，連忙撫撫鬢角，理理衣裙，臉上也顯得羞澀和拘謹。

「是誰？」伴隨著一陣輕盈的腳步聲，兩個身影出現在眾人面前。

走在前面之人看上去約莫三十多歲，五官生得雖然不是極好，但臉部稜角分明，身材頎長，渾身上下都散發出瀟灑和英氣。而跟在後面的則是一臉幸災樂禍的木易。

沈梨若的眼神在來人和凌夢晨之間穿梭，若此人是凌夢晨的父親，凌夢晨的相貌和他應該相似？想到這裡，沈梨若的雙眼牢牢盯著那亂糟糟的鬍子，突然覺得無比礙眼，心中不由得升起一種想拔光的衝動。

就在眾人疑惑、好奇的眼神中，凌夢晨的臉上忽然浮現出無奈，接著重重嘆了口氣，迎上來人的目光，喊了聲：「娘！」

娘?!沈梨若瞬間愣住，急忙將已跑到嘴邊的「伯父」二字憋了回去，一張臉唰地一下脹得通紅。

不僅是留春和許四，就連站在一旁的衙役們和郝仁都是一臉的驚訝和不可置信。

沒有理會眾人，凌夢晨上前幾步。「娘，您怎麼來了？」

「我怎麼來了？」凌夫人臉一拉，一掌拍在凌夢晨的腦門上。「你還有臉問？招呼都不打一聲就跑了，害得老娘跟在你屁股後面東奔西跑，要不是木小子……」

「娘！」凌夢晨狠狠瞪了眼笑得無比暢快的木易，嘆了口氣。

凌夫人冷哼了一聲，一把推開凌夢晨，眼神落在沈梨若身上，那張本來還烏雲密布的臉上瞬間萬里無雲。

看著眼前笑得合不攏嘴的凌夫人，沈梨若嘴動了好一會兒才擠出幾個字。「伯母好。」

說著福了福身，誰知她身子剛彎，手便被凌夫人抓住，上上下下打量著。「好！好！」

接著，她轉過頭瞪了眼凌夢晨。「算你有眼光，這次老娘就不和你計較。」

看到眼前這個英武瀟灑，一副男子模樣的人一口一個「老娘」，沈梨若嘴角直抽，心中那點兒醜媳婦見公婆的拘謹和尷尬也被這怪異的一幕掃得無影無蹤。

領頭的衙役見這凌夫人一進門只顧著和自己兒子、媳婦寒暄，視他們一行人為無物，頓時覺得顏面無光。「現在這位公子的母……」說到這兒，他望了眼凌夫人英俊的臉孔，只覺得嘴邊的母親二字怎麼也吐不出來，只得憋了一會兒道：「既然這位公子的長輩來了，那婚書是不是該交出來了？」

「不錯！不錯！」郝仁一見衙役開了頭，也在一旁叫囂著。

「婚書？」凌夫人愣了一下，感受到沈梨若的雙手驟然握緊，便道：「你們要那東西幹麼？」

木易進門時一見到衙役，心裡便明白了幾分，見凌夫人發問，立馬俯到其耳邊小聲說了幾句。

「原來是這樣。」凌夫人恍然大悟似地笑了笑，轉頭望向衙役。「可是我走得急，婚書在我家老頭子身上呢。」

衙役還未說話，郝仁便譏笑兩聲。「哼！沒有就是沒有，胡編亂造地說什麼胡話。」接著他轉向領頭衙役。「官爺，這幾人就是串通在一起糊弄你呢。你看她那樣，不男不女的，一看就是個老騙子！」

沈梨若臉色頓時有些難看，雖說是第一次見面，凌夫人舉止有些怪異，但無論如何也是凌夢晨的母親、她未來的婆婆。如今有人在她面前辱罵家中長輩，她直接想將這面目可憎的小人趕出去，怎想腳剛跨前一步，衣衫便被人扯了扯。沈梨若一看，看見木易笑著對她搖搖頭，然後抱著胸一副看好戲的模樣。

至於凌夢晨站在原地眼觀鼻鼻觀心，彷彿被辱罵的不是自己的母親。

在沈梨若詫異不解的目光中，只見凌夫人身形一動，伴隨著一陣恐懼的嚎叫聲，一個虛影便在空中劃過一道弧線，消失在眾人的視線裡，而前一刻還在眾人眼前的郝仁已經不見了蹤影。

凌夫人拍了拍手笑道：「剛剛有個不知是什麼東西在這兒亂吼亂叫，打擾咱們的談話，便隨手扔了出去，你不要見怪。」

「呵……呵呵……」領頭衙役喉嚨裡發出一陣難聽至極的笑聲，望向凌夫人的眼神變成了敬畏。

沈梨若目瞪口呆地看著凌夫人，怪不得木易和凌夢晨都毫無動作，原來她這未來婆婆是如此的……與眾不同。想到那飛出去的身影，沈梨若心裡不由得打了個哆嗦，這下郝仁就是不死也得斷上不少骨頭。

「你剛剛說什麼？婚書？」凌夫人瞥了眼領頭衙役。

領頭衙役擦了擦頭上的冷汗。「這……這個不用了，不用了……」

「不用了？」凌夫人一臉為難。「這不合規矩吧？」

「哪……哪會啊！」領頭衙役滿臉苦色。

「夫人，您說的哪裡話，令公子和沈小姐一看就是郎才女貌……」

「不錯，不錯，這明眼人一看就知道的事情還需要什麼婚書啊……」

一旁的衙役也七嘴八舌地湊上來，心裡暗自抱怨：就憑剛那一手，誰敢說讓妳交嗎？他們又不是活膩歪了，想豎著出來橫著回去。

直到幾個衙役慌慌張張逃走的身影消失在她的視線裡，沈梨若依然呆愣站在原地。

「爹呢？」耳邊傳來凌夢晨的聲音。

接著凌夫人的聲音傳來。「你爹？被一堆蒼蠅纏住了，我已經給他留了信，明日就會過來。」

凌夢晨的爹？沈梨若不由得擦了擦頭上的冷汗，只覺得本來就亂糟糟的腦袋更是一團亂麻。

她渾渾噩噩跟隨著眾人進屋，看著凌夫人大發神威將凌夢晨狠狠教訓了一番……直到夜色降臨，她躺在床上，腦子都還是迷迷糊糊的。

沈梨若睜著眼睛躺在床上，成親？回想到上一世出嫁前心中的緊張、興奮和惴惴不安，此時心中除了一絲迷茫和期待外，更多的竟然是平靜和心安。沈梨若嘴角揚了揚，果然這種平凡普通的生活才更加適合自己……

迷迷糊糊間，有人在耳邊喚著：「小姐、小姐，時候不早了，該起身了。」

沈梨若緩緩睜開眼，看見留春滿臉笑容的臉。

「小姐，先試試嫁衣，現在還有時間，若是有不合適的地方，奴婢還可以改改。」留春扶起她。

沈梨若瞥了眼那火紅色的嫁衣，一顆心早已沒了昨日的平靜，不爭氣地跳得老快。因時間著實倉促，嫁衣、喜被都不及準備，只得用留春的替代，看著留春因熬夜而通紅的雙眼，沈梨若忙道：「肯定合適，妳的手藝我還不相信嗎？」

「小姐，這是嫁衣，可不是平常的普通衣衫，有點不合身也無所謂。女人這輩子也就穿這麼一次，怎麼能馬虎……」在留春的絮絮叨叨中，沈梨若只得點了點頭，穿上紅色的嫁衣。

「小姐，您真漂亮。」留春上上下下打量了一番。「姑爺看了肯定移不開眼。」

「叫妳貧嘴！是妳的手巧，瞧這衣服改得就跟專門為我做的一樣。」沈梨若不好意思地看著留春。「留春，難為妳了，這本來是妳的……」

「小姐，說什麼呢？離奴婢成親還有個把月，有得是時間再做一套。」說到這兒，她頓了頓。「只要小姐到時候別忘了多給奴婢點壓箱錢。」

「放心，少不了妳的。」沈梨若伸出手指在她額頭上點了點。

雖然時間緊湊，一切從簡，但整個小院還是掛滿紅色的幔帳，火紅的「囍」字處處透露出喜慶。

太陽剛剛冒了頭，沐浴完畢的沈梨若便坐在梳妝檯邊。她本就不喜戴諸多首飾，所以平時梳妝檯上總是空蕩蕩的，可今日上面卻被擺滿了，沈梨若笑了笑，看來留春將她的壓箱底都給翻了出來。

正想著，門外響起一陣腳步聲，接著幾個婦人便在留春的帶領下走進來。

「各位嬸嬸好。」沈梨若站起身行禮，一面疑惑地望向留春。

留春笑了笑。「小姐，這可是親家夫人找來為小姐梳妝的，都是兒女雙全，這村裡有福氣之人。」

沈梨若一聽，頓時心裡暖烘烘的，她這未來的婆婆看上去雖然大大咧咧的，卻有著一顆細膩體貼之心。

眾人紛紛圍過來說著一堆吉祥話，沈梨若坐在梳妝檯前，由一位年過半百的婦人作為喜娘替她梳頭。

這出嫁梳頭本由家中福氣豐厚的老人來做，但現下在桂慶，又是瞞著沈家成的親，沈梨若自然不可能請來家中老人，便由這位兒女雙全，多子多孫，村中最有福氣的婦人代勞。

「一梳梳到頭，富貴不用愁，二梳梳到頭，無病又無憂，三梳梳到頭，多子又多壽。再梳梳到尾，舉案又齊眉，二梳梳到尾，比翼共雙飛，三梳梳到尾，永結同心佩，有頭有尾，富富貴貴。」

上一世替她梳頭的是沈家的一位長輩，當時的她滿心歡喜坐在梳妝檯前，看著銅鏡裡自己含羞帶怯的臉，聽著喜娘的吉祥話，心中滿是甜蜜。可惜那些祝福卻沒能為她帶來任何好運，反而……眼前忽然浮現起凌夢晨那張臉，這一世應該有個好歸宿吧。

足足折騰了一個多時辰，沈梨若才穿戴完畢，剛收拾妥當，門外便響起了木易的聲音。

「小妹……」

門內娘子軍便嘰嘰喳喳地說著：「這可是新房，男人走遠點。」

「走開、走開，要看新娘子等拜了堂再說……」

木易被娘子軍們一陣埋怨，頓時沈默了好一會兒才小心翼翼道：「這行禮還早著呢，我怕小妹餓了，特帶了些糕點……」

木易一口一句小妹，倒讓沈梨若愣了愣。「小妹多謝大哥。」

俗話說聘則為妻奔為妾，不過如今風氣開放不少，坊間男女兩情相悅，因家中反對而奔走的不在少數，沈梨若的父母便是如此。可凌夫人卻在昨日裡讓木易認了她為義妹，並立即拿出一套翡翠首飾作為聘禮，讓她今日能名正言順地嫁進凌家。如此通情達理、為她考慮周到的夫家，沈梨若心中感到無比溫暖。

她向留春使了個眼色。留春點了點頭，將門小心翼翼開了一條縫，接過糕點，白了木易一眼，便砰的一聲把門關上了。

沈梨若見此，笑了笑，雖然木易現在的身分轉變，但似乎也改變不了他在留春心中的惡劣印象。

「小姐，先吃點墊墊肚子吧，一出了門，可得等到禮成才能吃東西，不然會不吉利的。」留春將糕點端到沈梨若身前。

拿起一塊糕點咬了一口，只覺得甜膩的味道慢慢在嘴裡散開，一直散發到心裡。上一世她出嫁時可沒有人給她遞糕點吃食，一直餓著肚子等到劉延林醉醺醺的進了新房，她才有機會慰勞自己早已餓得抽筋的肚皮。卻沒想到這剛認的義兄竟然比那些嫡親的血脈親人更加體貼周到。

剛吃了兩塊，門外便響起許四緊張的聲音。「小姐、小姐，凌、不不……姑爺、姑爺來迎親了。」

「什麼？咳咳……」正吃著糕點的沈梨若心中一緊，頓時嗆得連連咳嗽，眼淚都流了出來。

留春忙掏出手絹，小心翼翼擦掉沈梨若嘴邊的碎屑和眼角的淚珠。「小姐，小心點，這可是大喜的日子，眼淚別再流了。」

見留春一陣手忙腳亂地為沈梨若整理衣衫，為她梳頭的婦人開了口。「急什麼？慢慢來，這女人嫁人一輩子就一回，那麼著急做什麼？」

接著其他幾個婦人也道：「就是，讓他等著。」

「咱們這如玉般的人兒是這麼好娶的嗎？」

妳一言，我一語，倒讓沈梨若緊張慌亂的心平靜下來，坐在梳妝檯邊，仔細看著鏡子裡那張雪腮玉頰，瓊鼻朱唇的臉孔，露出一抹輕笑。果然人靠衣裝，佛靠金裝，她上了妝也有幾分美人模樣。

眾人慢條斯理地為她打理，閒聊著，門外卻是熱鬧非凡。

幾個身圓體粗的大漢將院門堵得嚴嚴實實，而木易昂著頭，挺著胸，一副不可一世地站在最前面。「我說妹夫，你這什麼表示都沒有就想娶我家小妹回家，怕是不太厚道吧。」

凌夢晨瞅了眼這才出爐的大舅子，知他故意刁難，倒也不氣。「你想怎麼著？」

「妹夫，別怪做大舅子的沒提醒你，這成親一輩子一回的大事，你這鬍子八叉，不修邊幅的模樣就想進門，是不是太隨便了？」

他的話音剛落，周圍看熱鬧的人便幫襯。「不錯，不錯。」

木易唰的一下打開摺扇，搖了兩下。「咱們今日一切從簡，可你總得收拾妥當，衣冠整潔吧。今兒個，我不多為難你，不要你寫什麼催妝詩，趕快把你那鬍子剃了！」

他頓了頓，掃向周圍的人一圈。「你們說是不是啊？」

「對，快剃！」四周響起一陣笑鬧聲。

「我剃了就讓我進去是吧？」凌夢晨眼中閃過一陣厲色。

木易不由得退了一步，接著又覺得不對，連忙挺起胸膛。「不錯，剃了就能進去。」

凌夢晨深深地看了眼木易，直看得他心驚膽戰，心裡直唸：「別怕，我可是他大舅子，大舅子！」

「拿來！」凌夢晨手一伸。

望著身前的手，木易一愣。「什麼？」

「刀。」

刀？木易忙雙手環胸，驚道：「你想幹麼，我可是你大舅子。」

凌夢晨揚了揚眉。「你不給我刀，我拿什麼剃鬍子？難不成讓我用手拔？」

木易愣了愣，看了凌夢晨好一會兒。「你真剃？」

「你再不給，我就進去了！」凌夢晨沒好氣。

「我給，我給。」木易連連點頭，交代許四。「快去拿，快去！」

沈梨若並不知道凌夢晨在眾目睽睽之下刮起鬍子，只覺得門外本來還嘈雜的鬧騰聲忽然安靜了下來，正當眾人不知所以時，門外才響起許四結結巴巴的聲音。「小……小姐，姑、姑爺已經準備……準備好了，這、這時辰也不早了，快……快出來吧。」

聽到許四聲音中的震驚、歡喜和隱隱的不可置信，沈梨若心中不由得好奇，這發生了什麼事，讓許四竟然如此慌亂。

蓋好蓋頭，只聽見「咿呀」一聲，門開了。沈梨若在留春的攙扶下緩緩向外走去。

「新娘子要出門了。」喜娘高昂的喚聲剛落下，門外響起了一陣騷亂。

木易拍拍身旁一襲紅色禮服的凌夢晨。「我說妹夫，你這鬍子刮得真好，這剛刮完，就把我小妹給等出來了。」

凌夢晨沒有制止木易的調笑，雙眼一直盯著屋門，臉上難得出現一抹急切，直至見到那抹紅色的身影，臉上才露出一絲輕笑。

人群中原本的騷動頓時一靜，就連留春的腳步也停了下來。感覺到留春的異樣，沈梨若忙隔著蓋頭往前看去，可惜除了一片紅以外什麼也看不到，只得伸手輕扯留春的衣袖。

才剛碰到她的袖子，留春彷彿回過神來，攙扶著她慢慢地向前走去。而原本安靜的人群也頓時喧鬧起來。

望著那越來越近的紅色身影，凌夢晨只覺得呼吸一窒。火紅的衣衫猶如一團雲霞，衣著樣式雖然簡單，卻勾勒出窈窕的身姿，一搖一曳間，體態纖盈，惹人憐愛。雖然紅色的蓋頭遮住了嬌顏，但襯著脖子上的白皙卻讓他更離不開眼。

第二十六章　新婚之夜

「新娘子來了！」

「快看，快看！」

「真是男的俊、女的俏，一對璧人啊。」

按捺不住心中的急切，凌夢晨剛想大步跨上去，就被一個手臂攔住。

「我說妹夫，別著急啊，咱們家和你家這才幾步的距離，耽誤不了吉時的。」木易對上凌夢晨半眯的雙眼。「你總得讓我家小妹先向我這個做大哥的辭別啊。」

凌夢晨瞥了眼那抹火紅的身影，只覺得木易那張滿臉笑容的臉無比礙眼。「知道了，我的大舅子！」

「這才是我的好妹夫。」木易嘿嘿一笑，不理會凌夢晨僵硬的臉，搖晃著身子走到沈梨若身邊。「好妹子，嫁給那個呆愣的木頭真是苦了妳。以後若是他敢欺負妳，告訴大哥，大哥立刻替妳教訓他，若是妳哪一天不想待凌家了，隨時回來找大哥，家裡的大門永遠為妳敞開，大哥照顧妳一輩子。」

沈梨若一聽，不由得好笑，別的新婦出門，娘家人莫不是教導新婦要賢慧守德，孝順父母，好生侍候丈夫，只有她這義兄才會在她還未出嫁便想著讓她拋夫了。

「你永遠不會有這個機會。」耳邊傳來一陣冷哼，接著她的雙手便落入一雙大掌內。
頓時，周圍響起一陣喧鬧聲。
「恭喜恭喜！」
「祝早生貴子，白頭偕老！」
「祝兩位百年好合！」
喧鬧聲中，留春見凌夢晨拉著沈梨若便走，忙道：「姑……姑爺，小姐還得上轎呢。」
凌夢晨的腳步猛地頓住，木易湊過去嬉皮笑臉嘲弄。「我的好妹夫，看來你還得耐住性子，先等等了。」
凌夢晨瞪了他一眼。「木易，這次我記下了，等到你成親那日……哼！」
木易晃了晃腦袋，笑嘻嘻的。「妹夫，你就等著吧！這世間美女如雲，你大舅子我又怎會如此快就成親呢？」
雖說凌夢晨如今住的地方與她的小院只有幾步之隔，可是凌夢晨還是找來喜轎，一路吹吹打打地繞著村子走著。因為最近成親的人家很多，這轎子的材質算不上好，但轎子裡面的陳設卻看得出凌夢晨下了不少心思，鋪上厚厚的褥子，旁邊還靠著個紅色引枕，讓她坐在裡面不會顛簸難受。
轎子的地上布滿穀子和稻子，這是喜娘提前撒的，有五穀豐登、吃穿不愁的吉祥意思。
足足繞了村子走了兩回，轎子才在凌夢晨租的院子前停下。

「新娘子入門啦！」在喜娘的喊聲中，沈梨若讓留春攙扶著下了轎，由凌夢晨牽著跨進了凌家的大門。

猶如木頭般在喜娘的安排下拜了堂，沈梨若便渾渾噩噩地被送入新房。

此時，凌夢晨在前院裡應酬客人。

二人雖然到此不久，相熟的沒有幾個，但這嫁娶之事本就喜慶，周圍也有不少鄰里前來祝賀，所以整個院子倒也擺了十來張桌子，觥籌交錯間甚是熱鬧。

夜色降下，新房內掌起了燈。

聽著院子中隱隱傳來的喧鬧聲，沈梨若呆呆坐在床邊，摸著床上寓意著「早生貴子」的棗子、栗子、花生，只覺得今日的一切恍如夢中。

耳邊聽到留春的聲音說：「小姐，今日親家老爺到了。」

「到了？」沈梨若拉回飄飄忽忽的思緒。「什麼時候？」

「今兒個一早就到了，拜堂時還受了小姐的禮呢。」留春笑了笑。「不過小姐的心裡估計只掛念著姑爺，又蓋著蓋頭，自然瞧不見旁人。」

「油嘴滑舌！」沈梨若嗔道。「公公人如何？」

「親家老爺有點冷，不怎麼說話，不過長得……嘖嘖。」留春忽然頓了頓，臉上泛起一陣怪異。「哎！小姐明日見了不就知道了。」

見到留春臉上的怪異，沈梨若心中直犯嘀咕。「這婆婆長得猶如男子般英俊瀟灑，公公該不會如女子般……」剎那間，她的腦海中呈現出一個身材嬌小纖瘦，翹著蘭花指，嗲聲嗲氣的男子模樣，不由得打了個冷顫。

有這樣一對父母……凌夢晨那亂糟糟的鬍子下面？沈梨若臉色頓時複雜無比，難不成他留那一臉鬍子便是為了遮住那與眾不同的容顏？

正胡思亂想著，留春略帶羞澀的聲音傳來。「小姐，這是親家夫人讓我給您的，讓您好生看看……」

接著一本小小的冊子便落在她的手裡，頓時沈梨若臉一紅，望著手中小冊子，自然知道是何物。

上一世好歹也嫁過一次，怎會不知道這便是所謂的春宮圖，看來她那婆婆怕她不曉世事，特意找來這本書教導她。低著頭，沈梨若紅著臉翻了翻，只見裡面一對對白花花的人兒擺著各式各樣的姿勢攪和在一起，頓時一張臉紅得堪滴出血來。

「啪」的一下合上書本，沈梨若扔到留春的懷裡。「好了。」

「小姐，親家夫人吩咐奴婢一定要囑咐您好好看完……」留春扭扭捏捏地說。

「看了，看了。」沈梨若擺了擺手。「反正下個月妳就要成親了，正好收著去研究研究。」

「小姐……」留春剎那間羞得滿臉通紅，站在一邊直跺腳。

正說著時，喜娘走了進來。「新郎官兒就要來了，快坐好。」

沈梨若立馬坐好，只覺得一顆心怦怦直跳。

「姑娘真是好運，找了個那麼俊俏的郎君，不能說俊俏……哎，老身也不知如何形容，老身活了這麼大年紀還第一次見到如此俊美之人。」喜娘將桌上的棗子、花生、栗子擺放整齊邊念叨著。

俊俏？沈梨若揚了揚眉，回想著凌夢晨的模樣，除了眼睛生得好，其餘五官都被那把鬍子遮住，實在看不出哪裡俊俏，迷惑了好一會兒才揚了揚嘴角，這八成是喜娘說的吉祥話吧。

忽然房中一靜，接著留春細聲細氣的聲音傳來。「姑……姑爺。」

沈梨若心中一緊，雙手猛地攥緊了衣角。

「新郎官來了啊，快來，坐到新娘子旁邊。」喜娘笑盈盈迎了上去。

伴隨著窸窸窣窣的聲音，身邊的被褥一沈，一個身影便坐到她的身邊。

沈梨若身子一縮，兩隻手攥得更緊了。

「請新郎官掀蓋頭。」

喜娘的聲音落下，一把喜秤便出現在沈梨若的眼前，接著，蓋頭輕輕掀起，她羞紅的臉孔便出現在眾人眼前。

感覺到身邊明顯急促的呼吸聲，沈梨若一顆心竄得老快，忙低下頭。

「祝願新人長相廝守，百年好合，白頭偕老，早生貴子！」耳邊傳來喜娘的祝賀聲，接著眼前一暗，燈滅了，門也悄然無息地關上，只留下几案上的一對紅燭燃燒著，搖曳的燭光照著兩人的身影。

沈梨若身子一僵，聽到身邊沈著有力的呼吸聲，只覺得一張臉紅得燙人。

「夫人……該喝合巹酒了。」

這一聲夫人讓她渾身一顫。接過綁著紅線的瓢飲，沈梨若慢慢地抬起頭，視線羞羞怯怯地落到了凌夢晨臉上。

「啪嗒」一聲，沈梨若雙手一鬆，瓢飲落到她的腿上，翻了圈，往地上滾去。因有紅線繫著，瓢飲還未落地便一搖一擺地在半空中吊著。

「你是誰？」顧不得已經被沾濕的衣衫，沈梨若猛地站起身，連退好幾步，直碰到桌邊才穩住身形。

瞪著眼前這個坐在床邊、手執瓢飲的男子，沈梨若有一瞬間失神。

男子滿頭如墨的烏髮披在肩上，五官輪廓分明，雙唇紅顏潤澤，點點的燭光照在他的臉上，映得那雙長長的鳳眼清透瀲灩。整個人從頭到腳彷彿是天上神佛一筆一畫精心雕刻而成。若說木易是英俊，那眼前這男子便是美，足以讓天下女人為之迷醉，為之傾倒。

搖了搖沈迷於男色的腦袋，沈梨若喝道：「你是誰？怎麼進來的？」

「妳說呢？」男子愣了愣，摸了摸下巴站起身，揚起嘴角，臉上蕩起一陣溫柔。

沈梨若身子向後靠了靠，瞪著那雙流盼生輝的鳳眼。「凌大哥呢？」

去。

「凌大哥？」男子難掩雙眼的笑意，慢慢踱著步子向前。「妳擔心他？」

「你別過來！」望著男子越來越靠近的身影，沈梨若心中一緊，提起裙襬便往門邊跑去。

可她的手還未碰到門，她的腰便被人一把環住。

「啊！」沈梨若的心頓時停住了，尖叫衝出嘴唇。

「救……唔！」沈梨若搖晃著腦袋，死命掙扎著。

這人是誰？是誰？為何會出現在她的新房內，凌夢晨呢？那個一臉討厭的大鬍子呢？為何從頭到尾都沒有人發現有陌生人進來？

忽然，腦中靈光一閃，回想著進新房後的種種，沈梨若慢慢停止了掙扎。

沒了剛剛的慌亂，沈梨若感覺到身後氣息散發出的熟悉感。

「放開我。」沈梨若低聲道。

「若我說不呢？」戲謔而低沈的聲音在耳邊響起。

這語調、這聲音……沈梨若瞇起眼睛，喝道：「別讓我說第二次，放開！」

感覺到壓在腰上和嘴上的手掌鬆開，沈梨若迅速脫離男子的懷抱，慢慢轉過身對上男子滿含笑意的雙眼。「鬍子呢？」

「什麼？」男子先是一愣，接著摸了摸光滑的下巴。「哦……妳問今日那新郎官啊？」

露餡兒了，還裝！沈梨若暗自翻了個白眼。「不錯，就是那個面目可憎的大鬍子。」

眼角抓住凌夢晨眼中閃過的不爽，沈梨若剝開一顆花生放在嘴裡，雖然有木易的糕點墊底，可折騰了一天，她早就餓得前胸貼後背了。

「他啊，我見他長那副模樣還想娶這麼個美嬌娘，一時氣憤，便順手解決了。」男子湊到她的身邊。「美人，沒了他，由我代替如何？」

沈梨若轉過頭，捏著他的下巴左右瞅了瞅。「嗯……長得還不錯，可以。」接著不理會男子憤怒的目光，往床上一坐，端起桌上的湯圓吃了起來。

「美人難道就沒有一點兒心疼？」

聽著男子飽含怒氣的聲音，沈梨若暗自翻了個白眼。讓你裝！

「我幹麼要心疼，若不是皇上選秀，我才不會嫁給他呢。」沈梨若擦了擦嘴，迎上男子帶著痛楚的雙眸。「就他那副邋遢難看的模樣，我怎會看得上？你說對吧！」

「妳……」男子長長的鳳眼泛起一陣血色。

「我怎樣？」沈梨若昂起頭，毫不避諱地瞪視。

「妳這個……」男子身上泛起一陣令人膽戰心驚的寒意。

「我這個無恥浪蕩、水性楊花的婦人？」沈梨若毫不畏懼，兩眼一瞪，手一伸便掐起男子手臂上的一團肉，手一扭擰成麻花狀。

見到男子的臉由白變紅，再由紅變紫，沈梨若嘴角一勾。「我說凌夢晨，你真當我是傻子？啊！」

凌夢晨先是一愣，接著風雨欲來的雙眼立刻泛起一陣喜色。「我怎麼敢呢？我的夫人可是最聰明伶俐的。夫人……什麼時候認出是我的？」

「就你這笨拙的伎倆，剃了鬍子難道就認不出來了？我告訴你，就你那聲音……」沈梨若一頓，瞥了眼凌夢晨那張傾城的臉，心中那抹得意轉瞬間消失得一乾二淨。

上一世嫁給劉延林那個風度翩翩的男子，便已有眾多女人前來爭奪，最後自己還死於非命。而眼前這個足以讓所有女人傾心的男子……沈梨若心中越發沈重，雖然女子都希望自己的夫君相貌英俊，文武雙全，可是有了上一世的教訓，她一直希望找個普通平凡的良人度過一生，沒想到老天卻開玩笑般，將這原本普通的夫君一夜之間竟成了個傾城的翩翩美男……沈梨若只覺得一顆心瞬間跌落谷底，她幾乎可以想像以後即將蜂擁而至的狂蜂浪蝶。

「若兒，生氣了？」瞧見笑意消失得無影無蹤的小臉，凌夢晨柔聲問道。

他不知道沈梨若正在糾結他的容貌，還以為她只是氣自己戲弄她，鬧著彆扭便沒有在意。若是他知道沈梨若心中想的是什麼，怕會立刻火冒三丈立刻衝到隔壁，一掌將這一切的始作俑者木易拍死。

壓下心中的煩悶，沈梨若吐了口氣，眼神瞄上了那張就算在黑夜中也光彩奪目的俊顏，搖了搖頭。「沒有。」

話音剛落，耳邊便傳來溫柔的聲音。「若兒，夜深了，咱們……」

沈梨若心中一跳，眼珠轉了轉，視線正巧掃過床沿用紅線綁住的瓢飲，心中一動，她可沒忘記他一喝酒就醉的毛病，雖然上次不小心吃了虧，但酒釀丸子裡的酒畢竟少，若是他喝下這滿滿的一瓢……

沈梨若臉上頓時泛起甜甜的笑容，重新斟酒。「凌大哥，別急，咱們還沒喝合卺酒呢？」

「若兒，叫我夫君。」凌夢晨視線掃過她甜膩的笑容，再轉到瓢飲上，揚了揚眼。

「啊！」沈梨若的臉剎那間變得通紅，但為求他喝下酒，她張了張嘴，半晌才羞澀地說：「夫君……」

柔柔軟軟的聲音浸入凌夢晨的心田，他雙眼一沈。接過盛滿酒水的瓢飲，瞥了眼笑容甜美的沈梨若，嘴角輕輕勾起一抹微笑。

這小丫頭，鬼主意還真多。

「快喝吧。」沈梨若右手托著瓢底，送到他嘴邊。

凌夢晨瞥了她一眼。「妳呢？」

沈梨若兩眼一翻，她自然知道這酒得夫妻一起喝，取心相連，從此夫妻一體的吉祥之意。可她現在心中極不痛快，巴不得他趕緊喝完酒，自己好逃之夭夭，哪還顧得上什麼吉不吉祥。

聽到他的話語，便俯下身子往另一只瓢飲上湊，卻不承想動作太急，一不小心便和凌夢晨的頭撞在一起。

「哎喲！」沈梨若的嘴剛挨著瓢飲，被這一撞差點被磕下半顆牙，忙捂著頭痛呼出聲，雙眼瞪向凌夢晨。

「撞疼了嗎？」那滿臉怒容的臉，在凌夢晨的眼中卻覺得嬌豔動人，他寵溺地摸了摸她的頭。「乖，這得慢慢喝。」

感受到那掌心熱燙的溫度，再對上那溫柔的眸子，沈梨若心不爭氣地停跳了幾拍，忙吐了幾口氣，心中直念叨：這都是為了讓他快點飲酒，快點飲酒……

沈梨若放慢了步調，兩人的額頭挨著，在呼吸交纏的曖昧中，喝完了合巹酒。

壓下心中的萌動，沈梨若盯著他，靜靜等待著他酒醉倒地。

於是在她的注視下，凌夢晨臉色正常地站起身，蹲下身子將瓢飲放到床下，預示著夫妻二人從此以後同心協力，心心相印。然後，他慢慢湊到她身前。「夜色不早了，我的夫人，該就寢了。」

「啊？」沈梨若被這突然接近的俊臉嚇得一驚，連忙向後縮了縮，打量臉色無異狀的凌夢晨，心中暗自著急。

怎麼還不醉呢，上次可是一下子就倒地了。

她眼神四處搜尋著，最後落到桌上那盤餃子上。「還……還沒吃餃子呢。」

「哦？想吃？」凌夢晨瞥了她一眼。

被那雙炙熱的眼一瞥，沈梨若只覺得心驚肉跳，下意識地想逃，可腿才剛邁出一步，腰便被人摟著，接著耳邊響起低沈的聲音。「想去哪兒？」

沈梨若一驚，磕磕巴巴道：「吃……吃餃子……」

「乖，讓為夫餵妳。」凌夢晨看了她一眼，鬆開手臂，端起餃子挾起一顆送到她的嘴邊。

沈梨若慢騰騰地俯下頭，張嘴咬了一口。酸澀無比，果然難吃。

「好了，該就寢了。」見沈梨若吃了餃子，凌夢晨放下盤子。

「我……我還沒說呢？」見他一副要立馬上床就寢的模樣，沈梨若緊張得全身繃緊，雙眼悄悄地瞄了瞄大門，小聲道。

凌夢晨停住手上的動作，老神在在地望著她。「說吧。」

「呵……呵呵。」沈梨若乾笑兩聲，雙腳慢慢往門口移動著，語無倫次地說道：「說什麼呢？哦，對了，生……生的。」

可她的小動作怎能逃過凌夢晨的眼睛。沈梨若還沒移出一尺，手臂就被拉住接著一帶，身子便被他攬在懷裡。

「這次又想去哪裡？嗯？」

話音剛落，一陣天旋地轉，她的後背已貼在床上，接著凌夢晨的身子壓了下來。

「你……」沈梨若張了張嘴，他怎麼還沒醉倒？

可話還未出口，一張溫暖潤滑的唇便覆了下來，似乎是因為沒有了鬍子的阻隔，他呼出的氣息格外灼熱，讓她的呼吸也急促起來。

他的唇在她的唇上輾轉著。「叫夫君！」

聲音含糊，卻帶著霸道。

她一把按住往衣衫裡游移的手，只求拖延時間好等他醉倒，於是便開口道：「夫……夫君。」

不過這聲音一出口卻出乎意料的柔軟甜膩，凌夢晨的雙眸頓時一暗，如同兩團漆黑的濃墨，手下的動作更加急促。

怎麼還沒醉？沈梨若心中正著急，突然間衣衫被他一扯，胸口一股涼意襲來，緊接著左胸便被溫暖濕潤包圍。

沈梨若身子一僵，一股酥酥麻麻的感覺蔓延到全身，身子頓時一軟。

恍惚間，溫熱的觸感沿著鎖骨，劃過她白玉般的下巴，最後狠狠覆在她唇上，撬開了她的牙關，淡淡的酒氣在她的唇舌間翻攪，捕捉她嘴裡的柔軟。

一吻過後，還在等待凌夢晨醉酒倒地的她，才發現自己的陣地早已被眼前之人攻掉大部分，全身上下只剩一條褻褲掛在腿上，其餘的已經不見蹤影。

「你……你不是不能喝酒嗎？」幾乎用盡了全身的力氣，她才軟軟問出這句話。

話音剛落，胸前一疼，在沈梨若的痛呼聲中，凌夢晨沙啞的聲音響起。「壞丫頭，就知道妳沒安好心，可惜我早已向母親拿了解酒藥。」

解酒藥？解酒藥！

沈梨若兩眼發直，瞪著眼前這副衣衫半褪的結實胸膛，在燭光的照射下猶如精美瓷器般誘人，頓時覺得呼吸有些困難，她嚥了嚥口水，迎上那雙鳳眼，彷彿要沈浸在他如水般蕩漾的雙眸中。

凌夢晨凝視著眼前這張含羞帶怯的嬌顏及白皙如玉般的嬌軀，只覺得每一分每一毫都牽引著他心弦，感受著手下如絲緞般的細緻觸感，他用沙啞的聲音道：「若兒，我要妳伴我一生一世！」

沈梨若身子一顫，只覺得胸口漲得滿滿的，如白玉般的身子剎那間染上淡淡的紅色，如一潭水般融化在他的懷裡。

迷迷瞪瞪間，沈梨若的手緩緩撫上了他的臉，想起與他相遇後的種種，她的心中滿是柔軟和溫暖，這就是她今生的夫，她今生永遠的依靠……

手指順著他的臉頰滑下，忽然她頓住了，入手之處一片光滑，哪有記憶中那硬邦邦的觸感。她睜開眼望著俯在自己胸前那張絕美的臉，嘴邊泛起一陣苦笑，沒想到她苦苦盼望的平凡普通的丈夫竟然有著這樣一張傾國傾城的臉。

她也曾好奇過那鬍子下是何種模樣，卻不承想最終會得到這樣一個答案，這樣一張臉，不僅是女人，有些男人見到也會為之著迷吧？沈梨若心中頓時泛起一陣苦澀。

一生一世？多麼美好的誓言，可是隨著時間推移，他還能保持現在對她的愛戀？若是有一天遇到一個無論樣貌、地位、身分處處強過於她的女子，他又將如何？是不是轉眼間她便會被他忘在腦後……

似乎感覺到沈梨若的異樣，凌夢晨抬起頭，凝視眼前這張滿是愁緒的臉。

「怎麼了？」聲音溫柔似水。

「沒事。」沈梨若別過頭，不讓他看見她眼角的淚光。

沈默了一會兒，見身上之人沒有進一步的動作，沈梨若詫異地轉過頭。

凌夢晨深深凝視了她一眼，拉過被子蓋住那讓他著迷的嬌軀，身子一翻，便側身在她身邊躺下。

「你……」沈梨若張了張嘴，望著近在咫尺的俊臉。

「叫夫君！」話還未說完，凌夢晨低沈的聲音傳來。

「夫……夫君……」沈梨若心中有些發虛。

「時候不早了，睡吧。」凌夢晨手一撈，便將她的腰肢帶進懷裡。

沈梨若一驚，下意識掙扎，卻不想腰上的鐵臂勒得更緊。

「睡覺！」

沈梨若還想掙扎，可頂在腹部上那火熱堅硬的觸感頓時讓她身子一僵，立馬老老實實縮在他懷裡。

直到過了許久，凌夢晨感到懷中人的身子不再僵硬，才伸手輕輕撫摸著那如絲緞般的秀髮喃喃道：「我會等著，等著妳……心甘情願的一天。」

又過了一會兒，他的聲音越發柔軟。「若兒，雖然妳沒說什麼，但這次婚禮也實在倉促，妳等著，等回了家，我定會補償妳的。」

說完，他緊了緊雙臂，彷彿環抱著無比珍貴的寶貝般緩緩閉上眼。

可他沒有瞧見，黑夜中，靠在他胸口上的沈梨若忽地睜開雙眼，目光如寶石般晶瑩剔透……

第二十七章 回京

清晨，日頭從雲層裡冒了出來。

新房內，紅燭已經熄滅，只在案上留下點點紅印。淡淡的光亮透過窗紗灑下點點金光。微風拂過，紅色的幔帳輕輕拂動，露出裡面的一雙人影。

許是外面清脆的鳥叫聲打破了屋內的寧靜，帳內的人輕輕動了動，紅色的喜被滑下了一角，露出一道赤裸的寬闊背部。烏黑如墨的長髮順著肩膀而下，垂到帳外，一隻有力的臂膀橫過喜被，小心地將裡面嬌小的人兒圈在懷裡。若不是頂部那幾縷如絲緞般的秀髮和被角處露出幾個晶瑩圓潤的腳趾，乍看還不容易發現那被遮得嚴嚴實實的嬌小身影。

聽到門外突然而至的金屬撞擊牆壁的嘈雜聲和留春壓低的驚呼聲，凌夢晨那長如羽扇的睫毛輕輕扇動，露出一雙帶著笑意的黑眸。

細細打量著胸前那張細膩的容顏，凌夢晨嘴角輕輕上揚，勾起一抹微笑。雖說昨日沒能突破最後關頭，可這個如珠玉般晶瑩剔透的人兒終於名正言順成了他的了。

低下頭，鼻尖輕輕觸到她的髮間，感受她清新淡雅的香氣，凌夢晨心中一蕩，被裡攬著她腰肢的大手不由自主地滑動著，清澈的雙瞳頓時一暗，昨日那火熱的躁動又升了起來。

正在細細感受手下那絲緞般的光滑觸感，凌夢晨忽然停下了動作，雙眼仔細凝視著那張清秀的小臉，看著一抹紅暈慢慢從臉頰蔓延到頸脖，最後連晶瑩的耳垂也染上了淡淡的粉色。

輕輕拍了拍懷抱中明顯僵硬了不少的身子，凌夢晨俯下頭，在她顫抖的眉眼間輕輕一啄，且在她明顯急促的呼吸中，輕輕將手臂抽了出來。感到身邊的人兒重重吐了口氣，凌夢晨喉嚨裡發出一陣輕笑，掀開被子下了床，只覺得身心無比的愉悅。

昨日雖說沒有多少客人，但凌夫人精神卻格外亢奮，逮著人就喝，直鬧騰了大半夜才消停下來。待留春和許四收拾打掃完畢時，已近黎明了。

留春喝了口濃茶強打起精神，撐著不住打架的眼睛站在門邊。

雖說自從來了桂慶，這值夜的習慣早已被沈梨若取消了，可今日是自家小姐新婚第一日，留春自然打起十二分精神，把一切事情做得妥妥當當，為小姐長長臉。

留春蹲下身子用手探了探腳邊的水盆，發現水還未變涼，正準備站起身便聽到屋內有了動靜，急忙端起水盆站好。

「咿呀」一聲，門開了。

望著散著如墨黑髮、衣衫鬆鬆且一副慵懶之態的凌夢晨，留春不由得紅了臉，忙低下頭福了福身。「姑爺早。」

「嗯。」凌夢晨瞥了眼還冒著熱氣的水盆。「夫人已經醒了，進去吧。」跟著又交代了一些事才離去。

留春點頭。「是，姑爺。」

沈梨若紅著臉蜷在被子裡，雖說昨日凌夢晨在最後關頭放過了她，可一晚上都緊緊地將自己圈在懷裡，害她瞪著雙眼睛，聽著他的心跳，直到後半夜才迷迷糊糊地睡了過去。

或許是不習慣有人躺在自己身側，或許是緊張，或許是羞澀……他一動她便醒了，可接下來兩人交纏的羞人姿態讓她實在沒有勇氣睜開眼，只得閉上眼祈禱他趕快起身穿衣服，沒想到左等右等卻等到背脊上那肆掠的大手，頓時昨晚的一幕幕剎那間襲上心頭，沈梨若身子一僵，正在慌亂緊張不知如何是好之際，他卻起了身。

「夫人已經醒了……」

耳邊傳來凌夢晨飽含笑意的聲音，沈梨若心中又羞又惱，原來他早已發現自己醒了。

聽見屋內傳來留春輕輕的腳步聲，沈梨若從被子裡冒出頭，雙眼轉了轉，確定沒瞧見凌夢晨的身影才吐了口氣。

留春剛將水盆放到架上，便發現了床上的動靜。

「小姐，您醒了！」留春掛好幔帳，從櫃子裡拿出嶄新的衣衫放到床邊。「小姐，時候不早了，該起身去向親家老爺、夫人敬茶了。」

沈梨若剛伸出手臂，又咻的一下縮回被子裡，現在她只有一條褻褲掛在身上，上半身未著寸縷，這叫她如何起身。

見到沈梨若的窘態，留春輕輕一笑，慢慢收好散落在床邊的衣衫。「小姐，要不您再睡會兒，姑爺剛剛交代奴婢為您熬點湯，說您昨夜累了，需要補補……奴婢還趕著去廚房……」

說到這兒，留春咳嗽了兩聲，強壓住就要衝口而出的笑聲。

沈梨若先是一愣，接著臉唰的一下脹得通紅，扯過被子蓋住腦袋，悶悶地「嗯」了聲。

累了？補補？沈梨若咬了咬牙，他這麼一說，豈不是等於四處宣揚她和他昨晚……

聽到留春的悶笑聲漸漸遠去，沈梨若才慢慢伸出腦袋，掀開被子，當瞅到胸口處那幾個清晰的牙印時，她的臉又不爭氣地紅了。

待穿好衣衫，正準備喚留春幫自己梳頭的時候，沈梨若忽然一頓，雙眼落在了床上那張白布。

她自然知曉，這是用於新婚之夜，新娘落紅的白色喜帕，可是她和凌夢晨昨夜明明沒有完成周公之禮，可如今白布上的鮮紅色血跡又是怎麼來的？

難道是他？

這喜帕乃是新娘貞潔的象徵，就算是在普通平民家中也將此事看得格外重要，腦海中閃過那雙似笑非笑的鳳眸，沈梨若的心怦怦跳動，一股暖暖的熱流漲滿了胸膛，不知是酸苦、還是甜蜜。

昨日之事，終究是自己錯了，畢竟是新婚洞房之夜啊。

若是換成旁人，怕早已大發雷霆，棄她而去，可他卻依然溫柔如昔。

她知道，她應該興奮的，應該無比歡喜的。

有了一個如此體貼寬容、俊美無儔的夫君，作為一個女子還有什麼可求的？可是為什麼她的心底卻還是隱隱不安。

沈梨若低低嘆了口氣。

這時，留春推開門走了進來，見沈梨若穿戴整齊便福了福身。「小姐，時候不早了，該去向老爺和夫人敬茶了。」

「嗯。」沈梨若收起飄忽的思緒，點了點頭。

見沈梨若有些心不在焉，留春順著她的視線望去，落在床上那白色喜帕，頓時紅著臉笑了笑走上前去，小心翼翼地將喜帕摺起收好。

在大戶人家，這喜帕本應由家中年紀較大的人檢驗，不過如今在桂慶，自然少了那些講究，只能由留春這個貼身婢女代勞了。

凌夢晨租的這座小院不大，出了房門走上十幾步便到了正廳。

沈梨若剛跨出房門便對上站在門邊不遠處的凌夢晨。

見滿頭的青絲綰起，一身紅色新婦裝扮的沈梨若，凌夢晨臉上的線條頓時變得柔軟，伸出右手。「走吧。」

看著眼前寬大而有力的手掌，沈梨若遲疑了一會兒，將手放了上去……感覺從手中傳來的熱度，她原本不安的心在這一瞬間竟然安定了不少。

跨進大廳，沈梨若看見主位上坐著的兩人。

今日的凌夫人倒是沒再一身男裝，而是穿了件白底淡綠色細紋的交領上襦，藕荷色長裙外加一件藍色褙子，一雙劍眉也修成了柳葉狀，再配上白皙的皮膚，臉上的五官線條頓時柔和不少。至於旁邊的凌老爺，五官樣貌和凌夢晨幾乎一模一樣，但臉部線條卻很僵硬，渾身上下還隱隱散發出一絲冷意，整個人坐在那裡猶如一把隨時出鞘的劍。

「爹、娘！」身側凌夢晨低沈的嗓音響起。

沈梨若心中頓時一跳，回過神來，行了一禮。「公公，婆婆。」

一句「公公婆婆」頓時讓凌夫人心花怒放，忙道：「乖孩子，叫爹娘就成，來、來，快到娘身邊來。」

沈梨若走上前去，凌夫人一把拉住她的手，上上下下打量了一番。「孩子，昨晚睡得可好？」

頓時，沈梨若的臉脹得通紅，低下頭好半天才擠出一句話。「很……很好。」

「哈哈，那就好，那就好。」凌夫人立馬滿臉笑容地轉頭望向凌老爺。「這兒媳婦不錯吧，一出馬便讓咱們晨兒將鬍子剃了。」

「嗯。」凌老爺面無表情地點了點頭。

凌夫人彷彿已習慣了凌老爺的惜字如金，對上沈梨若疑惑的眼神笑道：「若兒，還是妳有本事，我用了五年的時間，想盡一切辦法也沒能讓他刮掉那亂糟糟的鬍子，嘿嘿，沒想到妳一句話不說，便……」

「娘！」凌夫人話還未說完，耳邊便傳來凌夢晨不滿的聲音。

「我兒竟然害羞了，哈哈。」望著凌夢晨有些發紅的臉龐，凌夫人笑道：「你這樣多好，以前留著那一把大鬍子，亂糟糟的像什麼樣？」

沈梨若瞅了瞅那張引人注目的俊顏，低下頭不以為意地撇了撇嘴，這張臉雖然賞心悅目，但怎麼看都是一副招蜂引蝶的模樣，有什麼好？

見凌夫人越說越來勁，凌夢晨忙向一邊的留春使了個眼色。

留春會意，福了福身。「老爺、夫人，該喝茶了。」

凌夫人這才放開沈梨若的手，點頭道：「好，喝茶，喝茶！」

沈梨若輕輕吐了口氣，走到許四拿來的蒲團邊，跪下磕了個頭。「母親，請喝茶！」

「嗯……乖！」凌夫人喜孜孜地端起茶杯，喝了一口，只覺得這茶無比甘甜，勝過以往所喝的任何好茶。

「這次出門走得急，身上沒帶什麼像樣的東西。」凌夫人從袖中拿出一支鏤空蘭花簪子遞到沈梨若手上。「這簪子是我母親生前留給我的，現在我把它交給妳。」

「謝謝母親。」沈梨若小心翼翼地將簪子收好，磕了個頭。

眼前這簪子雖說不是什麼名貴材質，但做工精美，再加上獨特的紀念價值，足以知道凌夫人對她的喜愛和重視。

「父親，請喝茶！」

「嗯。」凌老爺剛接過茶杯，肩上便挨了一記。

「這可是媳婦敬的茶，你就不能活動活動一下你的死人臉？」凌夫人瞪著眼。

凌老爺怔了怔，努力地扯了扯嘴角，硬生生在臉上擠出一個堪比哭還難看的笑容。

「算了，你還是別笑了，別嚇壞了我的兒媳婦！」凌夫人不滿地哼了一聲，轉向沈梨若。「若兒，別理他，他這輩子都這副模樣。」

「媳婦不敢。」沈梨若欠了欠身子。

「什麼敢不敢的，咱們家沒那麼多規矩。」凌夫人擺了擺手，碰了碰喝完茶的凌老爺。「見面禮呢？」

凌老爺瞥了凌夫人一眼，從袖中掏出一把匕首放到沈梨若手上。「拿去防身！」

「謝謝父親。」

「快收好，我爹手裡出來的定不是平常物。」凌夢晨扶起她。

沈梨若看著手中匕首，只有她手掌大小，質地輕盈，一看便是為女子準備的。

她沒有沾過這類物事，自然看不出手中之物的好壞，但凌夢晨如此一說，這匕首必定不凡。有了匕首，再遇到上次搶劫之類的事，她也有了一拚之力。

接下來凌夫人便開始拉著她的手絮絮叨叨，雖然都是一些囑咐和祝願，但她卻可以感到話語中濃濃的關切和期盼。

而凌老爺雖然還是拉著一張臉沒有吭聲，但眼中的溫柔卻是如此明顯。

這樣才是個幸福溫暖的家庭吧。

沈梨若默默想著，雖然有點小麻煩，不過……只要她耐心等等，過幾個月鬍子長起來不就成了？

時光飛逝，一轉眼一個月便過去了，沒有了選秀，整個村莊又恢復了以往的平靜和安寧，除了她成親沒幾天，李嬤嬤突然到來引發了一場不大不小的騷亂外，一切都是如此的愜意。

選秀結束不久，沈老夫人似乎想起了她這個被打發出去，又未出嫁的孫女，便派了李嬤嬤前來。李嬤嬤本想著來此耀武揚威一番，未料見到的卻是一副婦人裝扮的沈梨若和滿院的「囍」字，再也顧不了表面上那層主僕身分，指著沈梨若的鼻子大吼大叫，可不承想才吼了幾句，便被凌夢晨甩了出去。

第二日，凌夫人和凌老爺便稱有事出去了，等他們回來時便將留春和許四的賣身契以及一本婚書交到沈梨若手上。望著婚書上沈老夫人的簽名，沈梨若不由得熱淚盈眶，她不知道他們用了何種方法讓沈老夫人簽下這份婚書，但她知道從此以後她便是名正言順的凌家人。

在家從父，出嫁從夫，即使她名義上還是沈家的孫女，但嫁出去的女兒如潑出去的水，沈家從此再也無力約束她。

至於留春和許四的賣身契，沈梨若當初便銷毀了。對於留春——這個她在沈府最親的人，她自然願意還他們一個自由身分，從此脫離奴籍，不再仰人鼻息，看人臉色。

五月十八，留春和許四成了親，沈梨若將翰墨軒的五成給留春作為嫁妝，也算是讓他們生活有個依靠。

這一日，天剛濛濛亮，沈梨若站在村莊口，掃了眼生活了四個月的地方，再望了望已經泣不成聲的留春，心中升起濃濃的不捨。

「小姐，您……您帶奴婢走吧……」留春拉著沈梨若的袖子抽泣。

「傻丫頭，妳現在已是自由之身，哪還能張口奴婢，閉口奴婢的……」沈梨若壓下就要溢出眼角的淚水。「妳別忘了，妳弟弟就要回陵城了，妳跟著我，妳弟弟誰照顧？」

「可是……可是……」留春紅著眼。

「回到陵城好好過日子，我還指望妳和許四幫我好好打理翰墨軒呢。」沈梨若拍了拍她的手。

「春兒，聽小姐的。」許四走過來攬住留春的肩。

「嗯……」

「走吧。」身側響起凌夢晨的聲音。

沈梨若戀戀不捨地看了一眼靠在許四肩膀抽泣的留春，咬了咬牙，轉身上了馬車。

「若是捨不得，便帶上。」凌夢晨輕輕擦掉她眼角的淚水。

「不用了，他們應該有他們自己的生活。」沈梨若搖頭。

「好了，別難過了，若是以後有空，我陪妳回陵城看他們。」凌夢晨柔聲道。

沈梨若望向那滿是溫柔的雙眸，輕輕點頭。

自從前幾日京城來人後，凌老爺和凌夫人便先一步走了，留下凌夢晨和沈梨若收拾餘下之事。俗話說嫁雞隨雞，嫁狗隨狗，如今她已是凌家人，自然要回到凌家。京城……望著馬車外飛逝的景色，沈梨若心裡隱隱有些期待，這應該會是全新的日子吧？

桂慶離京城大約有半個月的路程，不過兩人不急著趕路，一路上走走停停，看看風景，日子倒也過得輕鬆愜意。

「少爺、夫人，這時候不早了，要不要找間客棧歇歇？」馬車外傳來一個微微嘶啞的聲音。

駕車的人大約五十來歲，姓馮，是前些日子來找凌老爺的僕人之一。

「好的，馮老。」凌夢晨瞅了瞅車外。

「老奴正好知道前面有間客棧，少爺，您看？」

「你拿主意吧。」

「是，少爺。」

車緩緩地前進，拐進一條較為熱鬧的街道，再向右穿過兩條街便停了下來。

第二十八章 世子殿下

凌夢晨跳下馬車後，將沈梨若扶了下來。

沈梨若雙腳剛一著地，便聽到周圍傳來的竊竊私語。

「快看那位公子，長得可真俊。」

「那眉那眼，我長這麼大還沒見過這麼俊俏的人物……」

「旁邊那位是他夫人嗎？」

「不會吧，長得這樣普通，怎麼配得上這樣的公子……」

沈梨若瞅了眼四周已開始騷動的女子，微微皺了皺眉，這一路上這樣的情形從未斷過，只要凌夢晨一露面，便會圍上一大堆爭妍鬥豔的女子……雖然凌夢晨一直都不假辭色，但沈梨若心中極為不舒服。

現在正是午飯時間，客棧生意不錯，只有角落裡有張空餘的桌子，兩人也沒有挑剔，便坐了下來點了些小菜和點心。

感覺到周圍射來的或是羨慕、或是驚豔、或是嫉妒的目光，沈梨若瞪了凌夢晨一眼，恨不得找來一團鬍子貼在他臉上，免得他四處招蜂引蝶。

「怎麼了？」凌夢晨望著沈梨若帶著憤色的側臉，摸了摸下巴，嘴角露出一抹微笑。

「沒什麼！」沈梨若挾起一塊千層油酥餅，狠狠咬了口。

因為凌夫人的關係，凌夢晨的鬍子一直沒能順利留長，直到現在下巴處才冒出一些短短的鬍渣，卻絲毫沒有損壞那張精緻的臉龐，反而增添一些滄桑，顯得更加迷人。

正想著，忽然小二堆著笑走了過來。「兩位客官，現在人多，實在沒有多餘的位子，能否請你們和另外一對夫婦共桌？」

沈梨若環視周圍坐了滿滿的人，看了一眼凌夢晨之後，點了點頭。「好的。」

「多謝客官，多謝客官。」

過沒一會兒，便聽見一個熟悉的抱怨聲傳來。「夫君，我們找別家吧，這麼多人，還要和別人一起合用一桌……」

女子的話還未說完，便被一個不甚耐煩的聲音打斷。「妳若不想吃飯，便回馬車去。」

沈梨若一愣，嘴角一勾，這世界真是小啊，這樣都遇見了。

兩道人影在他們的對面坐下。

沈梨若低著頭，舀起一匙粥輕輕抿了一口，香甜細膩，味道真不錯。

「不好意思，打擾了，兩位……」男子溫和清朗的聲音戛然而止，臉上也泛起一絲笑容。「你們……九妹妹！」

這一聲九妹妹，頓時讓滿臉鬱色的女子抬起頭，正巧對上沈梨若平靜的眼神。

只見那人猛地站起身，錯愕的驚呼衝口而出。「妳怎麼在這兒？」

「坐下！大驚小怪像什麼樣！」劉延林一臉不悅。

「嗯。」沈梨焉被劉延林一喝，臉色不由得有些僵硬，只得心不甘情不願的應了聲坐下。

沈梨若掃了一眼滿臉驚詫的沈梨焉和劉延林，挑了挑眉。「好久不見。」

凌夢晨將剝好的花生仁放到她的碗裡，聞言抬起頭問道：「認識？」

沈梨若淡淡笑著。「家裡的親戚。」

凌夢晨原先一直低著頭剝花生，兩人未注意他的模樣，如今他一抬頭，那傾城的相貌落入兩人眼裡，頓時呆了眼。

劉延林雙眼含著一絲妒意，他自恃容貌俊俏，可如今在凌夢晨面前，覺得自己引以為傲的資本完全是個笑話，再掃了一眼身旁臉色泛紅的沈梨焉，頓時心中煩悶無比，又礙於大庭廣眾之下不好發作，只得狠狠瞪了沈梨焉一眼，擠出一絲笑容。「九妹妹，這位是？」

「我夫君。」沈梨若輕輕一笑。

劉延林的笑容頓時僵在嘴角，他雖然從不認為自己愛慕過沈梨若，但她一而再、再而三的拒絕，讓他失望、憤怒的同時，心中卻慢慢萌生一種難以言明的感覺。這種感覺在她去了桂慶，他娶了沈梨焉之後更甚。

「夫君？就憑妳？」沈梨焉壓下眼中的妒忌和憤恨，看向凌夢晨語重心長道：「這位公子，她雖是我妹妹，可我不忍心你被她矇騙，她……」

「她是我的夫人，有沒有資格還輪不到妳說話。」她話還未說完，凌夢晨雙眼一冷。

感覺到凌夢晨雙眼的寒意，劉延林回過神來。「不好意思，賤內不懂規矩。」

劉延林狠狠瞪了眼沈梨焉，自從娶了她進門以後，他算是見識了此女的蠻橫、無禮與驕縱。進門第二天，便將他屋內的婢女、丫鬟遣散的遣散，打發的打發，全部換成了滿臉皺紋的老媽子和五大三粗的僕人。平時稍有不順心處，便大吵大鬧，若不是礙於嫡母還在一旁虎視眈眈，他早一張休書休了這個無知驕縱的女人。

如今和神色溫柔且風姿更加美了幾分的沈梨若相比，身側這個臉上撲著厚厚白粉，臉色因嫉妒而顯得有些猙獰的沈梨焉，更是讓他深感厭惡。

「誰不懂規矩了？」沈梨焉兩眼一翻。「她和男人勾三搭四，沒媒沒聘的，竟然還不要臉的叫夫君……」

她話還未說完，便聽到耳邊一涼，接著「篤」的一聲，一根筷子破風而至，定在沈梨焉身後的柱子上輕輕地顫抖，留下幾絡黑髮飄散在空中。

沈梨焉呆呆摸了摸耳邊，雙眼驚恐地看向凌夢晨只剩下一根筷子的手，身子忍不住顫抖著。

「啊！」一聲驚恐的尖叫響徹雲霄。

劉延林低聲喝道：「住嘴！」

「夫……夫君。」沈梨焉本已是驚恐萬分，見劉延林不但不維護自己，反而一臉怒氣地要她閉嘴，只覺得心裡如針刺般疼痛，這幾個月來因劉延林不理不睬而產生的怒氣剎那間湧上心頭。

劉延林沒有理會妻子，長年跟隨父親打理家中生意的他見過不少江湖人士，心思經歷遠非沈梨焉可以相比。如今一見凌夢晨出手，便知道眼前這個俊美如謫仙的男子，絕非表面上所見那樣文質彬彬。心中暗自咒罵沈梨焉胡亂說話，招惹是非，如今出門在外，招惹了這些率性而為的江湖人士豈能討得了好處？

劉延林道：「這位公子……」

「管好你的女人！」凌夢晨眯起眼睛，眼露寒光。

「一定一定。」劉延林心中一跳，擠出一絲笑容。

「若是再有下次，別怪我不客氣！」凌夢晨收回目光，從筷筒裡再拿出一枝筷子。

「是、是。」劉延林連連點頭，轉向沈梨若。「九妹妹……你們這是要去何處？」

「劉公子……我們好像不是很熟。」沈梨若眼皮都沒抬一下。

「九……」劉延林怔了怔，掃了眼若無其事喝粥的沈梨若，將後面的話語嚥了回去。

劉延林從小嬌生慣養，出門在外都被人捧著恭維著，何時遇到過這種沒被人放在眼裡的情況，臉上有些掛不住。

而這時，沈梨焉心中的怒氣也到達臨界點，見到劉延林若無其事的笑容，只以為是沈梨若的緣故，心中的恐慌和懼怕頓時被滿腔的妒忌和怒火所替代。

她一把扯住劉延林的袖子。「夫君，他們這是要殺我！殺我！快報官抓他們！」

沈梨若放下手中的碗，看著這個幾個月不見的姊姊，嘴邊勾起一抹譏誚。殺她？就她如今這紅光滿面、中氣十足的模樣，像是個被人追殺的人嗎？

「妳瘋夠了沒有！」劉延林小心翼翼地看了眼凌夢晨，見他抱著胸，一臉平靜，才悄悄鬆了口氣，朝周圍投來驚異目光的人道：「誤會，誤會。」

這時店小二也走了過來，臉上的笑容也有些僵硬。「客官，若是這位夫人有什麼不妥的，還望客官……」

話還未說完，便聽到「啪」的一聲，臉上結結實實地挨了沈梨焉一個耳光。

「妳……妳……」店小二捂著臉。

「我什麼我！」沈梨焉吼道：「什麼不妥？你這雙狗眼哪裡看到我不妥了？」

劉延林張口結舌地看著沈梨焉在大庭廣眾之下撒潑，臉上青一陣白一陣，吐出：「妳給我閉嘴！」

「我為什麼要閉嘴！」沈梨焉甩開劉延林的手。「你為了這個朝三暮四的賤女人，竟然不顧我這個妻子的死活……」

她話還未說完，便被揪住衣領的大手打斷。

「馮老？」沈梨若望著突然出現的馮老，頓時大驚。雖說沈梨焉該死，可在這光天化日之下，若是她有個閃失，他們也討不了好處。

凌夢晨一把扯住就要上前的沈梨若，輕輕捏了捏她的手。

沈梨若一愣，轉頭正好對上凌夢晨讓她安心的眼神，心中頓時安定了不少。

沈梨焉驚恐地看著眼前這個不知何時走到她身前，臉上布滿皺紋、猙獰可怕的老人。

「你……你想幹什麼？」

「這位老……老者，有事好好說。」劉延林也嚇得臉色蒼白，正欲走上前，卻迎上馮老冰冷的雙眼，心中一驚，騰騰騰地連退數步才穩住身形。

「你……你知道我是誰嗎？我夫君的伯父可是禮部侍郎……你……」沈梨焉壓住心中的恐慌喝道，她就不相信一個平頭百姓敢在這光天化日之下殺她這個名門之後。

可惜過了好一會兒，非但沒有等到馮老鬆開手掌，反而感到那雙粗糙的大手爬上了她的脖子，梨焉心中升起前所未有的恐慌。

沈梨焉全身劇烈顫抖著，雙手無力地扳著脖子上的手。

「救……救命……夫君，救我！」沈梨焉無力地拍打著馮老，全身如落入冰窖般，刺骨寒意蔓延到四肢百骸。

劉延林臉色蒼白，他雖然處處被嫡母打壓，卻自幼受父親寵愛，這一生的日子都頗為平靜，何曾見過如此恐怖的場面，幾次想走上去，但一對上馮老的雙眼，只覺得猶如被一條毒蛇盯住，不由自主地膽怯害怕。

「夫……夫君……」沈梨焉將劉延林的退縮收入眼底，不可置信地喊道。

她從未離死亡如此近過，只覺得呼吸越來越困難，眼前更出現了傳說中地獄那陰森可怖的畫面，雙腿一顫，一股熱流便順著大腿流了下來，打濕下裙。

聞到空氣中散發出的陣陣騷氣，沈梨若皺了皺眉。「好了，馮老！」

「是！」馮老應了一聲，便將沈梨若扔在地上。

「夫人！」劉延林這才走了上去。

沈梨焉在一片厭惡的眼光和閒言碎語中回過神來，感受到兩腿間潮濕的裙襬和空氣中陣陣騷氣，臉唰的一下變得慘白，怯怯地望了望站在身側的劉延林，那一臉的嫌惡將她的心刺得生疼，只覺得一股腥甜湧上了喉嚨，死死咬住嘴才沒有吐出來。

她看向沈梨若兩人並肩而立的背影，滿腔的羞憤化作無比的怨毒。「沈梨若，妳以為嫁了個懂點兒拳腳的男人就得意，我夫君的伯父是禮部侍郎，今天的事我不會忘記，妳給我……」剛說到這兒，她便見到背部微微彎曲的馮老走上前一步，渾身一哆嗦，立馬閉嘴。

「馮老，算了。」沈梨若的腳步頓了頓，她這姊姊還真是不見棺材不掉淚，受了教訓這麼快就忘記了。不過她說的話倒也不全無道理，俗話說民不與官鬥，凌家又在京城，若是她出了事……

「是。」馮老恭敬地欠了欠身。

沈梨若冷眼看著蜷縮在劉延林腳邊，全身顫抖但雙眼始終惡毒的沈梨焉，掩住鼻子皺著眉，一臉嫌惡。「夫君，這裡又吵又臭，咱們還是走吧。」

她同情心是多，但絕不會用在沈梨焉這種人身上，她至今沒忘記離開陵城之時，是誰讓人來半路搶劫，還想賣了她的！

「一切聽夫人的，走吧。」凌夢晨雙眼閃過一絲笑意。牽著她的手頭也不回地離開客棧。

路上這個插曲對兩人倒也沒有多少影響，時間在旅途中轉瞬而逝，一晃眼便離京城不遠了。

沈梨若掀開車簾，看著窗外的景色。

臨近京城，道路兩旁的村落密集，路上的行人多了不少，而那巍峨的大門已在遠處隱約可見。

「若兒……」凌夢晨看了眼興致勃勃的沈梨若，輕輕喚了聲。

「嗯？」沈梨若轉過頭輕笑。

「有件事……」凌夢晨迎上沈梨若的笑容，吞吞吐吐。

「何事？夫君。」望著欲言又止的凌夢晨，沈梨若狐疑地問。

「有件事沒告訴妳……」凌夢晨張了張嘴。

沒告訴我？沈梨若心中一沈，望著他吞吞吐吐的模樣，笑容頓時凝結在嘴邊。「說吧，有多少女人在家等著？我算是第幾個？」

望著眼前這張傾城的臉，沈梨若冷冷一笑。她早該想到，憑凌夢晨的相貌，怎麼可能沒有任何妾室？是她自己蠢，竟然沒有絲毫懷疑。
「不、不是。」望著沈梨若越來越冷的眼神，凌夢晨臉上出現難得一見的慌亂。「若兒，妳別誤會，我怎麼可能……」
「那你說，是什麼事？」沈梨若雙手抱胸，冷冷地問。
「是這樣的……」凌夢晨話剛說到這兒，馬車便「吱嘎」一聲停了下來。
接著一陣急促的馬蹄聲由遠而近。
「世子殿下可在？」一個男子的聲音從外面傳來。
凌夢晨嘆了口氣，在沈梨若詫異的眼神中掀開簾子。「在。」
「世子殿下，皇上得知殿下今日到達京城，特派卑職前來迎接世子和世子妃。」男子恭敬的聲音響起。
「知道了。」凌夢晨點了點頭。
世子？皇上召見？
沈梨若不可置信地瞪著一臉無可奈何的凌夢晨，只覺得腦子裡「嗡」的一下，便一片空白。
什麼父母整天遊手好閒，什麼家中只有一點土地，原來都是假的！
等她回過神來時，已坐在一輛四馬駕著的馬車上。
車廂內散發著淡淡的檀香味，寬大的車廂，羊皮軟墊，鵝絨毯子，連簾子用的都是上好的綢緞，馬車內還擺著一張精緻的檀香木桌子，上面擺著時令瓜果，處處透露著奢華。

果然是出自皇宮，和尋常的馬車有著天淵之別。

「若兒……」

沈梨若彷彿沒有聽到耳邊凌夢晨的呼喚，只覺得腦子如漿糊般。

世子，他是世子！沈梨若不知道該哭還是該笑。

有了這樣一個相貌絕佳、身分顯赫高貴的夫君，她知道，自己應該興奮、應該無比歡喜的。

可是她本來已經安定平靜的心卻開始了前所未有的慌亂。

轉過頭對上了凌夢晨傾城的臉孔，沈梨若的心卻是一陣酸楚，這樣的男子應該有無數的名門閨秀傾慕愛戀吧！她輕輕撫了撫臉頰，像她這樣一個相貌平凡，又身分卑微的女子怎麼配得上他？

他娶她應該也是一時新鮮吧！只要再過幾年，或許幾個月，他的新鮮感便會消失得無影無蹤，到時候她又如何自處？上一世只是一個小小的劉家她都保不住性命，這一世她豈不是屍骨無存？

沈梨若臉上的震驚、沮喪自然沒有逃過凌夢晨的眼睛，他心中一急，扳過她的身子。

「妳在胡思亂想什麼？」

沈梨若飄忽的眼神漸漸對上了他的眼睛，將滑到嘴邊的「夫君」二字艱難地吞了下去，苦澀說道：「世子殿下。」

這樣的夫君，她怎麼配得上？

第二十九章　嫻夫人

凌夢晨心中一痛，喝道：「妳叫我什麼？」

「世子殿下。」沈梨若垂下眼眸。

感覺到她的疏離，凌夢晨深深吸了口氣，壓下心中的焦急和心疼。

經過這麼久的相處，他自然察覺到她平靜淡然外表下的不安，所以每當他想告訴她時，話到嘴邊都嚥了回去，或許他早就料到她知道真相後便會如此。

「若兒，我知道我本應早些告訴妳，可是無論我是何種身分，我還是我，永遠是妳的夫君，這是不會變的。」凌夢晨嘆了口氣。「妳難道一點都不相信我？」

感受到他眼中那一閃而逝的痛楚，沈梨若心中一痛，過往的一幕幕在腦中迴盪著；滿臉鬍子平凡普通的他，滿臉笑意戲弄她的他，溫柔體貼的他，救她於危難的他，新婚之夜如謫仙般的他……

沈梨若一陣恍惚。

似乎從頭到尾她都如此不安，謹慎審視著他。就算他再溫柔體貼，再為她著想，她似乎從沒有真正相信過他。

這樣一個男子願意隱瞞身分，拋棄尊貴和奢華，和她一起過平凡簡單的生活，她或許應該相信他吧。

「若兒！我知道妳不喜歡被人束縛，喜歡平凡愜意的生活，可我的父母妳也知道，他們沒有其他人那種高高在上的傲慢，我母親雖然貴為長公主，但從小喜歡自由……」

長公主？當朝被尊為長公主的只有一個，那就是先皇的幼妹，當今皇上的姑母，被封為護國公主的徐雪銘。腦子裡閃過那個不拘小節，豁達和藹的婆婆，沈梨若一愣。原來那就是如傳奇般的護國公主，那公公豈不是保皇有功的靖王凌越？

長公主與靖王的傳奇事蹟一直以來都在民間流傳，從長公主徐雪銘不顧先皇反對，毅然下嫁當時只是江湖人士的凌越，到先皇逝世，二皇子叛亂，就在當今聖上被刺殺而危在旦夕之時，是凌越在關鍵時刻挺身而出。事後的平叛，徐雪銘和凌越也是厥功至偉，所以二皇子被圈禁，當年的太子登基為皇之後，凌越便被封為靖王。

「若兒？」凌夢晨輕輕搖她的肩膀。

「我沒事。」沈梨若定了定神，將身子靠在椅背上，閉起眼睛。

就相信他一次吧。

馬車穩穩地走著，周圍的嘈雜聲越來越少，沒一會兒便停住了，接著外面傳來一陣小聲的說話聲，接著沒多久馬車又開始前進……差不多走了半多個時辰，馬車才停下來。一個尖細的聲音在外面響起：「世子、夫人，皇上宣二位去照德殿覲見。」

沈梨若輕輕睜開眼，對上凌夢晨擔憂的眼神，笑了笑。「世子，咱們走吧。」

凌夢晨雙眼泛起一陣笑意，忙點了點頭。「若兒，走吧。」

沈梨若一下馬車，便看見一個年輕男子點頭哈腰地迎了上來。「奴才參見世子、世子妃。」

沈梨若打量了一下這個下巴光滑無鬚、弓著腰的男子，心想：這就是太監吧。

「走吧。」凌夢晨點了點頭。

「是，世子。」男子一臉諂媚。「皇上、長公主、靖王爺還有各位主子都在照德殿等著呢。」

「知道了。」凌夢晨說道，伸手就準備去牽沈梨若的手，卻不承想抓了個空，疑惑地轉過頭正好對上沈梨若淡淡的笑容。

「快走吧，別讓皇上和其他貴人們等急了。」沈梨若輕輕欠了欠身。她雖然相信他，卻不代表她不知道輕重。這裡可是皇宮，那個最奢華、最富貴，但也是最森嚴、最殘酷的地方，還是處處小心謹慎為好。

凌夢晨愣了愣，眼中閃過一絲無奈，邁開步子向前走去。

沈梨若微微低著頭，看著腳下延伸到遠處的的青石地磚，無心欣賞皇宮美妙奢華的景致，不緊不慢地跟在凌夢晨身後，自始至終保持著距他半步的距離。

兩人來到一座宮殿門口。

沈梨若呆呆凝視著巍峨的宮殿，櫛比鱗次的屋脊，高大的宮門，栩栩如生的壁雕，低頭肅立的太監宮女。太陽的光輝灑在琉璃瓦上，讓整個宮殿宛如籠罩在霞光之中。

「世子、世子妃，請稍候，容奴才前去稟告。」男子彎著腰恭敬說。

「嗯。」凌夢晨點了點頭，望著男子遠去的背影，轉頭看向沈梨若。「若兒，待會兒進去別緊張，禮儀這些不用太過在意，有我在，妳不必擔心。」

「嗯。」沈梨若輕輕點了點頭。

這時，一個尖利刺耳的聲音響起。「宣靖王世子與世子妃覲見。」

「走吧。」凌夢晨一把拽起沈梨若的手向前走去。

沈梨若一驚，掙扎了幾下卻沒有成功，只得輕輕嘆了口氣跟在他身後，踏進富麗堂皇的大門。

「微臣參見皇上萬歲，萬歲，萬萬歲。」凌夢晨輕輕拉了拉沈梨若的手，跪下參拜。

沈梨若不知道面聖該有什麼禮儀，只好跟著凌夢晨跪下呼了三聲萬歲。

殿內雖然採光不錯，但周圍仍然掌了不少燈，明晃晃地照得整個殿堂光亮炫目。

「快快起來。」一個和藹的聲音響起。「這就是夢晨的媳婦吧，快起來給朕瞧瞧。」

沈梨若緩緩起身抬起頭，不知是凌夢晨一直拉著她的手，還是知道公公婆婆在上面，心中雖然有些緊張，卻沒有覲見一國之君的慌亂和手足無措。

殿內的陳設沒有想像中的富麗堂皇，反而處處透著威嚴古樸，正前方懸掛著「靜以修身，儉以養德」的隸書墨寶，下方坐著身穿明黃色龍袍、大約五十歲上下的男子，談不上英俊的國字臉，卻透著無比的威嚴，尤其是那雙懾人的雙眼，似乎有種洞察人心的凌厲。

他的旁邊坐著位姿態雍容的中年婦女，雖然歲月在她的臉上留下了一些刻痕，但從眉眼間看得出年輕時的美麗風姿，應該是皇后。

他們的右下方坐著四個年齡不一，但都是千嬌百媚，姿態各異的美人。而左側坐著的正是凌夢晨的父母。

見沈梨若抬起頭，皇后笑道：「還真是個玲瓏剔透的人兒，怪不得夢晨如此著急，姑母，您這下可以安心了。」

「皇后妳說得不錯，將我那不省心的兒子交給梨若，我這顆懸著的心終於可以放下了。」徐雪銘滿臉笑意。

今日的她穿著淡白色宮裝，優雅華貴，墨玉般的青絲簡單綰了個髮髻，沒有多餘繁雜的首飾，只有幾顆珍珠點綴髮間，襯得她如玉般的肌膚更加潤澤，哪還有當日在桂慶的灑脫和不羈。雖然五官看上去還是英氣勃勃，但再也不會被人錯認為男子。

「還站著幹什麼，快坐下。」皇上臉上露出一絲笑容。

「謝皇上。」凌夢晨彎了彎腰，拉著沈梨若的手走到凌越身邊的椅子落坐。

沈梨若也沒有誠惶誠恐，福了福身便坐下來。反正她只是個沒見過世面的小丫頭，皇上都讓她坐了，若是推辭說不定還會說錯話，惹了皇上不高興，那她就倒楣了。

皇上見她沒有驚慌失措，眼中閃過一絲讚賞。

其餘幾人饒富興味地打量著沈梨若。由於徐雪銘的特殊身分，皇帝的妃嬪們自然千方百計拉攏討好，私底下介紹了不少閨秀給凌夢晨，但都灰頭土臉的以失敗告終，如今卻忽然聽說他娶了妻回來，震驚之餘，紛紛派人打探。一個小門小戶出來的小丫頭，雖然當了木王爺的義女，可還是改變不了骨子裡的卑微，所以都沒放在心上，如今見她初次面聖竟然毫不慌亂，倒紛紛暗暗稱奇。

沈梨若不知道這幾個娘娘在琢磨著什麼，只覺得她們的眼神讓她全身上下不舒服。

「進退有度，舉止有禮……」皇上摸了摸下巴的鬍子笑。「姑母，能讓夢晨把鬍子剃掉的人果然不錯。」

「那是自然，長公主讚不絕口的兒媳婦豈是常人？」一個穿著淡綠色宮裝，外披碧霞煙紗的婦人掩口笑道。樣貌和其他幾人相比雖然算不上美豔，但這一笑，美眸華彩流溢，五官明麗照人。

其餘幾人見她搶了先，紛紛開口。

「梅妃說得不錯，這世子妃就猶如空谷幽蘭般，讓人一見難忘。」

「是啊，瞧著好模樣，讓臣妾一見就喜歡。」

沈梨若聽著耳邊的聲聲讚揚聲，身上不由得起了一堆雞皮疙瘩，若不是身在皇宮裡，她真想立馬掏出鏡子看看她們嘴中讚的是不是她？

幾人正妳一言我一句說得歡，忽然凌夢晨的聲音響起。「既然皇上和各位娘娘都對拙荊讚不絕口，那微臣斗膽為拙荊討個封賞。」

封賞？沈梨若一聽，立馬驚訝地抬起頭。

皇上先是一愣，忽然笑道：「你啊，你啊，這麼久沒回宮，沒想到回來第一件事竟然是為媳婦討賞來了。」

「皇上，因當時時間倉促，微臣和拙荊的婚禮非常簡單，微臣心中愧對於她，所以想向皇上討個封賞。」凌夢晨道。

他這一說，皇上反而笑得更歡快了。「這還不是怪你，著急著把人家姑娘娶進門，若是多等幾天帶回京裡，哪有這些事？」

「皇上，若不是你選秀，夢晨需要這麼著急嗎？」皇上正笑得開心，一個冷冷的聲音響起，頓時殿內的溫度剎那間彷彿降低到冰點，幾個妃嬪不由得打了個哆嗦。

「姑……姑父，這關選秀什麼事？」皇上疑惑地望著這幾天很少開口的凌越。

「你一選秀，我這媳婦若不趕快成親，豈不是要被選入宮伺候你了？」徐雪銘拉著臉。

「啊……哈……哈哈，原來是這樣。」皇上怔了怔，臉上不由得有些尷尬。

「姑母，皇上對此事並不知曉。」皇后見狀忙道：「不過皇上，既然事出有因，那理應封賞。」

「正是，正是。」皇上連連點頭，看向凌夢晨。「不知夢晨想要討個什麼樣的封賞？」

凌夢晨還未開口，徐雪銘便道：「別的也不要了，給個封號算了。」

「封號？好，好。」皇上滿臉笑容。「來人，擬旨，靖王世子妃沈氏溫柔嫻淑、知書達禮，特敕其封號為『嫻』。」

沈梨若被這一幕弄得目瞪口呆，這怎麼才坐了一會兒她就變成嫻夫人了？她雖然遠在陵城，也知道皇上的封號可不是青菜豆腐隨處可見，歷朝歷代都是有功或者極有賢德之人才能得到皇上賜予封號，而她這一眨眼的工夫就變成了嫻夫人……

沈梨若只覺得今日的事情一件件、一樁樁太過離奇，就算經歷過重生的她也再不可能平靜。

「謝皇上恩典。」耳邊傳來凌夢晨磕頭謝恩的聲音。

沈梨若才回過神來，急忙跪在地。「謝……謝皇上恩典。」

「好了、好了，起來吧。都是一家人。」皇上笑道：「夢晨娶了媳婦，姑母也不用隔三差五地來朕耳邊嘮叨，這樣算起來，妳也是大功一件，哈哈。」

他話音剛落，殿內頓時響起一陣歡笑聲。

直到日落西山，沈梨若一行人才出了皇宮。

東貴西貧，靖王府自然位於城東，出了皇宮穿過幾條街進入了城東，掀開車簾便可以看見連綿不絕的深宅大院。

沈梨若靜悄悄地坐在馬車內，只覺得今日如同騰雲駕霧般，讓她有些回不過神來。

「若兒，發什麼呆？」徐雪銘笑道。

沈梨若轉頭望向這個極富有傳奇色彩的長公主，怎麼也不能將如此高貴雍容的貴人和當日在桂慶的模樣連繫在一起，張了張嘴。「有點吃驚。」

「妳這丫頭就是心思多。」似乎看出了沈梨若心中的糾結，徐雪銘拍了拍她的肩。「人生在世哪需要考慮那麼多，若是每做一件事都思前想後，考慮這考慮那，那還有什麼樂趣？」

沈梨若心中一動，輕輕開口。「母……母親。」

「妳既然叫我母親，就聽我說幾句。知子莫如母，晨兒雖然看上去大大咧咧，但從小心思細膩。這幾年來，我為了他的婚事操透了心，但他總是左躲右避，後來乾脆留上鬍子離開京城……直到遇見了妳。」徐雪銘頓了頓。「我這兒子做事素來極有主張，他既然選了妳，就證明他心中有妳，知道他今日為何為妳求封號嗎？」

沈梨若一愣。是啊，為什麼？

「雖然沒有盛大的婚禮，但在我和王爺的見證下，從此以後妳就是實打實的靖王世子妃，何須求什麼封號？晨兒不過是怕妳以後聽到什麼閒言碎語，一個人胡思亂想，這才為妳求了個封賞，妳別辜負了晨兒的一番心思。」徐雪銘道。

沈梨若全身一震，徐雪銘的語氣雖輕，但每個字每句話鏗鏘有力。沒想到他竟然為她考慮得如此周到……沈梨若透過車簾看著馬車外那騎在馬上的偉岸身影，只覺得鼻子一酸，有這樣一個體貼入微的丈夫，她這輩子還有什麼可求的？

沈梨若眨眨眼，把即將流出的淚水逼回去，就算前面的道路有再多的荊棘艱難，只要他不叫她離開，她絕不會有絲毫的退縮避讓！

徐雪銘將沈梨若臉上的堅定收到眼底，輕輕笑了笑。「若兒，妳以後要考慮的只有如何開心過日子，至於其他那些亂七八糟的事，統統交給晨兒就行了。」

沈梨若輕輕點了點頭。「是，母親。」

徐雪銘嘴角一揚，笑了。盼了這麼多年才盼到兒子成親，若是這乖巧的兒媳婦心中不痛快，跑了，那她和夫君的環遊計劃豈不是得無限期拖延？看來她得回去早作準備，五日，不，三日便走。

徐雪銘瞄了瞄凌夢晨的背影，心中默默唸道：「兒子，對不住了，你爹和娘被束縛了大半輩子，好不容易盼到你成了親，京城裡這些亂七八糟的事就交給你了。」

靖王府是原來的公主府，凌越被封為王爺後本應有自己的府邸，不過夫妻二人嫌麻煩，便換個牌子了事。

公主府本來規矩甚多，但徐雪銘素來就討厭這些條條框框，因而那些宮裡帶來的嬤嬤們被攆的攆、走的走，現在剩下兩個老嬤嬤都是睜一隻眼閉一隻眼，平時弄弄花草，掃掃地，過著清閒舒適的日子。

「若兒，這幾個都是府裡才進的丫頭，妳挑四個留在身邊伺候。」徐雪銘道。

沈梨若看著站在跟前一字排開的幾個丫頭，端起桌上的茶輕輕抿了一口。

靖王府雖然規矩不多，但人多事雜，她又初來乍到，雖然不一定會出現奴大欺主的現象，但這欺上瞞下，私下裡搞些小動作是免不了，若是有幾個心存歹意……這一剎那間，她忽然想起了夏雨。

「除了這幾個，我讓紫羽、紫卉二人跟著妳，這兩人在我身邊已有四、五年，辦事說話都極有分寸，平時也好幫著妳管教這些丫頭。」徐雪銘向身邊兩個大約十八、九歲的丫頭使了個眼色。

兩人走上前問安。

沈梨若仔細看了看兩人，紫羽樣貌清秀，自始自終都垂著眸，看上去倒極為穩重，而紫卉性子應要活潑許多，雖然老老實實站在那裡，但卻不時好奇地瞄她一眼。

接下來幾個丫頭一一報了年歲、出身，沈梨若認真看了看，最後選了四個看上去比較老實樸實之人。

「這些人以後都是妳的，若是不恪守本分，心裡打著歪主意，該懲該罰，妳自己拿主意，不用手軟。」徐雪銘臉上沒有一絲笑意，厲聲道：「若是心思不正的，直接處置，不用告訴我。」

徐雪銘話一落，四個剛剛還喜孜孜的丫頭頓時面帶驚慌地跪了下來，直呼不敢，而紫羽和紫卉兩人明顯經歷過這種訓誡，兩人臉色平靜地站在旁邊。

沈梨若望著一臉冷色的徐雪銘，心中一暖，知道這是她怕自己沒有威信，特地讓自己立威，便笑著喝了一會兒茶，見幾人跪得差不多了，才輕聲道：「起來吧。」

四人聞言，紛紛小心翼翼地看著徐雪銘，見她沒有說什麼才顫巍巍地站起身。

這一折騰，天色已晚，紫羽和紫卉伺候沈梨若梳洗完畢，便悄悄地退了出去。

沈梨若剛在椅子上坐好，門外便響起了紫羽恭敬的聲音。「世子。」

接著門開了，沈梨若心中一跳，站起身輕輕道：「世子。」

凌夢晨眉頭一皺，解開外袍坐到床邊。「叫我夫君。」

沈梨若怔了怔，小聲道：「夫君。」

凌夢晨眼中閃過一絲笑意。「天色不早了，睡覺吧。」說著三、兩下脫掉外衣，便往床上一躺。

沈梨若望了眼自始至終關閉的大門，再看了看凌夢晨的側影，暗道他應該不喜丫鬟近身服侍，想到這兒，心中不由得一陣歡喜。

「這麼晚了，妳還愣在那裡，該不會等著夫君我為妳寬衣吧。」這時，凌夢晨的聲音響起。

沈梨若回過神來，雙眼正好對上那雙戲謔的鳳眼，臉一紅嬌嗔道：「胡說！」

說著，急忙躲到屏風後，慢慢解開腰帶，脫掉外袍。

雖然二人已經成親兩個月有餘，日日同床共枕，但除了新婚之夜的親暱之外，凌夢晨一直以來都只是夜夜將自己攬在懷裡，並沒有進一步的舉動。讓沈梨若鬆一口氣的同時，心中難免有些失落。

穿著中衣，沈梨若低著頭輕輕上了床，一躺下，一雙堅實的手臂便圈上了自己的纖腰，輕輕一帶，背部便貼上溫暖的胸膛。

腦子閃過徐雪銘的話，沈梨若心中一跳，輕輕喚道：「夫君……」

「何事？」耳後傳來低沈的聲音。

沈梨若感覺到那溫暖的呼氣聲，滿腔的話語在嘴邊打了幾個轉，最後小聲說：「謝謝。」

「傻丫頭。」身後人明顯愣了一下，才低聲說道。

沈梨若輕輕一笑，為自己尋找一個最為舒適的姿勢，閉上眼睛，雙手撫上腰間的大手，溫暖而有力，應該能牽著她的手走向美好的生活吧。

第三十章　穆婉玉

接下來的兩天，除了去木家拜訪她從未謀面的義父義母外，靖王府的日子還算平靜。

木易的祖上乃是開國功臣，所以木家在京城也是極為顯赫，而木易的父親和徐雪銘的母親從輩分上算是表兄妹，這倒也符合凌夢晨所講的，兩家有著七拐八彎的親戚關係。

沈梨若是在徐雪銘的陪同下前往，自然受到木家上下的熱情歡迎。木家人口眾多，沈梨若從木府晃了一圈出來，除了帶著一大堆沈甸甸的見面禮以外，腦子裡就只剩下亂七八糟的新出爐親戚。

這一日天氣不錯，沈梨若在府裡待得也有些煩悶了，便帶著紫羽和紫卉出了府。

京城不愧是天子腳下，自然不是陵城可以相比。

現在正是夏季，京城的女人紛紛換上五顏六色的華服，戴上精緻閃亮的頭飾和美麗精巧的項鍊、手鐲，互相爭妍鬥豔，倒也給這街道增添不少絢麗的色彩和亮點。

沈梨若走在街上，隨意逛著兩側琳琅滿目的貨物，遇到新奇的、沒見過的便停下來看看。忽然前方傳來一個聲音：「妳怎麼走路的，沒見到我家小姐嗎？」

沈梨若一愣，這個聲音她極為熟悉，自重生以後，有多少個夜晚這聲音都在她的耳邊迴盪。

是夏雨！她不是被沈老夫人賣了嗎？怎麼在這裡？

沈梨若抬眼望去，入眼的是那抹她永遠不會忘記的身影，雖然背對著自己，但她可以肯定那是夏雨！她梳著雙髻，仍然是丫鬟打扮，正站在一個少女身側，指著對面一個普通裝束的婦人喝著。

「夫人，怎麼了？」紫羽上前一步問道。

沈梨若輕輕說了聲「沒事」，便上前走了幾步。

那婦人明顯嚇著了，手中的菜籃子也掉在腳邊，驚慌說道：「這位小姐，我……我不是故意的。」

「一句不是故意的便算了？」夏雨還想說話，她身邊的少女便打斷她的話。

「夏雨，算了，這位大娘也是不小心。」

「是，小姐。」夏雨欠了欠身，又直起身子向婦人說道：「我家小姐心善，不和妳計較，哼！」

婦人聞言一臉感激。「謝謝小姐、謝謝小姐，小姐真是大好人。」

那少女柔聲道：「沒事，大娘，下次小心點。」

「是，是。」婦人連鞠了幾次躬，才提起菜籃子走了。

這少女倒也是個心善之人。沈梨若正想著，兩人轉過身來，她當下一愣，不可置信地望著兩人。

「小姐，您還要去參加五公主的宴會呢，現在回去換衣服怕是來不及了。」夏雨一臉歉疚。「都怪奴婢不小心，沒看見那婦人。」

少女扯了扯沾有污漬的裙襬，滿臉厲色。「算了，是那婦人不長眼睛，這大庭廣眾的，難道還和那村婦較真不成？」

「可是這裙子是夫人特地為小姐定製的，說是當前最時興的款式……」夏雨惋惜。

「有什麼辦法，還是去找間成衣鋪子將裙子換了再說。」少女嫌惡地皺了皺眉。

少女說完便抬起頭，正好看見站立在一旁的沈梨若，愣了好一會兒才露出笑容。「九姊姊，妳怎麼在這兒？妹妹可想妳了！」

聲音中帶著久別重逢的驚喜，若不是熟知她的脾性，沈梨若見到這一幕也會感動吧。

沈梨若淡淡說道：「可真巧。」

望著眼前熟悉的兩張面容，沈梨若不由得心中感慨，命運這東西真是奇妙，就算如今和上一世事事皆不相同，但這兩人還是湊在了一起。

穆婉玉！

「九姊姊，我還以為妳會成為我表嫂呢，沒想到沒多久便聽到妳因勾搭……」穆婉玉說到這兒猛地一下捂住嘴，不好意思地看了看沈梨若。「九姊姊，妳怎麼來京城了？」

她的聲音雖然不大，但也不小，這一句話已經成功讓周圍來來往往的人投來異樣的目光。

沈梨若心中冷冷一笑，沒有點破她的小把戲，掃了眼站在穆婉玉身後彎著腰低著頭的夏雨。「這丫頭？」

話音剛落，沈梨若明顯看到夏雨全身一抖。

穆婉玉愣了愣笑道：「今年表哥成親，我特地前去祝賀，沒想到剛到陵城便見到這丫頭在街上哭著喊著，說是犯了錯被主家賣了，我見她著實可憐，便買下她。後來一問，才知道是你們沈家打發的，雖然不知她犯了什麼錯，但我見她聰明伶俐，心眼也實，就留在身邊。」

沈梨若細細打量著夏雨，雖然她低著頭看不清表情，但從沈梨若的角度仍然可以看到她白裡透紅的臉蛋，看來跟著穆婉玉的這幾個月她的日子倒是滋潤了不少。

「九姊姊，妳何時來京城的？怎麼也不來找妹妹？」穆婉玉湊上來輕輕地拉著沈梨若的手臂，親暱說道。

「才來不過幾日。」沈梨若不著痕跡抽回自己的手臂。

彷彿察覺到了沈梨若的不耐，紫羽上前一步。「夫人，您早上只喝了碗粥，還是先去吃點東西吧。」

沈梨若聞言點頭。「好的。」

這時候穆婉玉才看見沈梨若的髮髻。「九姊姊，妳成親了？」

她話音剛落，一旁低著頭的夏雨也唰的一下抬起頭。

沈梨若沒有理會兩人的驚訝，隨意應了聲。「妹妹看來有事在身，我就不打擾了，告辭。」說著轉身便走了。

與穆婉玉和夏雨的相遇對沈梨若沒多大的影響，畢竟她現在是靖王世子妃，皇上親封的一品誥命夫人，穆婉玉雖說堂姊被封為宛嬪，但和沈梨若現在的身分相比還差了一大截。

夏雨望著那從容而去的背影，想到在沈家時，等著被賣到妓院、驚恐不堪的生活，眼中滿是恨意，若不是她機靈，怕現在已和錦繡一樣過著那一雙玉臂千人枕，一點朱唇萬人嚐的日子了。

穆婉玉看著沈梨若，心中湧起一陣濃濃的不喜，說起來沈梨若並沒有得罪她，可她就是不喜，彷彿是從骨子裡散發出的厭惡一直籠罩在她的心裡。

這時，兩個衣著華麗的少女走來，其中一個紅衣少女見到穆婉玉道：「穆姊姊，站在這兒做什麼，詩會可要開始了。」

緊接著另一個少女驚訝說道：「哎呀，穆姊姊，妳的裙子怎麼髒了？」

兩人言笑晏晏，語氣親近，可穆婉玉卻清楚看到兩人眼中的敵意。

她揚起臉，笑道：「一個婦人不小心，撞到我身上。」

「怎麼這麼不小心啊。」紅衣少女嘟囔。「白白糟蹋了姊姊這條精美的裙子。」

另一位少女嘿嘿一笑。「怕是白白糟蹋了穆姊姊的心意吧。」

紅衣少女道：「不錯，今兒個六皇子可是要來的。」

另一位少女語帶輕蔑。「也許不是六皇子，靖王世子不是回京了嗎？說不定穆姊姊是……」

「可是聽說靖王世子已經娶了正妃。」

「妳懂什麼，這正妃沒了，還有側妃呢……」

聽著兩位少女妳一言我一語，穆婉玉不屑地瞥了兩人一眼。「兩位妹妹有時間在這裡和我閒話家常，還不如早些去望月樓，憑藉我和五公主的交情，要是晚了點不會有什麼大礙，兩位妹妹要是晚了，惹五公主不高興，那可就不好了。」

兩位少女一聽，臉色有些難看。

紅衣少女瞪了穆婉玉一眼。「哼，狐假虎威，有什麼了不起，咱們走！」接著，便頭也不回地走了。

「小姐。」見兩人走遠，夏雨才輕輕開口。

「還愣著幹什麼，還不快去找成衣店！」穆婉玉沈著臉。「果然是個呆頭呆腦的，怪不得沈梨若要把妳賣了！」

夏雨的身形一頓，低頭掩住眼中的憤恨，應了聲往街道一側走去。

今日的靖王府很安靜，世子妃一早出了王府，世子進了宮，至於王爺和長公主則一直在房內沒有出過門。

公主的貼身婢女紫悅靜靜地站在門口，直到日上三竿了也沒敢進去打擾兩位主子。

靖王府的僕人婢女都知道，偌大的靖王府，只有兩個地方不能隨便進入，那就是主子們的起居室。雖然公主、王爺和世子素來和善，王府中也沒那麼多規矩，但若是沒有經過允許隨意進入主子的臥室，那後果……輕則一頓杖責，重則斷手斷腳，甚至連命都沒了。

時間漸漸流逝，過了晌午，一直到了申時時分，也沒見兩位主子出來。紫悅心中著急，貼在門邊欲聽聽裡面有沒有動靜。

沒想到耳朵剛貼上大門，身後便響起一陣低喝。「幹什麼！」

紫悅一個哆嗦，差點沒摔倒在地。她急忙站起身子行禮。「世子，王爺和公主到現在還未起身，奴婢……」

她話還未說完，凌夢晨眉頭一皺，走到門前，腳一抬便踢開緊鎖的大門。

「世……世子。」紫悅愣了半晌，才緩過神來跟上去。

可她剛跨進大門，便見世子殿下手中緊緊攥著一張紙，俊秀的五官扭曲著。「你們竟然就這樣跑了？」

沈梨若帶著一包戰利品回府時，看見的便是滿府戰戰兢兢的婢女僕人。

見到她回來，紫悅慌慌張張跑過來。「夫……夫人，您可回來了。」

沈梨若疑惑地看了眼紫悅。「怎麼了？」

她知道這個丫頭，是徐雪銘身邊的貼身丫鬟，據說素來沈穩，很得徐雪銘喜愛。

「夫……夫人，您快去康得苑吧，世子正在發火呢。」

望著紫羽擔憂的面孔，沈梨若心中一緊，忙往康得苑跑去。

這康得苑可是徐雪銘和凌越的住處，究竟出了什麼事竟然讓凌夢晨和他的父母發起火來？

康得苑中，凌夢晨盯著手中的信，臉色鐵青。

「夢晨吾兒，當你看到這封信時，肯定很吃驚、很惱怒吧。不過娘和你爹辛辛苦苦拉拔你這麼多年，好不容易盼到你娶妻，也該讓我們兩老歇口氣，出去遊玩遊玩了。家裡的事就交給你了。勿念！」

望著信上歪歪扭扭的字，出自他娘的手筆。凌夢晨揉了揉眉頭，靠在椅子上。這個母親永遠是如此隨心所欲，家裡的事！輕輕鬆鬆的一句話便將皇宮裡那堆破事兒扔給他，自己逍遙去了。

沈梨若到了康得苑見到的便是這副情景。

望著那眉頭緊鎖的俊臉，沈梨若心中泛起一種想抹平的衝動。

她走到他身後，伸出手輕撫那緊鎖的眉頭柔聲道：「怎麼了？父親母親呢？」

這柔柔的嗓音似乎讓凌夢晨心中的煩躁減低不少，他抬起手握住她的。「沒事，他們出去散心去了。」

「散心？」沈梨若心中一驚。「怎麼沒聽母親說過。」

當然不會說，說了他們還走得了嗎？凌夢晨撇撇嘴。「母親一直都是如此，想起哪齣是哪齣，沒事，過段時日他們玩膩了自然會回來。」

沈梨若瞅了瞅他那黑如鍋底的臉，輕輕應了聲。「哦。」

若是如此簡單，他又怎麼會生氣？

不過她心裡雖如此想，卻沒有說出來，只是輕輕說道：「既然如此，你也別太擔心，這時候不早了，我叫他們準備晚膳吧。」

凌夢晨抬起頭看了眼沈梨若，臉色微微緩和。「好的。」

接下來的幾日，凌夢晨每日便往皇宮趕，直到天黑才一身疲憊的回府。讓沈梨若不禁懷疑徐雪銘所說的「家裡事」究竟指的是什麼？

上一世她大部分時間都待在劉家，對於京城的事情知道得不多。

沈梨若坐在椅子上，細細回想著已經慢慢淡忘的記憶，忽然間一個情景閃過腦中，她神色一凜。

前世嫁給劉延林兩年之後，太子失德被廢，朝中暗潮洶湧，劉延林的大伯劉鴻作為三皇子一黨，自然也捲入了這場漩渦。記得當時兩人在花園傾談，她便將準備好的茶水點心端去，無意中聽到兩人談論過靖王，記得言談中劉鴻對靖王極為忌憚，好像是因為靖王手中握有一支皇上的暗兵……

若是劉鴻所言屬實，那如今凌夢晨接手的事……沈梨若揉了揉眉頭，怪不得那日他如此煩躁。

第三十一章　故人

正想著，紫卉的聲音在身邊傳來。「夫人，五公主和兩位小姐來了。」

沈梨若不由得皺了皺眉，暗忖：這京城的貴婦夫人整天吃飽了沒事做，三個一群，五個一夥地來靖王府晃一圈，整日想著這個新出爐的靖王世子妃對她們有何幫助。

月前的選秀對平民百姓來講是巴不得躲掉的災劫，對於望門世家來講卻是一個攀龍附鳳的好機會。平民百姓的閨女入宮只能充當宮女任人奴役，而這些達官貴人的女兒若是入宮被皇上看中，等同飛上枝頭，就算再不濟也有個女官職位，日後指給宗室也是一條很好的富貴之路，所以選秀命令一出，各家就使足了勁兒，拚命將自家閨女往皇宮裡塞，沒想到皇上不知為何突發奇想，在選秀快要終止時下了一道旨意，此次選秀只是篩選宮女，五品以上官員的閨女不得參加，讓這些興致勃勃的望門世家傻了眼。

不過短暫的失望並沒有讓這些望女成鳳的父母冷卻下來，反而揣持著心中的熊熊烈火，紛紛展開自己的關係網，拉攏、結交宗室貴婦，而沈梨若這初來乍到的靖王世子妃，皇上親封的嫻夫人，自然落入了眾人的眼。

當然除了這些來巴結的貴婦外，還有一些滿臉嫉妒憤恨的少女，讓沈梨若疲憊不堪。

「夫人，要不奴婢去回了她們？」紫卉瞅了瞅沈梨若皺起眉頭的臉。

心。

「不用。」沈梨若嘆了口氣。「讓她們稍等，我馬上就來。」

「是。」

這群女人來這裡不過是圖個新鮮，若是躲躲閃閃、避而不見反而更添她們好奇、探究的心。

靖王府正廳中。

「這人真不知好歹，竟然讓公主等這麼久！」一個穿著嫩黃色交領襦裙的少女滿臉鬱色道。

「公主都沒說話，妳急什麼？」坐在她身邊的綠衣少女端起茶杯輕輕地抿了一口。「人家好歹也是靖王世子妃，皇上親封的嫻夫人，擺擺譜有什麼不行？」

「不過是一個走了狗屎運的野丫頭，有什麼好得意的。」黃衣少女撇了撇嘴。「也不知使了什麼狐媚手段騙了世子。」

「靜雲。」坐在首位的宮裝少女開了口。「妳該學學婉玉，別一天到晚都關不住妳那張嘴。」

「公主，婉玉的心思妳還不知道？這心上人成了親，新娘卻不是她……」那名叫靜雲的少女頓時堆著笑。「她這會兒雖然沒說話，心裡八成已經掀起驚濤駭浪了。」

「好了。」五公主道：「少說兩句，這可是靖王府，不是妳家的後花園。」說完，便靠在椅背上瞇起眼睛。

名叫靜雲的少女見狀只得訕訕閉上嘴。

正在這時，屋外響起一陣輕輕的腳步聲，廳內的四人急忙轉頭往門外看去。

只見一個身穿藕荷色宮裝的年輕婦人走了進來，三千青絲綰成了一個簡單的碧落髻，沒有多餘的首飾，只戴著一支清雅的鏤空蘭花簪子，整個人顯得清新而素雅。

沈梨若的視線在廳內一掃，嘴邊不由得勾起一抹冷笑，這世界可真小，四人之中竟然有兩人認識。

穆婉玉自從來到靖王府後，心情就頗為複雜。熟知她的人皆知她對靖王世子一往情深，記得那年她不過十一歲，因堂姊誕下十三皇子封為宛嬪，她才有機會在中秋佳節獲得恩准入宮，也就是那天她見到那俊美無比的人，從此以後，這抹身影就如烙印般深深刻在她心裡。

後來得知長公主四處張羅著為他選妃，她央求母親進宮請堂姊從中拉線，一得知長公主答應召見她時，她是多麼歡喜雀躍，一顆心怦怦直跳，徹夜未眠。可是就在她精心打扮欲出門前往靖王府時，忽地得到通知不用前往了，因為靖王世子雲遊四海去了。她的一顆心頓時跌入谷底，不過她並沒有因此灰心，她年紀還小，她可以等，等著他回來，沒想到這一等就是兩年，最終等到的是他娶了妻回來……

穆婉玉雙眼緊緊盯著邁步進來的年輕婦人，放在腿上的雙手輕輕顫抖著，那張熟悉又陌生的臉深深刺進了她的眼裡。

為什麼！為什麼是她？穆婉玉心裡湧起前所未有的憤恨。她憑什麼？一個沒落家族的女子憑什麼占了那完美無缺的男子的身邊位置？那個位置應該是她的，是她的！若是他當日晚走一步，若是當日他見了她一面……這個女子怎麼會如此好運？

「表嬸。」五公主站起身，輕輕欠了欠身。

見五公主如此，其餘幾個少女也紛紛起身，黃衣少女見穆婉玉還在發呆，急忙扯了扯她的衣袖行禮。「夫人。」

穆婉玉這才回過神來，垂下眸，收起眼中的嫉妒與憤恨。「夫人。」

沈梨若優雅地往主位坐下。「幾位請坐。」

「謝表嬸。」

「謝夫人。」

「煩勞幾位久等了。」沈梨若道。

「表嬸，那日您進宮之時，姪女正好不在，所以今日便帶著幾位姊姊前來探望表嬸。」

五公主不著痕跡地打量了一下沈梨若；樣貌清秀，柔柔弱弱，看著倒不像個厲害人物。

沈梨若客氣地笑了笑，掃了面色陰晴不定的穆婉玉和萬雲柔一眼。「穆小姐、萬小姐，沒想到這麼快我們又見面了。」

黃衣少女聞言一愣，接著不滿地瞪了兩人一眼。「喂，原來妳們竟然和嫻夫人認識。」

穆婉玉詫異地看向萬雲柔，從臉上擠出幾絲笑容。「我也沒有想到。」

萬雲柔不解地打量了一下沈梨若。那日在錦州市集一別數月，她早已將那農婦裝扮的姑娘拋在腦後。其實就算她回想起來，也無法將那日的她與眼前這一身光鮮亮麗的嫻夫人連繫在一起，畢竟在這群身嬌肉貴的官家小姐眼裡，何曾有那如螻蟻般平民百姓的位置。

沈梨若輕輕一笑。「說起來我和萬小姐還帶著親呢。」

雖然只是匆匆一面，但萬雲柔的絕情狠辣倒是讓沈梨若印象深刻。看樣子皇上出人意料的旨意，也讓萬雲柔從錦州趕到了京城。

沾著親？萬雲柔疑惑地打量著沈梨若，絞盡腦汁回想她所有的親戚，這樣一個富貴親戚她怎麼沒有絲毫印象？

「萬小姐看來是忘了。」沈梨若不以為意地笑了笑。「這也難怪，萬小姐貴人事忙，怎麼可能記得在錦州市集的一面之緣呢？」

錦州市集？萬雲柔仔仔細細打量著沈梨若，隱隱覺得這張臉孔有些熟悉。

「萬小姐，我家大姊今日可好？」沈梨若輕輕一笑。

大姊?!萬雲柔頓時反應過來，滿臉錯愕。是她！

萬雲柔的臉色有些僵。若是這嫻夫人記仇，在關鍵時刻使絆子，就算她家世不錯也得吃上大虧，不過這女子本就是一落魄家族之女，如今突然顯貴，免不得眼高於頂，若是用點耐心好生奉承，應該不會有問題。

萬雲柔心裡想著，忙笑道：「夫人放心，表嫂一切安好。當日一別，雲柔對夫人的風采可是銘記於心，本想著告訴表嫂請夫人過府一聚，可沒幾日便回了京城。雲柔一直惋惜莫名，沒想到今日又見到夫人。」

她當眾揭開和沈梨苑的關係，也不是沒有原因。和穆婉玉打過照面，而沈梨焉又來了京城，她的事情相信過沒多久就會傳到沈家，若是藏掖著落人話柄，還不如早些讓眾人知道，等他們找上門，這樣總比什麼都不知道的好。

接著，幾人有一句沒一句寒暄著，沈梨若面帶微笑地聽著那名叫陳靜雲的黃衣少女說著京城的新鮮事。

沈梨若的眼神轉向穆婉玉，和萬雲柔的過節她倒沒放在心上，但穆婉玉和她卻是有著深入骨髓的仇恨。

見穆婉玉神色複雜，坐在那裡一聲不吭，沈梨若問道：「穆小姐，怎麼一句話也不說，靖王府怠慢了妳不成？」

她話音剛落，穆婉玉抬起頭。「夫人說哪裡話，昨日婉玉夜裡著了涼，嗓子有些不舒服。」

「哦？」沈梨若面露焦急之色。「著了涼可大可小，要不我讓紫卉給妳找個大夫？」

「不敢煩勞夫人。」穆婉玉忙道：「出門前婉玉已看了大夫。」

「哦，那就好。」沈梨若點了點頭。「不過穆小姐可得小心身體。」

忽然陳靜雲噗哧一笑。「夫人無須擔心，她是沒見到靖王世子……」

「陳靜雲！」話未說完，穆婉玉臉上青白交錯，打斷她的話。

陳靜雲笑道：「呵呵，夫人，是這樣的，穆姊姊聽說靖王世子回京，有些好奇……」

「靜雲！」五公主開了口。「表嫿，靜雲就是這樣，說話老是抓不住重點，您別見怪。」

沈梨若眼中閃過一絲狐疑，笑道：「不會，我就喜歡陳小姐這種性子爽快的人。」

算起來這一世的她和穆婉玉並無衝突，依照穆婉玉的性子絕不會如此寡言少語，放過與世子妃結交的機會，可是她偏偏一反常態……腦中閃過陳靜雲的話，難道和凌夢晨有關？

重生之初本以為穆婉玉是愛慕劉延林，但經過觀察卻發現並非如此。沈梨若掃了穆婉玉一眼，雖然低著頭看不清楚表情，但那攥緊衣角的雙手卻沒逃過她的眼睛。前世的自己之所以和穆婉玉相識相知，是自她犯錯、被趕出家門之後才開始，至於她犯了什麼錯及被趕出家門之因，沈梨若並不知詳情，只是隱隱知道和一男子有關……難不成那男子就是凌夢晨？

沈梨若挑了挑眉，難道萬事真有這麼巧合？

因為陳靜雲的話，廳內的氣氛難免有些壓抑，幾人隨意寒暄了幾句便起身告辭。

這樣枯燥卻繁忙的日子過了約莫一個多月，才緩和下來，那些貴婦夫人見她每次都興致缺缺的模樣，新鮮勁兒減了許多，漸漸登門到訪的人也少了。至於穆婉玉和萬雲柔則一掃初次見面的舉措不安，隔三差五便來上一回，一個言笑晏晏，一個嬌俏可愛，若是他人定會將她們視為知己。不過穆婉玉每次前來，總是不經意地說去花園逛逛，去王府各處走走，最後神情落寞的離府。

雖然她隱藏得很好，但她不時眼中散發出來的狠毒和怨恨又怎麼可能逃得過沈梨若的眼睛，看樣子這穆婉玉醉翁之意不在酒，登門為的不過是見凌夢晨一面而已。

想到這兒，沈梨若眼中透出一絲恨意，上一世是她笨，是她傻，但這次絕不會輕易放過穆婉玉。

送走了穆婉玉和萬雲柔，沈梨若便找來紫羽詢問今日的晚膳。凌夢晨雖然每日早出晚歸，但空餘時間比剛開始多了不少，晚膳前後必能回府。

沈梨若望著紫羽的背影，嘴邊彎起一抹微笑。凌夢晨雖然不挑食，卻不喜歡奢華的菜式，反而對簡單可口的家常菜情有獨鍾，所以她每日總是親自安排菜式，讓他回到家能感到輕鬆愉快。

正想著時，忽然身子被人從背後攬住，接著一個熟悉的聲音在耳後響起。「想誰呢，這麼入神？」

沈梨若的微笑更甜。「想你。」

身後之人一愣，接著腦袋便靠在了她的頸窩處。「我也想妳。」

「怎麼今日這麼早？」沈梨若心中一暖。

「三日後是六皇子二十一歲壽辰，所有人都忙著準備賀禮，我也抽空回來了。」

「哦，那我們該準備些什麼？」沈梨若問道。

「去庫房挑幾件字畫瓷器就行了，不用講究。」凌夢晨喃喃道。

見他半晌沒鬆開手，沈梨若拍了拍腰上的手。「好了，放開吧。」

「我不。」頸窩處的腦袋輕輕摩了摩她的髮鬢。「再抱會兒。」

沈梨若柔聲道：「別鬧了，待會兒讓人看見。」

「看見便看見，我在自己的家，抱自己的夫人，誰敢唧唧歪歪？我立馬削了他！」腦袋抬起一些，溫熱的熱氣吹在她的耳畔。

見他耍起小孩子脾氣，沈梨若哭笑不得。「要抱，晚上回屋再抱！」

兩人成親已差不多有三個月，雖然凌夢晨一直沒有突破最後的關頭，但平時的親暱總少不了，她也從剛開始的羞澀抗拒，到現在有時還會突發奇想和他談笑。

「還等什麼晚上，咱們馬上回屋。」

話音剛落，身子便被人騰空抱起。

「你快放開！」沈梨若羞紅了臉。

「回到屋裡再放！」

沈梨若坐在床上，神色慌張地看著越來越逼近的俊臉，一顆心如打鼓般怦怦直跳。他要幹什麼？難不成他現在就要討回他的洞房之夜？這大白天的，沈梨若臉頓時脹得通紅。「你……你……」

「我什麼？」俊美的臉蛋湊到她的眼前，可以感受到兩人的呼吸交纏在一起。

「天……天還沒黑……」沈梨若只覺得他的男性氣息充斥在她鼻尖，不由得手足無措。

長長的鳳眼閃過一絲笑意，正準備吻上那嬌豔欲滴的雙唇時，一個聲音忽然在門外響起。「世子，王大人來了。」

凌夢晨身子一頓，沒有理會門外的人，伸手攬住沈梨若的腰就要吻上去。

「世子殿下？」門外的聲音繼續響起。

「夫……夫君。」沈梨若輕輕推了推他的胸膛。

凌夢晨吼道：「讓他等著！」

門外的人明顯被這一吼嚇得不輕，哆嗦道：「是……是。」

沈梨若替他理了理衣衫笑道：「八成是有急事，快去吧。」

凌夢晨嘆了口氣，輕輕在她額頭上一啄。「妳先歇會兒，我去去就來。」

六皇子和當今太子乃一母同胞，他的壽辰滿朝文武和皇族宗室誰敢不給面子，眾人下了朝便帶著夫人子女一股腦兒去了皇子府邸。

六皇子雖已成年，早搬出了皇宮，但因沒有封王，所以無封地。他的府邸離皇宮不遠，本是前朝一位親王的府邸，環境清幽，周圍沒有鬧市。

六皇子壽辰這日，六皇子府邸一改平日的安然寧靜，長長的馬車隊伍從大門一直看不到尾，皇子府的管事太監帶著幾個小太監在門口一面點頭哈腰地迎著眾位大人宗親，一面吆喝著送賀禮的僕人維持秩序，直忙得頭冒虛汗，嗓子如煙燻火燎般。

而淩夢晨和沈梨若自然不用在外排隊，眾人見淩夢晨到來就讓出一條道路。

沈梨若剛在紫羽的攙扶下，下了馬車，一名太監就迎了過來，見其服裝配飾應該是皇子府的管事太監。「世子殿下，嫻夫人，快快請進。」太監嘶啞著嗓子，彎著腰，堆起滿臉笑容。

淩夢晨牽著沈梨若的手走進大門，身後的紫羽立馬將手中的禮單交到管事太監手中。

雖然淩夢晨說賀禮不用講究，但沈梨若沒有草草了事，因為不知道六皇子的喜好，所以除了金銀玉石之類的製品外，還選了一些名畫和詩作。短短時間內能將此事辦好，還得多虧靖王府那巨大的倉庫，每每回想起倉庫內金光閃閃的情景，沈梨若不由得暗嘆自己走了狗屎運，撿了這麼個有錢有權又有貌的夫婿。

第三十二章　沈梨焉小產？

穿過幾個迴廊，沈梨若便和凌夢晨分開，在宮女的帶領下去了後宅。

後宅已有不少貴婦閨秀，一時衣香鬢影，花團錦簇。眾人一見到沈梨若前來，不少貴婦滿臉笑容地迎了上來。

經過一個多月的交往，沈梨若倒是認得了不少人。

凌夢晨是當今皇上的表弟，她又是皇上親封的嫻夫人，如今皇上的后妃還未到，所以在這鶯鶯燕燕中，數她的地位最為崇高。在眾人的簇擁下，沈梨若坐在首座上，和眾人寒暄。

瞄了眼面帶諂媚和討好的眾人，沈梨若心中冷冷一笑。若是換做以往，她在這群眼高於頂的貴婦中恐怕和牆邊螻蟻一般吧？輕輕掃過眾人，沈梨若的眼神一頓，一個熟悉的身影出現在角落。

這是皇子府邸，她怎麼會在這兒？

沈梨若凝神看去，忽然另一個身影也出現在眼裡。她嘴角一揚，勾起一抹冷笑，這兩人這麼快便湊在一起了。

看到沈梨焉和穆婉玉在一起竊竊私語的身影，沈梨若心中忽然升起一種不安，就抬頭招來紫羽，在她耳邊低聲吩咐兩句。見紫羽應聲而去，她的心才微微安定下來。俗話說防人之心不可無，這兩人若是今日安分守己還好，若是敢耍什麼手段也別怪她毫不留情。

沈梨焉雙手攥緊穆婉玉的手，全身微微抖著，以壓低卻難掩亢奮的聲音道：「婉玉！婉玉！這才……這才是我理想的生活啊！」

穆婉玉感覺到手上的疼痛，輕輕皺了皺眉，優雅地甩開沈梨焉的手。「妳安靜點，別跟上不了檯面的婦人一樣！」說完，她目光瞄過上方面帶笑容、舉止優雅的沈梨若，眼中爆出難掩的恨意。這一個多月來，自己找遍了理由去巴結、奉承她，為的不過是見那魂牽夢縈的人一面，可是每次都徒勞無功。每每夜深人靜之際，一想到這個她根本不放在眼裡的女子，竟然能擁抱著心愛之人入睡，難以壓抑的恨意便湧上心頭。

「是，是。」沈梨焉不好意思地搓了搓手。「妳說……她會來嗎？」那個「她」字彷彿從嘴邊擠出來的，帶著無邊恨意。

「她是靖王世子妃，怎麼可能不來？」穆婉玉瞥了一眼沈梨焉。「坐在首位、穿淡綠色宮裝的那人就是。」

沈梨焉抬眼往前望去，頓時濃濃的嫉妒在臉上出現。

她死死盯著沈梨若頭上精緻閃亮的首飾，光滑飄逸的衣衫，心中不住地吶喊：她憑什麼！憑什麼！一個父母早逝的孤女，一個被趕出家門的女子，憑什麼可以獲得如此榮耀，憑什麼受眾人的阿諛奉承？憑什麼！

剛聽到穆婉玉說沈梨若飛上枝頭，成了靖王世子妃時，她還不信，但如今一見那被眾人圍著捧著的人時，只覺得如此礙眼。沈梨焉攥緊拳頭，她樣貌人品哪點兒比不上這個賤丫頭，憑什麼她可以享受這種殊榮，她卻受到夫君冷落嫌棄？

看著沈梨焉沒有絲毫隱藏地瞪視沈梨若，穆婉玉皺著眉。「妳注意點，別露了餡兒，她現在可不是當初沈家的九小姐，能任妳拿捏，若是待會兒出了差錯，小心妳的腦袋。」

沈梨焉身子一頓，低下頭。「是，妳放心。」

望著坐在一旁低著頭的沈梨焉，穆婉玉滿臉不耐，怪不得四表哥不待見她，一個如此蠢笨之人有何用？若不是看在她和沈梨若那點兒姊妹關係，她才懶得搭理。

時至午時，客人已來得差不多了，沈梨若悄悄地往下挪了挪，為太子妃和幾位皇子妃讓出位子。轉眼午時已過，但眾人依然興趣盎然地坐在椅子上聊著天，沒有絲毫抱怨，因為最尊貴的皇上和皇后還未見身影。

又等了約莫半個時辰，六皇子妃才急匆匆走進來朗聲道：「讓各位久等了，皇上剛派人宣讀完御旨，請各位到花廳用餐。」

因皇上子女眾多，事務繁忙，若是皇子壽辰，通常只是派人宣旨以示慶賀，若是皇上皇后親自駕臨，那可算得是莫大的榮耀了。

因此六皇子妃話音剛落，眾人便紛紛起身往花廳走去。

「夫人。」正走著時，忽然身後傳來一身輕喚。

沈梨若回頭一看，見到紫羽神色有異地站在不遠處。

她心中一動，走到紫羽身邊。「怎麼了？」

「夫人……」紫羽湊過身子在她耳邊輕輕低語幾句。

沈梨若臉色微沈。「我知道了，妳讓紫卉繼續盯著。」

「是。」紫羽福了福，轉身離去。

沈梨若嘴角勾起一抹冷笑。沈梨焉！吃了這麼多次虧還沒學乖。

筵席上，沈梨若瞥向在遠處角落裡，鬼鬼祟祟打量自己的沈梨焉和穆婉玉，她冷冷一笑，不消多久便起身往外走。

她邁著步子走向後花園，沒一會兒，就發現三道身影鬼鬼祟祟地跟在自己身後。

如今宴會才過半，後花園的人不多，只能遠遠聽見幾個人的嬌笑打鬧聲。

沈梨若輕輕掃了眼四周，忽然身側花叢中閃過一截衣角落入眼底，她心中一動。「這兒風景不錯，紫羽，幫我端些茶點來。」

既然她們這麼想害她，那她不成全，豈不是對不起兩人的精心布置？

紫羽猶豫了一會兒，還是應聲退了出去。

沈梨若緩緩走在小路上，不時東望望西看看，一副沈浸於美景中的模樣。

忽然一陣急促的腳步聲由遠而近，沈梨若手一揚，手絹便隨風吹落在花叢中，彷彿沒察覺身後越來越近的腳步聲。

「哎呀，我的手絹。」

接著，她明顯看到身側的花叢一陣擺動，一個玉冠顯露出來。就在此時，身後的腳步聲已經很近了。

沈梨若眼神一凜，身子往前一探，恰好躲過身後撲來的人影。

「啊！」一陣淒厲的慘叫聲在身後響起，沈梨若回頭瞧見沈梨焉抱著肚子在地上打滾，裙襬處迅速變紅……

「夫人！」不遠處的夏雨急忙撲了過來叫道。

沈梨焉的慘叫聲太過高昂刺耳，遠處的人紛紛停止嬉戲，往這邊湧來。

見人越來越多，沈梨焉捂著肚子淒然尖叫。「好疼！好疼！我的孩子、我的孩子……」

孩子？

一剎那間，所有人齊刷刷地盯向沈梨若。

「妳！妳為何這麼狠心？就算妳再不喜我，我也是妳的姊姊，我肚裡的孩子可是妳外甥啊！」

沈梨焉只顧抱著肚子在地上打滾慘叫，倒沒有注意身側的花叢中慢慢站起一個十來歲的少年，正面露疑惑地望著兩人。

「表嫂、表嫂，妳這是怎麼了？」就在這時，一個人影推開眾人撲到沈梨焉旁邊，雙手顫抖地攬住她的身子。「這究竟是怎麼了？」

說到這兒，她回過頭伸手就搧了夏雨一耳光，厲喝：「我讓妳跟著表嫂好生照看她，妳……妳……」

「小姐，不關我的事，夫人想吃點心，我剛拿過來便見到嫻夫人站在這裡，夫人已經躺在地上了……」夏雨被打得身子一歪，跪在地上結結巴巴說。

「婉玉，我對不起夫君。」沈梨焉伏在穆婉玉的胸口哭得悲切，忽然猛地抬起頭，指向沈梨若。「是她！婉玉，是她推我的！她明知我懷有身孕……」

周圍眾人都是年紀不大的女子，被如此血淋淋的場面震得目瞪口呆，紛紛看向站在一旁臉色平靜的沈梨若。

「這是誰啊？」

「站著的是靖王世子妃嫻夫人，至於躺在地上的倒是不認識。」

「不過聽這話……好像兩人是姊妹。」

「姊妹？有妹妹這麼狠心，明知姊姊有孕還狠下毒手！」

「虧得皇上賜號『嫻』，沒想到心腸如此歹毒……」

聽到眾人的竊竊私語，穆婉玉嘴邊不由得揚起一點笑意。沈梨若，這下看妳怎麼脫身？就算有長公主做靠山，但從此以後妳的名聲臭了，到時候我再稍使點手段，皇室又豈能容妳？

「表嫂，別怕、別怕，我今日身子不適，正好帶著女大夫，我這就讓人叫她進來。」穆婉玉低聲安慰。

連大夫都安排好了？沈梨若心中冷笑，看來布置得還真是不錯。

就在這時，幾個嚴厲的喝聲傳來。「什麼事？」

幾個衣著華貴的男子和婦人走了過來，眾人聞言立馬讓開一條道路。

來人正是宴會的主角六皇子，而站在他身側的是凌夢晨。

望著下身鮮血淋漓的沈梨焉，六皇子臉色鐵青。「怎麼回事？」

站在六皇子身側的一個男子見狀忙欠了欠身，恭敬回道：「這婦人懷著身孕……說是靖王……」說到這兒，他瞥了眼凌夢晨。「說是靖王世子妃推了她。」

六皇子的眉頭緊鎖，今日是他的壽辰，如今見了血，若換成旁人，他定將人亂棍攆出去，可現下的始作俑者卻是靖王世子妃。

想到這兒，他看了看凌夢晨。「表叔。」

凌夢晨皺著眉，看了眼躺在地上、神色哀切的沈梨焉，接著眼光一凜，轉向臉色平靜的沈梨若。「若兒，怎麼回事？」

沈梨若對上那雙眼，見他眼光平靜，沒有懷疑、沒有疑惑，她心中一暖，他沒有懷疑她，如此情況他竟然沒有懷疑她。

她的嘴角不由得向上一揚。「夫君，不關我的事，是她自己跌倒的。」

「妳……妳胡說！」沈梨焉掙扎著身子厲吼。

那柔弱掙扎的身軀、憤恨淒慘的臉，足以讓周圍的人心生同情，頓時各式各樣的眼光向沈梨若襲來。

「表嫂，妳少說兩句，人家可是靖王世子妃。」將凌夢晨對沈梨若的愛護看在眼底，穆婉玉低下頭掩住眼中的怨毒。

「世子妃又怎麼了？我是她姊姊，她害死了我的孩子，我的孩子啊！」沈梨焉瞪著眼，聲嘶力竭。「沈梨若，我不會放過妳的！」

「表嫂，妳別激動，我已經派人叫大夫了。」穆婉玉按住沈梨焉抖動的身軀。

「夫君，是否有誤會以後再說，先煩勞六皇子將太醫請來看看。」沈梨若沒理會兩人的裝腔作勢。

「好。」凌夢晨點了點頭，轉向六皇子。「六皇子……」

「表叔放心，我這就讓人傳御醫。」六皇子道。

一聽到六皇子要傳御醫，沈梨焉頓時叫道：「不、不用了，表妹已經派人去請了……」

她話還未說完，沈梨若便蹲下身子，一把按住沈梨焉的雙手。「六姊，六皇子府中的可是御醫，怎麼也比外面的大夫醫術高明。」

「我不要，放開我，妳這個蛇蠍賤人！」沈梨焉臉上閃過一絲恐慌。

「嫻夫人，表嫂現在情緒激動，還是讓我帶她回府吧。」穆婉玉望著臉色平靜的沈梨若，心中升起陣陣不安。

她不是應該驚慌失措，極力狡辯嗎？怎麼如此平靜？

「回府？不行！六姊這種情況必須馬上診治。」沈梨若臉一沈。「六皇子，還請騰出一間廂房。」

「好。」六皇子點了點頭。

沈梨若按住沈梨焉掙扎的雙手。「紫羽、紫卉，馬上扶劉夫人進廂房。」

「我不、我不！妳要害我，妳害了我的孩子不算，還要害我！」沈梨焉劇烈地掙扎。

「嫻夫人！我表嫂不相信您，請您讓我帶她回府！」穆婉玉用身子擋著沈梨焉。

就在幾人掙扎不休時，一個有些稚嫩的童音響起。「皇兄，我看見了。」

六皇子低下頭，看向扯著自己衣袖的小孩。「十皇弟？你說什麼？」

「皇兄，我看見了。我看見這個婦人從後面準備撲上表嬸，可是當時表嬸正要去拾掉落的手絹，這婦人沒撲到，反而自己摔倒在地。」十皇子指著沈梨焉義正詞嚴道。

頓時眾人一靜，望向沈梨焉的眼神也帶著詫異和嫌惡。穆婉玉也愣在原地。

紫卉和紫羽見狀，衝過去一把扶起沈梨焉，紫羽乘機摸進她的腹下一扯，驚叫道：「這是什麼？」

在眾目睽睽之下，一個沾滿血跡的牛皮袋從沈梨焉的身下滑出來。

在眾人的錯愕中，沈梨若輕輕一笑。自紫羽告訴她，沈梨焉偷偷將一個牛皮袋塞到腹下時，她就在想這究竟為了什麼？直到她故意中途離席來到後花園，發現沈梨焉偷偷跟在她身後時，她才想通這牛皮袋究竟有什麼用。既然她們如此招待她，她又怎能不還擊？所以她故意支開紫羽，並要紫羽和紫卉事發之後找機會扯出沈梨焉腹下的牛皮袋，果然一切不出她所料。

沈梨若一臉錯愕，顫抖的手指著地上的牛皮袋。「六姊，這……這難道就是妳的孩子？」

聲音淒厲而痛心，帶著被親人陷害的悲痛。

沈梨若撲到凌夢晨懷裡，哽咽道：「夫君，為什麼？為什麼六姊要如此害我？」

凌夢晨臉色鐵青，他輕輕撫了撫沈梨若的背脊。「六皇子，這擾亂你的壽宴、陷害世子妃之人，該當何罪？」

「來人，將這罪婦送去給京兆尹，把事情給我查得清清楚楚，若有同黨，嚴懲不貸！」六皇子眼色凌厲。

「是！」

幾個太監應聲上前抓住沈梨焉，拖了出去。

「不……不！」沈梨焉尖叫著。「婉玉、婉玉，救我！救我啊！」

感受到眾人疑惑的眼神，穆婉玉身子一抖，望向凌夢晨。「世子，表嫂……不，那婦人之事，我並不知情！」

凌夢晨攬住沈梨若，輕輕瞥過穆婉玉。「妳有話找京兆尹說吧。」說著，頭也不回地走了。

穆婉玉站在原地，只覺得凌夢晨那一瞥如寒冰般令她痛徹心腑。為什麼會這樣？為什麼會這樣？明明她一切都安排好了。

當夜，靖王府內。

沈梨若看著坐在書案後看書的凌夢晨，張嘴喚道：「夫君。」

「嗯？」凌夢晨抬起頭。

「謝謝你相信我。」沈梨若輕聲道。

凌夢晨嘴角一揚，笑道：「妳是我夫人，我自然信妳。」

沈梨若低下頭，不讓凌夢晨看見自己眼中泛起的水霧。此話雖不是什麼甜言蜜語、山盟海誓，但在她的心中卻比什麼都珍貴。

「你……你就沒有懷疑過我嗎？」沈梨若喃喃道：「畢竟那情景……」

她的話還未說完，便聽到凌夢晨發出一陣爽朗的笑聲。他拍了拍身邊椅子。「過來。」

沈梨若輕輕吸了吸鼻子，依言走到他身邊坐下。

看著她安靜垂眸，一副乖巧聽話的小媳婦模樣，凌夢晨伸出手在她鼻子上一刮。「以妳這丫頭的心思，如果要教訓妳六姊，會留給她當場指證妳的機會？更何況還是在六皇子的壽宴上。」

沈梨若捂著鼻子，看向凌夢晨。

「再說以妳的性格，豈會無緣無故去招惹她？」凌夢晨一把將她攬到胸前，雙眼一片厲色。敢在他的眼皮子底下耍手段，動他的人，看來他是太久沒有回京了。

因沈梨焉是被當場抓獲，又是在六皇子的壽宴上鬧事，京兆尹以前所未有的速度將沈梨焉扣押，三日後審判。

第三十三章　探監

兩日後一大早，牢門前出現了一輛樸素的馬車。

「姑娘，這不合規矩。」牢門前的獄卒瞥了眼身穿淡紫色衣裙的女子，不冷不熱道。

紫衣女子聞言，從袖中掏出一個荷包塞到獄卒手裡。「差大哥，麻煩通融一下。」

獄卒用手掂了掂，臉上僵硬的線條頓時柔和了不少。「去吧，速去速回，只有三炷香的時間。」

「是，多謝差大哥。」紫衣女子點了點頭，轉身走到馬車前掀開簾子低聲道：「夫人，好了。」

話音剛落，一隻白皙的玉手便伸了出來，接著一個穿著華麗的婦人在紫衣女子的攙扶下，走下馬車。

兩位獄卒見狀，忙欠了欠身，他們都是成了精的人物，自然看出眼前這婦人的首飾雖然不奢華，但全身從上到下無一不是精品，而且儀態從容優雅，一看便不凡。

這兩人正是沈梨若和紫羽。

「夫人，小心點。」紫羽攙扶著沈梨若，在獄卒的帶領下往前走。

「嗯。」

監獄裡很暗，空氣中瀰漫著陣陣腐臭，耳邊還不時傳來呻吟和咒罵聲。

「就是這裡了。」前面的獄卒停下腳步，欠了欠身。

「有勞。」沈梨若笑了笑，身邊的紫羽掏出一錠銀子放到獄卒手上。

「謝謝夫人。」獄卒迅速將手中的銀子放入懷中。「夫人慢慢談，時間到了我自會前來通知。」說完，便轉身走了。

這是一件單獨牢房，面積不大，裡面除了牆角的一些稻草外就只有兩個破碗。

「紫羽，東西放著，妳出去吧。」沈梨若瞄了眼蹲在角落裡那披頭散髮的人影道。

「夫人，這……」紫羽吃了一驚。

「沒事，妳出去吧。」沈梨若擺了擺手。

「是。」

紫羽的腳步聲漸漸遠去，沈梨若提起腳邊的食盒。「六姊，我來看妳了。」

角落的人影先是一僵，接著慢慢抬起頭，麻木空洞的眼中頓時射出兩道利箭般的寒芒，帶著無比的怨恨。「妳來做什麼？啊！來看看我有多慘？」

沈梨若打開食盒，將裡面的飯菜一樣一樣慢慢放在地上。「六姊從小嬌生慣養，這牢裡的飯菜肯定吃不習慣……」

她話還未說完，沈梨焉猛地站起身衝了過來，抓住牢門瘋狂叫囂。「誰要妳的虛情假意，妳害得我還不夠慘？妳滾！妳滾！」

沈梨若彷彿沒有看到她的歇斯底里，慢慢站起身。「六姊，這是妹妹特地讓廚子做的一些好菜，妳好好嚐嚐……」

沈梨焉猛地蹲下身子，從牢門間伸手一掃，將滿地菜餚掀倒在地。「沈梨若，妳如此害我，我就是做鬼也不會放過妳。」

沈梨若挑了挑眉。「六姊，妳這話說得不對吧，我什麼時候害妳了？」

「妳……」沈梨焉將頭擠在牢門之間的縫隙，咬牙切齒道：「若不是妳，我豈會在大庭廣眾之下出醜？若不是妳，夫君豈會嫌棄我？若不是妳，我豈會落到如此田地？怎麼著，現在妳發達了，富貴了，便特地來這裡看看我有多麼淒慘？」

「沈梨焉，我害妳？」沈梨若冷笑一聲。「看來妳進了大牢，這腦袋也有些不清晰了，怎麼著？六姊需要我幫忙回憶一下？」

「妳少在這兒耍嘴皮子，妳這賤人別以為攀了高枝，從此就蓋住身上的野鴨毛變鳳凰了，妳算個什麼東西？」沈梨焉雙眼含著怨毒。

「我是不是鳳凰還輪不到妳這個階下囚來評論。」沈梨若臉一沈。「在陵城妳收買夏雨，製造假信誣衊我勾引男人，還四處散布謠言污我清白，讓祖母將我趕出家門。不只如此，還指使秋雲收買劫匪，在我去桂慶的路上搶劫，甚至想抓我去賣了。上京的路上，妳又在大庭廣眾下隨意壞我名聲，這些事我和妳計較過？妳也知道我現在的身分地位，若我想整治妳，妳沈梨焉還能活蹦亂跳到現在？」

說到這兒，她頓了頓。「可我沒想到，我沒找妳麻煩，妳竟然一而再、再而三地想置我於死地，如今妳假裝懷孕誣衊我故意害妳流產。沈梨焉，本以為妳還有幾分聰明，沒想到竟然是個徹頭徹尾的蠢豬！」

「妳——」

「我怎麼？沈梨焉，我現在是靖王世子妃，皇上親封的嫻夫人，若不是還念著那幾分姊妹情分，妳就算是死了，我也懶得看上一眼。」沈梨若厲聲道。

沈梨焉盯著沈梨若，臉色稍微緩和，雖然被關入大牢不過兩日，但她也算是嘗盡了世間冷暖，這段時間除了穆婉玉來過一趟外，她的夫君一直都不見蹤影。

見沈梨焉不再歇斯底里，沈梨若放緩了語調。「穆婉玉來看過妳吧。」

沈梨焉一愣。「不錯，婉玉可不像妳，心腸歹毒的賤女人。」

沈梨若斜了她一眼，沒有理會她的咒罵。「讓我想想，穆婉玉來，八成講了很多和劉延林一家的美好親情吧，接著又說妳不過是想出口氣而已，只要妳審訊時咬定只是一時意氣用事而已，憑她的家世手段必能將妳救出去。」

沈梨焉臉色一僵，隨即故作理直氣壯。「那又怎樣？婉玉這兩日在外面為我東奔西跑想盡法子，妳以為人人都像妳如此……」

沈梨若瞄了她一眼。「對了，妳假裝懷孕的主意應該也是穆婉玉出的吧。」

「沒有！妳別誣賴好人，這主意從頭到尾都是我想的，是我央求婉玉帶我進六皇子壽宴，是我見不得妳那耀武揚威不可一世的模樣。」沈梨焉瞪著沈梨若道。

「哦？」沈梨若輕輕一笑。「讓我猜猜，穆婉玉應該在某個時候，不經意地給妳講過有婦人用牛皮袋假裝懷孕的趣事吧？而牛皮袋八成也是妳偶然間在穆府發現的。」

沈梨焉身子一頓，皺起眉頭，好似想到了什麼。

「不過六姊，妳知道嗎？妳的好姊妹穆婉玉自前日事發後，別說徜門了，連穆家的大門都只出過一次。」沈梨若冷笑。「還有，妳的夫君現在也待在穆府呢，聽說整整兩日都沒有出過門。」

「妳……妳胡說！」沈梨焉瞪圓雙眼吼道。

「我是不是胡說，妳再等等不就知道了？」沈梨若理了理衣裙。「不過我那六姊夫現在有佳人在側，還能記得住妳？說不定他們兩人就等著妳在這兒走這麼一遭，好光明正大地送休書給妳！」

「妳胡言亂語，我不信！我不信！」沈梨焉一屁股坐在地上，捂著頭拚命地搖晃著腦袋。

「好了，六姊，這時候也不早了，我先回去了。」沈梨若淡淡說道：「這飯菜髒了，我待會兒讓人再給妳送一盒過來。」

沈梨焉坐在地上，望著沈梨若漸漸遠去的背影，一直喃喃道：「我不信！我不信！不可能！不可能……」

沈梨若頭也沒有回地走出大牢，她相信今日一番話，必將在沈梨焉心中種下一顆懷疑的種子，至於成效如何，還要看明日的提審情況。對於此事她並沒有不忍，畢竟這個世界就是如此，沒有絕對的公平，若是此事發生在以前的她身上，她相信結果肯定截然不同。公平，那也需要一定的基礎，雖然她不在乎這個身分和地位，但她既然嫁給了凌夢晨這樣的男人，那就要預備迎接各式各樣的狂風暴雨，而這華麗的身分光環就是她的屏障。

接下來的兩日，事情簡直精彩無比。

沈梨焉此事本是深宅婦人的小事，不過因為事情發生在六皇子的壽宴上，中間又牽扯到世子妃，京兆尹不得不出面審理，原以為簡簡單單就能解決，沒想到事情卻是波瀾曲折，一連折騰了兩日才宣判完畢。

本來沈梨若應當去作證，卻因凌夢晨不想讓她再扯進這些風風雨雨而推拒了，她這兩日並沒有出門，只是窩在屋內聽著紫卉講述打探來的消息。提審的第一日沈梨焉還死鴨子嘴硬，說只不過是一時意氣用事，因自家姊妹的小糾紛，所以想整整沈梨若，並不是存心陷害，也沒有搗亂六皇子壽宴的意思。

直到京兆尹要宣判之際，劉延林送來的一紙休書便如捅了馬蜂窩般，沈梨焉頓時不顧身上的腳鐐，扯過休書撕了個粉碎，接著在堂上暴跳如雷、歇斯底里地嘶吼，雙眼通紅地罵劉延林負心薄情、喜新厭舊，又罵穆婉玉不知廉恥，勾引表哥……最後被京兆尹賞了十五棍才安靜下來。不過此時的沈梨焉已經精神不濟，雙眼無神地趴在地上，嘴裡喃喃咒罵著。京兆尹見問不出什麼，便將沈梨焉押下去，隔日再審。

原本想著第二日就可定讞，沒想到沈梨焉一到堂上就高呼冤枉，直說自己不過是受人指使，一時受不住金錢的誘惑才做出此糊塗事，求京兆尹網開一面。京兆尹一聽倒是吃了一驚，這內宅婦人爭鬥素來血腥殘酷，若只是沈梨焉一人所為那倒還簡單，隨便罰了就是，但若是因此牽扯到其他達官貴人……那可就麻煩了。京兆尹威逼利誘了好一會兒，沈梨焉卻像是鐵了心般，一口咬定是穆婉玉指使自己，目的就是讓嫻夫人名聲掃地，好取而代之，又說穆家狼子野心，想為自家的宛嬪造勢，要讓穆婉玉攀上靖王這棵大樹……

京兆尹聽著聽著，腦袋上不由得冒出了一些冷汗。這宛嬪何許人也？可是當今十三皇子的生母！這千百年來，最忌諱的就是捲入皇位之爭，雖說十三皇子不過才三、四歲，且皇上春秋鼎盛，可若是宛嬪起了心思，現在就開始未雨綢繆，那也不是完全不可能。

沈梨若當時聽到這消息時，不由得笑了。這沈梨焉可真是被傷透了心，急紅了眼，自己不過輕輕挑撥兩句，她倒好，自發自想了一大堆，逮誰咬誰！雖然她現在是口說無憑，但這京城之中誰心裡沒有自己的打算？這番話說出來，不管是真是假，都會給不少人，甚至連皇宮裡最尊貴之人的心裡埋下猜忌的種子，穆家的日子怕是不好過了。

接下來這件小小的案子便吸引了各方注意，穆婉玉一接到消息便趕到堂上，一面口呼冤枉，一面指責沈梨焉胡言亂語、血口噴人。沈梨焉哪裡是穆婉玉的對手，沒多久就被問得啞口無言。本來她對沈梨若的話還半信半疑，如今見到穆婉玉站在堂上辯才無礙的模樣，彷彿每句話每個字都經過千思百慮，再加上劉延林的休書，頓時在心裡將沈梨若的話信了個十成十，衝上去就又撕又打……直到最後挨了幾棍子才消停下來。

京兆尹只覺得腦袋被這婦人鬧得生疼，判了個杖責五十，監禁五年，匆匆退堂。

沈梨若對於這個判決倒不訝異。雖說沈梨焉得罪了她，但說到底沒有什麼大罪，杖責五十，監禁五年的結果還算是重了。不過令她奇怪的是，除了穆婉玉做了一下辯解外，穆家和劉家從頭到尾像沒事人般風平浪靜，就連宮裡的宛嬪也沒有絲毫動作，放任沈梨焉在堂上大發厥詞，彷彿在畏懼什麼。

不過，這些事都不是沈梨若操心的，她依然過著平穩的日子，等著沈家的人上門，算算時間，自從穆婉玉、萬雲柔知道自己是靖王世子妃已近兩個月了，這沈家的人也該找上門了。

不過令她吃驚的是，先找上門的不是她的祖母，而是大姊沈梨苑、姊夫朱凌與二哥沈文濤。

朱凌樣貌不錯，唇紅齒白，卻不同於凌夢晨的俊美，反而脂粉氣太過濃厚，一雙眼睛骨碌碌地轉著，帶著貪婪的目光不時打量著沈梨若，顯得十分輕浮。

而沈梨苑和上一次錦州見面時差不多，只不過眼底的疲色更加明顯。

至於沈文濤就直白多了，坐在那裡不時打量周圍的陳設，一張臉掛著諂媚和討好。

「九妹。」沈文濤先開口。

「二哥，大姊，大姊夫。」沈梨若虛應著。

「九妹，沒想到這才幾年沒見，妳就……」沈文濤嘿嘿一笑。「若不是我正好在大姊家中，我還不知道呢。」

「我也不過上個月才到京城。」沈梨若道。

「九妹，妳在桂慶成了親也不告訴大姊一聲。」沈梨苑嬌嗔。「還是後來回家問過祖母才得知妳嫁了人，真是太見外了。」

「當日因為選秀，所以有點急，便沒有告訴大姊。」沈梨若不鹹不淡說道。

「不過，這許久沒見，九妹美了不少。」忽然朱凌插嘴。

話音剛落，沈梨苑便知道自家夫君的老毛病犯了，狠狠瞪了眼朱凌。「你說什麼呢？九妹的模樣一直都挺好的。」

話雖如此，但沈梨苑望著沈梨若時，心中也泛起妒意。在沈家她素來是天之驕女，父母捧著、祖母疼著，何曾正眼瞧過沈梨若一眼。在她的印象中，沈梨若就是個遠遠站在角落，不吭聲不愛說話的小丫頭。上次在錦州匆匆一面，雖然看著脾性變了不少，但全身上下都是一股窮酸氣，如今不過幾個月工夫，那不起眼的妹子一下子變成了枝頭上的鳳凰，站在她難以仰望的高度俯視她。

紅色的宮裝襯得沈梨若膚白如雪，束在腰上的白色織錦腰帶則勾勒出玲瓏腰線，裙裾上精美繁雜的花樣也必是精品，滿頭青絲上幾顆飽滿圓潤的珍珠，使她一舉一動間有說不出的優雅動人。

沈梨苑低著頭，掩住眼中的妒恨。人就是如此，若見到本應高高在上之人，他們會崇拜羨慕，但若這高高在上的人是以前看不上眼的卑微者，心中的羨慕與崇拜便會化作濃濃的嫉妒和怨恨。

幾人有一搭沒一搭的寒暄後，漸漸地，沈梨苑坐不住了。

沈梨苑話音剛落，沈文濤便堆滿諂媚的笑容道：「還有我、還有我，在翰林院已經做了三年筆帖式，因我的頂頭上司處處刁難，所以到現在還沒有升遷，妹子妳給靖王世子說一聲，去翰林院打個招呼……」

「九妹，妳姊夫因為身體不適所以會試……嗯……功敗垂成，所以想請妳幫個忙，看能不能幫妳姊夫找個差事。」

沈梨若端起茶杯輕輕抿了一口。「我本以為你們是為了六姊的事特來興師問罪，沒想到卻是為了自己的前程。」

沈梨苑和沈文濤一聽，頓時臉上滿是愧色，他們接到萬雲柔的消息就急匆匆趕來，到達京城時正巧碰上沈梨焉的案子，但因沈梨若今非昔比，幾人便在客棧中住了幾日，直到此時風頭稍過才找上門，沒想到被沈梨若這一搶白，臉上有些掛不住。

見兩人悶住不說話，朱凌卻管不了那麼許多。「看九妹說的，六妹那是罪有應得，竟然不顧妳們的姊妹情陷害妳，莫說為她說話，就是她現在站在我們面前，我們也不會認她這個妹子。」

朱凌滿臉凝重，聲音鏗鏘有力，頗有幾番大公無私的味道，不過那雙轉動的賊眼卻將其損失殆盡。

「哦？是嗎？」沈梨若斜著眼看著眾人。

「是的，是的。」沈梨苑連連點頭，而沈文濤低著頭在一旁沈默。

沈梨若瞥了沈文濤一眼，看來這個二哥還不是全然無情之輩。

「對了，這麼久怎麼還未見到靖王世子？」朱凌一臉的期盼。

他話音剛落，其餘兩人也伸長了脖子凝神聽著。

「今日一大早，皇上召他進宮去了。」沈梨若淡淡說道。

堂下三人的臉上，不約而同閃過一絲失望，接著又充滿羨慕。皇宮，那可是最尊貴、最有權勢的地方，若是討好靖王世子，豈不是說自己也有一天會走進那金碧輝煌的地方？

一想到這兒，三人紛紛振奮起來，訴說著自己名落孫山的遺憾或鬱鬱不得志的煩惱，話裡話外不外乎是讓沈梨若給凌夢晨吹吹枕頭風，為兩人謀個美差。

沈梨若心中冷哼，雖然上一世與沈文濤的關係較為疏遠，但也知道他才學不錯，就是做事不穩妥，老想著一步登天，所以在翰林院一直得不到升遷，直到沈梨若去世前，他還是做筆帖式。至於朱凌，更是不堪，仗著一副好皮相四處勾搭女子，在錦州還因父親的關係可以耀武揚威做個紈袴子弟，若到了京城，只是個惹是生非的人。

思及此，沈梨若語重心長地道：「二哥，你在翰林院當了三年筆帖式，一直沒有升遷，難道就只因為上司刁難？那你的上司為何只刁難你一人？你可曾想過自己的過失？至於姊夫，這自古以來所有的讀書人想要做官都得走那條會試之路，沒有考上就是沒有考上，何必找諸多說辭，姊夫只要回家刻苦努力，何愁下次會試不能一舉題名！」

言訖，沈梨苑便黑了臉，騰的一聲站起來。「妳這什麼意思？」

沈梨若淡淡道：「才這麼段時日沒見，大姊怎麼就聽不懂妹妹說的話了？」

「妳不願幫忙便不願幫，找什麼藉口……忘恩負義的東西！」沈梨苑拉著臉指著沈梨若吼道。

「大膽！」站在一旁的紫羽立馬高聲喝道。

這一聲，讓沈梨苑一個哆嗦。

沈梨若擺了擺手，示意紫羽退下，斂了笑容。「你們為自家夫君和前程擔心的心情，我可以理解，但世子在朝沒有任何官職，這職位任免他能管得了？我好心好意告訴你們，妳不但不領情，還指著我大呼小叫。沈梨苑，這裡可是靖王府，妳給我放尊重點。」

「妳……」沈梨苑氣結。

沈文濤在翰林院混了三年，總算還有些眼色，忙起身勸阻。「九妹莫惱，大姊不過心中著急，心直口快而已。」

「世子只是宗室，雖有爵位卻沒有任何差事，你們的忙恕妹妹幫不了，也無法幫！」沈梨若淡淡說道。「念在咱們多年的手足情分，我奉勸各位幾句：這世上沒有什麼是白來的，若是想達到自己的目標，還是腳踏實地，一步步走好！」

說到這兒，她端起茶杯輕輕喝了一口。「紫羽，送客。」

「是。」紫羽欠了欠身，走到幾人身前。「幾位，請！」

「妳！」沈梨苑還想說話，卻被沈文濤一瞪，只得一臉不滿地站在原地。

沈文濤低下頭沈思了一會兒，抬起頭滿臉慎重。「多謝九妹指點，為兄知道了。」

沈梨若見狀輕輕一笑，看來她這群兄弟姊妹還不至於一無是處。

「各位慢走，不送！」沈梨若道。

「打擾了。」沈文濤抱拳行了一禮，便招呼著沈梨苑兩人向外走去。

就在三人即將跨出大門之時，沈梨若忽然開口。「大姊，這次在府裡倒沒什麼，若是下次被他人見到，免不了惹上事端。須知今日不同往昔，大姊還是注意點好。」說完，不理會沈梨苑僵硬的背脊，她轉身往內室走去。

第三十四章　春光

「我們這是要去哪裡？」沈梨若掀開馬車的車簾，看著越來越偏僻的道路。
騎著馬的凌夢晨控制著馬兒放慢腳步。「妳去了就知道，保證妳喜歡。」
沈梨若看了看他的笑臉，咕噥了幾句便放下簾子。
這兩天，秋老虎像發了瘋一樣使勁散發著炙人的熱，烤在人的身上格外難受，路上行人少了很多。
沈梨若坐在馬車內閉目養神，外面雖然炎熱，但馬車內置著冰塊，溫度倒是適宜。如今凌夢晨沒有再像以前那樣早出晚歸，日子清閒不少。這幾日天氣炎熱，沈梨若本想在家好好歇歇，可一大早凌夢晨就將她拉了起來，說帶她去個地方。出門前她原想讓凌夢晨一起坐馬車，免得受了熱，卻被他拒絕了，於是兩人一騎一車，再帶上紫羽、紫卉便出了門。因為馮老最近有事回鄉，所以駕車的是一個年約三十的大漢，名叫阿左。
阿左駕車的技術不錯，馬車一路行來倒不顛簸，大約過了一個時辰，馬車穩穩停了下來。
接著凌夢晨掀開了車簾，笑道：「到了，下來吧。」
沈梨若依言下了馬車，抬頭一看，高興地笑了。

這是一座坐落在樹林中央的宅子，四周種了不少花卉，在微風中搖擺，散發著陣陣清香。

「怎麼樣，喜歡嗎？」耳邊傳來凌夢晨的聲音。

沈梨若重重點了點頭。「嗯，謝謝夫君。」

「京城此時氣候乾燥炎熱，我怕妳住不習慣，正巧有人賣宅子。」凌夢晨道：「此處離京城不遠，環境又清幽，想著妳會喜歡，就把它買了下來。」

「我喜歡。」沈梨若心中一蕩。

和凌夢晨成親這麼久，她雖然沒有說，但他的體貼入微、關懷備至，她都看在眼裡也記在心裡。心中的愛慕與感動一點一滴越積越多，慢慢填滿了她的心。

「進去吧！因為時間倉促，我只派人稍微整理了一下，若是有什麼想添購的就告訴阿左。」凌夢晨牽起她的手。

「嗯。」沈梨若甜甜一笑，沒有拒絕他的親暱，跟著他的腳步走了進去。

偌大的莊子雖不及王府，但從格局布置看得出前屋主也是個雅人。樓臺亭榭、遊廊曲徑被潺潺流水所環繞，四周栽植著各式各樣的花卉樹木，讓人心曠神怡。微風穿過樹林，傳來沙沙的聲音，如美妙的樂曲般，帶來陣陣的涼爽。

時光如流水般轉瞬即逝，轉眼間天色漸晚，兩人用過晚膳就回了廂房。

廂房面積寬敞，西南邊是一張黑木雕花大床，藕荷色的幔帳隨著清風飄舞著；門邊案上薰著艾香，淡淡清香飄蕩在屋內。一道屏風隔在屋子中央，將一個可容納十人的浴池隱藏在後頭。

屏退下人，凌夢晨坐在椅子上笑道：「這宅子還有個特別之處，便是下面有兩處泉眼，一冷一熱，這宅子的主人倒也有幾分心思，將這廂房建在泉眼上，還挖了個池子，夫人，妳要不要試試？」

沈梨若繞過屏風，呆呆望著眼前寬大的池子，一張臉騰的一下變得通紅。兩人雖是夫妻，但始終沒有突破最後關頭，如今一想到要當著他的面脫衣沐浴，她的心就不爭氣地怦怦直跳。

「夫人難道不想試試？」凌夢晨起身走到她的身邊似笑非笑。「夫人今日坐在馬車內倒也不熱，不過為夫一路走來早已大汗淋漓，夫人若是不願，那為夫就先去了。」

說完，也不待沈梨若回答，便一把扯下腰帶解開外袍。

沈梨若頓時一驚，雙手掩住雙眼，狠狠跺了跺腳。「你還不快去！」

她剛轉身跑到了屏風另一側，身後便響起一陣爽朗的笑聲。

沈梨若紅著臉咬了咬牙。「死大鬍子，臭大鬍子，就知道戲弄我。」

不久，屏風的另一側響起了陣陣的水聲，還不時伴隨著凌夢晨低沈的聲音。「真舒服。」

雖然中間隔著屏風，但從沈梨若的角度還是可以隱隱看見那健碩的背影。她只覺得身上也冒出了絲絲薄汗，說不出的難受。

「若兒，妳真不試試？」

沈梨若狠狠灌了杯茶。她上一世好歹做了五年的劉家婦，凌夢晨心中的這點兒心思自然不能逃過她的眼睛，不過知道歸知道，這主動湊上去又是另一回事。

凌夢晨抬起手臂重重地拍打水面，製造出一陣陣響亮的擊水聲。

凌夢晨靠在池子邊幻想著身後那抹估計快暴跳如雷的人兒，嘴邊泛起笑意。「若兒，我的夫人，這真……」

忽然他戲謔的聲音戛然而止，瞪大了雙眼望著眼前臉頰通紅的沈梨若。

「若兒，妳……」

「你折騰了這麼久不就是想讓我洗澡嗎？我來了。」沈梨若咬了咬牙，雙眼一瞪。

凌夢晨張大了嘴，盯著沈梨若扯下腰帶，盯著她解開外袍，盯著她扯下髮簪，盯著她穿著中衣撲通一聲跳下水。

沈梨若緊緊地靠著池壁，與凌夢晨一頭一尾遙遙相望。

既然嫁了他，夫妻那檔子事，避得了今日也避不了明日，自己又不是一無所知的女子，好歹前世嫁為人婦也有五年，誰怕誰？

凌夢晨呆呆看著只剩下頸子和頭部露在水面上的沈梨若，忽然嘴角一揚，笑了。

他這夫人還真是個可人兒。

「若兒，妳怎麼洗澡還穿著衣服？」

沈梨若扯住衣襟的雙手輕輕顫抖著，她跳進來已經是鼓起了所有的勇氣，哪還敢脫掉身上僅剩的屏障。

「我……我喜歡！」沈梨若努力讓自己理直氣壯，但那聲音一出卻柔柔軟軟，如在撒嬌般。

「哦？」凌夢晨站起身子慢慢走來。

池子本就不深，他站直了身子，水面就齊他的腹部。隨著他的走動，燭火下波光粼粼的水面在他小腹邊蕩漾著，掛在結實身軀上的水珠反射著點點光亮，配上那被池水打濕的墨髮披在肩後，從上到下無一不透露出難以用言語形容的魅惑。

沈梨若不由得嚥了嚥口水。她知道凌夢晨很是俊美，但這樣的他，她相信足以讓任何女人呼吸急促，情難自禁。

走到她身邊，凌夢晨沈下身子一把撈起她，髮絲亦隨著他的動作傾瀉而下，掩住絕美的半邊臉，只露出一雙暗黑如墨的鳳眼。

沈梨若癡癡望著這雙橫長魅惑的眼睛，好似深處有個漩渦，吸走了她的靈魂，帶走了她的思緒，讓她無法呼吸。

凌夢晨抱起沈梨若的身軀，單薄的中衣早已被池水浸透，貼在她的身上勾勒出美妙的曲線，裡面隱隱顯露淡藍色褻衣，散發著迷人的風情。

「若兒，妳真美。」凌夢晨咕噥著，慢慢壓下身子準確地吻住那嬌豔欲滴的雙唇。他的動作輕巧而溫柔，帶著疼惜與歡喜，細細品嚐著她的唇線。漸漸地他的動作開始狂野起來，靈巧的唇舌撬開她的牙關，擒住她躲藏瑟縮的舌，一起嬉戲歡舞。

沈梨若本想掙扎，但念在他已經忍了好幾個月，心不由自主地軟了下來。感覺到沈梨若的配合，凌夢晨喉嚨發出一陣低吼，放開她的唇。在她迷離的雙眼中，右手食指勾在她中衣的衣襟上。手指順著衣襟輕輕地、慢慢地滑動，在她的身上畫下一條炙熱的線條。

在沈梨若恍惚之際，他的手微微一扯，早已濕透的中衣跟著落下，漂浮在水面上，接著褪去淡藍色的褻衣，露出她本來白皙如雪、如今卻染上一絲淡淡粉色的嬌軀……

沈梨若只覺得身子一涼，暴露在空氣中的肌膚泛起一圈圈雞皮疙瘩。望著那張動人心魄的俊臉近在咫尺，她不自覺顫抖起來。明明已經打定主意將自己給他了，明明自己上一世已經對此不陌生，可她依然覺得緊張羞澀，伴隨著扣在自己腰間的手臂不停傳來一種安寧平靜的力量，這種感覺夾雜在一起既奇怪又溫暖。

忽然，她一把抓住在身上遊走的手，在他疑惑的目光下，輕輕喚道：「夫君，我……」

一握住他的手，她的心中竟然又隱隱流露一絲不安。在外人看來，她和這男人一起已是占了天大便宜，雖然她早已是他的妻，但今日一過，她就不能再像以往那樣灑脫，從此她的身上、心裡便會烙下他的痕跡，再也無法回頭了。若有一天他倦了、厭了，她也無法了無牽掛地揮手而去，就算離開了，她的心中也永遠無法寧靜，永遠有著他不可磨滅的烙印。

彷彿看出了沈梨若的擔憂，凌夢晨沈黑的雙眼流露疼惜，他扣緊她的腰肢，讓她與自己緊緊的貼在一起，同時雙唇印在她耳上低低地說：「若兒，我會看著妳，等著妳我執手相偕到白髮蒼蒼的一日，就我們，只有我們！」

沈梨若身子一顫，雙手環上他的頸。

這個男人，是她的夫，她的天，她今生唯一的依靠。

感覺到沈梨若的溫柔，凌夢晨一笑，黑如墨的雙眼越發幽深。

「若兒，我的若兒。」凌夢晨喃喃低語，抬起她的臀靠在池壁上，身子重重壓了過來。

感覺頂在下腹的那團火熱，沈梨若不由得打了個哆嗦，輕輕喘息。「等、等等……」

望著眼前這想了很久、盼了很久的嬌軀，凌夢晨心中的火早已熊熊燃燒，若不是怕嚇壞她，他早已忍耐不住了，如今到了這關頭，哪裡停得下來，他咬了咬牙，低下頭輕輕在她嘴邊一啄。「別怕！」沙啞的聲音帶著無比的壓抑和隱忍。

沈梨若深深吸了口氣，輕輕低喚道：「夫……夫君……」

尾音還未喚出，溫暖的嘴唇便壓了上來，接著她下身傳來一陣撕裂般的疼痛。

「唔……」沈梨若猛地勒緊環在他頸上的雙臂，低低嗚咽著。

上一世的種種早已消失在記憶的深處，如今她將自己給了眼前這個男人，這個待她至誠的男人。

想到剛開始見面時他三番四次的戲弄，想到他後來一次次的相救，想到他們在桂慶的朝夕相對，想到成親之日初次見到他相貌的震驚，想到他一直以來無微不至的關懷……她的心便蕩起一片溫柔，右手順著他如絲緞般的髮絲，滑到他的背脊上。

凌夢晨只覺得一股難以言喻的愉悅和滿足在四肢百骸流竄著，這是他的妻，他的人兒……

待沈梨若混沌的腦袋從那甜蜜的感覺中恢復過來時，發現自己已經躺在床上。

「還疼嗎？」

耳邊傳來凌夢晨低低的聲音，沈梨若睜開眼，入眼是他那俊美的容顏，她翻了翻眼皮，只覺得全身上下的力氣被抽乾了一樣，有氣無力地張了張嘴。「疼……」

聽到她如嬌吟般的低喃，剛才那種極致的歡愉猛然間襲上腦海，凌夢晨的呼吸不由得急促起來。他掃了眼渾身癱軟成一團的人兒，深深吸了口氣，壓下蠢蠢欲動的衝動，低下頭吻了吻她的額頭。「以後就不疼了，乖，睡吧。」

沈梨若見他躺了下來，柔柔嗯了一聲，閉上眼昏昏睡去。

第二日，沈梨若是在一陣低語聲中醒來的。

「羽姊姊，夫人今日怎麼還不起來？」一個低低的聲音傳來，帶著疑惑，好似是紫卉。

「妳這麼多話幹什麼，好生守著。」接著是紫羽的聲音傳來。

「我還不是擔心嘛……夫人平日這個時候早醒了。」紫卉委屈地喃喃著。

「紫卉。」紫羽的臉明顯泛紅，頓了頓。「夫人估計是昨日累了，再說世子已經吩咐讓我們別吵著夫人……」

聽到此處，沈梨若正想喚二人進來，卻瞄到不著寸縷的身上布滿一塊塊青紅的痕跡，臉上一紅，也顧不得全身痠痛，下床準備穿衣，可又想到昨日的衣服還留在池子旁邊，只得撐起身子打開衣櫃。

她剛穿好中衣時，紫羽和紫卉恭敬的聲音便傳來。「世子。」

接著，一個低沈的聲音便在門外響起。「夫人還沒起身嗎？」

「稟世子，還沒。」是紫羽的聲音。

沈梨若心中一驚，忙三步併作兩步，爬上床掀開被子縮了進去，剛躺好閉上眼睛，便聽到「吱嘎」一聲，接著凌夢晨的腳步聲傳來。

沈梨若身子一僵，回想到昨晚的纏綿，又是甜蜜又是羞澀，一時間也不知如何面對他，只得在心裡默默唸著：「出去，出去。」

凌夢晨一走進來，就看到背對著自己、睡得正熟的沈梨若，眼中盡是溫柔，他走上前正想為她拾起滑落床邊的被子時，眼神卻不經意掃過白皙後頸處那截白色的衣料。

他輕輕一笑，慢慢在床邊坐下，伸手順著那頭柔順的長髮滑向白嫩的頸脖。溫暖細緻的手感讓他回想起昨日的歡愉，雙眼不由得一沈。

他的手在她頸脖上的紅痕來回摩挲著，察覺到她的身子慢慢僵硬，他嘴邊的笑意也越來越濃。

裝睡？看妳能裝多久？

他低下頭探過身子，輕輕吻在她的額頭上，順著髮際線慢慢下滑，最後猛地噙住小巧的耳垂……身下的人兒終於裝不下去了，翻了個身，睜開眼。

「夫……夫君。」沈梨若紅著臉小聲道。

「醒了？」凌夢晨抬起頭。

「嗯。」沈梨若輕輕點了點頭。

凌夢晨撐起身子，伸手扯了扯她頸脖的中衣。「夫人，妳剛醒就穿好中衣了？」

沈梨若一愣，見他一副似笑非笑的模樣，嘴硬道：「這是我昨夜穿的。」

「昨夜？」凌夢晨斜著看了她一眼。

「不錯。」沈梨若猛地坐起身。「就是昨夜！」

凌夢晨視線劃過她襟口露出的白皙肌膚，眼神一暗，也懶得拆穿她的謊言，伸手一探便把人撈進懷裡。

在她的驚呼聲還未出口時，嘴唇便壓在她的唇上。

「唔……」沈梨若雙手抵住他的胸膛，低低嗚咽著。

凌夢晨正沈浸在她嘴唇中的甜蜜，哪裡還會在乎她如蚊子般的騷擾，身子一傾將她壓在床上，一手將她的雙手抬過頭頂，另一手則往她胸前一扯，沈梨若才穿好的中衣便瞬間被扔到了床下。

沈梨若見他脫掉外袍，露出精壯的胸膛忙道：「夫……夫君，紫羽她們還在外面。」

「關我何事？」凌夢晨將身上的累贅物扔到地上，嘀咕道。

「這大白天的……」沈梨若又羞又臊的。

「這莊子中誰敢亂嚼舌根子？」凌夢晨重重壓在她的身上。

那如絲綢般潤滑的手感，讓他舒服得瞇起眼睛，低下頭在她胸前狠狠地吻了吻後，就屈膝分開雙腿……

「唔！」沈梨若雙手拍打著他的胸前。昨日她初經人事，還沒緩過氣來，被他一弄，頓時眼淚都出來了。

「別哭，一會兒就好了。」凌夢晨見狀忙停下來，輕聲道：「別哭。」

沈梨若怕紫卉和紫羽在門外聽到動靜，再加上兩人現在的姿勢著實羞人，便側過臉道：「你……你快點。」

沈梨若只覺得像是跑了幾百里路一樣，全身上下痠軟無比，無力承受著。不知過了多久，她閉著眼睛癱在凌夢晨的懷裡，靜靜感受著兩人相擁的平靜，過了好一會兒，直到他的心跳漸漸平穩，她才開了口。「夫……夫君。」

凌夢晨聽見她低低的聲音，還以為她身子不適，忙道：「是不是還疼？」說著，伸手往她身下探去。

沈梨若臉上發燙，一把抓住那不老實的手。「咱們該起身了。」

日子彷彿又回到在桂慶的平靜和悠閒，沒有他人的騷擾，沒有亂七八糟的煩心事，每天白日裡兩人去附近看看山水，晚上膩在一起耳鬢廝磨。

快樂幸福的日子總是短暫，大約過了半個月，凌夢晨接到來信匆匆走了，留下阿左陪著沈梨若回府。

第三十五章　又見故人

昨晚下了場雨，濕漉漉的地上散發著泥土的清香，在風中搖擺的樹葉也顯得格外青翠。

沈梨若站在莊子大門前，趁著紫羽和紫卉在屋子裡收拾的空檔，打量著這座如世外桃源般的莊園，嘴邊揚起一抹笑意。

忽然，她聽到一聲暴喝：「賊子，爾敢！」

接著，就見到平時憨厚木訥的阿左從不遠處直奔而來，手上拿著一把不知從哪裡摸出來的長劍。

沈梨若一驚，正欲轉過身，肩上就被一隻大手緊緊抓住，力道之大，讓她感到一股巨大的疼痛。離自己不過兩步遠的阿左，黝黑臉上閃過一陣驚慌，手中的長劍直直向身後刺來。

就在阿左的劍快要刺中身後男子時，沈梨若聽見自後頭傳來一陣低沈嘶啞的聲音。「不想讓你主子活命，你就動手！」

同時一把鋒利的匕首橫在她的頸脖上，冰冷刺骨的寒意從刀鋒處傳來。

沈梨若身子一僵，一股難以言喻的驚慌從心底席捲上來。

「夫人！」

「放開我家夫人！」

聽聞到異響，奔出屋門的紫卉和紫羽渾身顫抖地驚叫。夫人要是有個三長兩短，她們也別想活了。

「放開夫人，我饒你不死。」阿左神色凌厲。

阿左皮膚黝黑，樣貌憨厚，平時寡言少語，站在一旁若是不注意極易被忽略，可如今他全身上下寒氣逼人，就如同一把即將出鞘的利劍，讓人不敢對視。

對於凌夢晨的事情，沈梨若雖然從未過問，但心中也能猜個大概，如今見了阿左，她更是肯定了心中的猜測。雖然各王府允許豢養少量私兵，但最多也就和富貴人家的看守護院差不多，哪會像阿左這樣，全身上下散發出一種經歷過各種生死搏鬥的鐵血之氣。看來劉延林的伯父懷疑皇上手中的暗兵由靖王掌握，並沒有錯。

「放開？你當我是傻子啊！」身後的男人手微微用力。

沈梨若不由得發出一陣痛呼，無論是前世還是今生，她雖然受人欺辱，卻一直錦衣玉食，從未受過苦、遭過罪。如今生死被人握在手裡，她不驚慌害怕那是假的，可是在這極致的害怕中，她的腦子反而越來越清明。

男人動了動手上的匕首，沈梨若甚至可以感覺到鋒利的刀鋒與自己的肌膚接觸的寒意。

「你想要什麼？」沈梨若努力壓下心中的恐慌。

若是想要她的命，這男子早就下手了，絕不會還如此多的廢話。

「還是這位夫人爽快。」男子的笑聲戛然而止，接著傳來一個悶哼。

沈梨若眼珠一轉。「看樣子好漢傷得不輕，雖然我不知道傷在何處，但若是不及時治療，對好漢並沒有任何好處，若是你放開我，我便放你離去……」

男子不耐煩地冷哼一聲。「妳這婦人廢話真多。」

感覺到肩膀上微鬆的力道，沈梨若揚了揚眉。「若是你放開我，我必定保證你的安全，我沈梨若雖只是一介女子，但也不是出爾反爾之輩。」

說完，她小心翼翼轉頭看向阿左。「阿左，把劍放下。」

「夫人！」紫卉見狀忙驚呼。

望著阿左臉上的猶豫，沈梨若沈下臉。「阿左！放下！」

阿左遲疑了一會兒，慢慢放下手中的劍，扔在地上。

「好漢，你看如何？」沈梨若道。

「既然夫人如此痛快，那在下也不好再做那小人之事。」男子移開匕首，左臂幾乎同一時間圈住她的頸脖。「不過在下雖然相信夫人，卻對這個大個子不怎麼放心，所以還得先委屈夫人。」

男子手臂的力道不大，雖然禁錮著沈梨若的脖子，卻沒有讓她覺得呼吸困難。

沈梨若感覺到死亡的危機頓減，輕輕吐了口氣。「可以，好漢想要什麼？」

「夫人如此爽快，在下多的也不要，準備五百兩銀票和兩件男子衣衫。」男子低低說。

「紫羽，給他，再把咱們帶的金創藥一併給好漢拿來。」沈梨若道。

「是，夫人。」紫羽忙應聲，拉著紫卉跌跌撞撞往屋內奔去。

沒一會兒，兩人連滾帶爬地拿著包袱跑出來。紫羽顫抖著雙手將包袱遞到男子身邊。

「好漢，東西在這兒，請放了我家夫人。」

「妳這丫頭著急什麼，時機到了，我自然會放了妳家夫人。」男子接過紫羽手上的包袱。「夫人，麻煩妳跟在下走一趟。」

「你最好說話算話，要不然你就是跑到天涯海角，我也會找到你！」阿左雙眼凝視著男子，沈聲說道。

「走！」男子勒了勒左臂。

兩人慢慢後退，直到穿過莊子的樹林，男子才停下腳步，接著沈梨若腦後傳來一陣低語。「今日之事對不住了。」

待頸脖上的禁錮一鬆，沈梨若迅速轉身，這才捕捉到男子的側臉。

那是一張很年輕的臉——小麥色肌膚，高挺的鼻梁，看樣子最多不過十六、七歲。

少年的動作很快，轉眼就消失在拐角處。

這時，身後傳來一陣急促的腳步聲，沈梨若回頭就看到阿左持劍奔來，其後則是驚慌失措的紫羽和紫卉。

「屬下該死，請夫人責罰。」見沈梨若安然無恙，阿左單膝跪地。

「奴婢該死，請夫人責罰。」紫羽和紫卉來不及整理因奔跑而紊亂的呼吸，咚的一聲跪倒在地。

「起來吧。」沈梨若平緩了緊繃的心。「這只是意外。」

「是屬下保護不周，屬下萬死也難辭其咎。」阿左垂著頭。

「夫人……」

「好了！」沈梨若見三人低著頭，重重吐了口氣，沈聲道：「這次我並未受傷，不過，這種情景我不想再有下次。」

「是！」阿左沈聲道：「多謝夫人。」

「謝謝夫人恩典。」紫卉和紫羽也連連應聲。

「別跪著，起來吧。」沈梨若淡淡開口。「時候不早了，快回京吧。」

「是！」

「對了。」沈梨若剛走兩步，想到了什麼。「今日之事別告訴世子。」

畢竟她絲毫未損，不想讓凌夢晨擔心。

三人遲疑了一會兒道：「是，夫人。」

沈梨若見三人應聲，滿意地點了點頭，在紫羽的攙扶下往回走去。

在回京的路上，紫羽和紫卉身子僵硬地坐在馬車內，不時掀開車簾四處張望，一副擔驚受怕的模樣。

見紫羽不知第幾次小心翼翼掀開簾子往外看的模樣，沈梨若笑了笑。「要看就將簾子掛上，別一會兒又去掀開。」

「夫……夫人。」紫羽低下頭，小聲道。

「瞧妳們這掉了魂的模樣，回到府內就算不告訴世子，也會讓他看出端倪。」沈梨若笑道：「好了，把簾子掛上吧，正好打開透透氣。」

「是。」紫羽見沈梨若一副沒事的模樣，心中暗自敬佩，壓下心中的驚慌，點頭應道。

這段時日裡，劉延林和穆婉玉兩人的日子極不好過，因沈梨焉前些日子在公堂上的一番大鬧，將穆家逼上了一個被動的局面，再加上靖王世子明裡暗裡的警告，一向受寵的宛嬪也被皇上疏遠冷落。京中之人向來都是勢利眼，看到穆家失勢，連以往前來奉承巴結的人見了面，都只是皮笑肉不笑地打個招呼。

劉家雖然沒有落到如此局面，但也受了不少波及。罪魁禍首的劉延林和穆婉玉，深感日子越發艱難，本來沒有多少交情的兩人，因此事而常常湊在一起長吁短嘆，關係倒是增進不少。

今日兩人上街倒不是為了散心，穆家為了擺脫如今的局面，決定從家中將模樣美貌及身材姣好的舞妓歌女、丫鬟婢女挑選幾個送給三皇子。三皇子是王貴妃所生，近年來太子行為舉動越發囂張，好幾次惹得皇上大發雷霆，這也讓朝中不少大臣動了心思。三皇子雖不是皇后所生，但生母王貴妃出身名門，外祖父威遠侯位高權重，舅舅又在軍中擔任要職，再加上三皇子是除太子之外，最為年長的皇子，素來名聲不錯，在朝中聲望頗高。穆家本來中立，不願參加此等奪位之戰，但如今不得不選擇攀附皇子。

穆婉玉一聽此消息，心思活絡不少。她父親在朝中擔任閒職，雖不像伯父為太常少卿，但她從小受祖母疼愛，倒也不比那幾個堂姊妹差多少。如今伯父打算送侍女給三皇子，若是她身邊的人能被選中，一旦進皇子府受了恩寵，那她這個舊主自然少不了好處。

而她的身邊，只有夏雨最為合適，夏雨雖然模樣不算極為出挑，但也是姿容秀麗，若是細細一看可以發現她的眼角上揚，笑起來有番獨特的妖媚。夏雨雖然跟著她的時間不長，但她可以看得出這丫頭心思細膩，又沈得住氣，若是進了皇子府，她倒有三、四成把握夏雨會得到三皇子的注意。作為一個侍女，有著三、四成也夠了。為此她拉著臉在伯父、伯母面前賣乖討好，忍受了不少冷嘲熱諷才爭取到這個名額。

今日恰逢劉延林來穆府，她便叫上了他，帶著夏雨上街。

因昨夜下過雨，今天的天氣不像前幾日那樣熱得難受，穆婉玉一行人在街上逛著，為夏雨挑選一些飾品布料，準備好生打扮一番。

忽然，一陣馬蹄聲傳來，三人忙向邊上靠了靠。

遠遠地，一輛馬車緩緩行來。由於這是鬧市，人多嘈雜，馬車行得不快。馬車看上去雖然不奢華，卻極為精緻，隱隱可以看見裡面坐著三個女人。

「這麼多人，坐什麼馬車！」旁邊有個婦人嘀咕。

「妳這婆娘胡說什麼，若是被裡面的貴人聽見，不打掉妳的牙。」旁邊一個漢子應該是她的男人，聽見後小聲的低喝。

穆婉玉聽到兩人的對話，輕蔑地笑了笑。什麼貴人，看著馬車的布置還沒她平時坐的好，八成是什麼商人富戶的女眷。

正想著時，一張熟悉的臉映入眼簾，她一驚。*怎麼是她？*

這時，身側的夏雨低聲道：「小姐，快看，是九……不，是嫻夫人。」

劉延林聽到夏雨的低呼，忙抬起頭向馬車望去。

那坐在馬車內的年輕婦人，白皙如瓷般的臉上染著淡淡粉色，配上一身粉紅色的秋裝隨風飄揚，優雅而富貴，而眉眼間淡淡的笑意，更是讓整個五官活躍起來，顯得美麗動人。

他呆呆望著已判若兩人的沈梨若，嘴唇動了動，只覺得腦中一片空白，不知道心中那點隱隱的衝動是歡喜還是其他什麼。若當時沒有沈梨焉攪局，這美麗高貴的婦人應該是他的了。一想到沈梨焉，他心中就升起一陣難以壓抑的厭煩和憤恨，若不是那討厭的女人，自己怎會在伯父家受盡冷眼？

他恨恨想著，卻從未想過若不是自己的絕情，在沈梨焉最無助的時候寫下休書，又怎會引起她的反彈。

穆婉玉望著越來越近的沈梨若，咬牙切齒地低咒幾聲，斜過眼正好看見劉延林呆呆傻傻的模樣，譏誚道：「怎麼著？表哥，又想起你的舊情人了？可惜啊，人家現在已是高高在上的靖王世子妃，哪還會看你一眼！」

說到這兒，她掩嘴笑了笑。「不對，若是你上前叫上一句，她應該會看你幾眼吧，畢竟你現在還是她的六姊夫呢！還好啊，你的休書還沒給長輩看過，就被沈梨焉撕了個粉碎，要不然你和她這唯一的連繫都沒了，呵呵。」

當朝世家對嫡妻極為看重，若要休掉正妻必須有正當理由和父母長輩點頭，所以前世，劉延林就算再不喜沈梨若，也無法將她休棄。當日劉延林因父母不在身邊，一時心急私下寫的休書並沒有得到父母許可，因此沈梨焉如今仍然是他劉延林的妻子。

劉延林瞪了穆婉玉一眼。「休要胡言亂語。」

他承認最開始並沒有對沈梨若存著心思，但隨著時間流逝，他漸漸發現自己不時會想起那抹淡然從容的身影，後來聽說她因行為不軌被趕到莊子上，他雖不信，但心中卻又幾分暗喜。他曾經幻想過，在莊子上窮困潦倒的沈梨若有一天會走到他面前，求他原諒她的不識好歹，也想過她跪在他面前，苦苦哀求他納她為妾，但他從未想過不過短短幾個月時間，她便衣著光鮮地出現在自已眼前，那一身華貴讓他難以仰視。

馬車漸漸靠近，當它掠過劉延林一行人時，沈梨若彷彿也察覺到了什麼，輕輕地抬起眼掃了眼眾人。清澈明亮的目光，沒有在三人身上有絲毫停留。

「哼！」穆婉玉看著遠去的馬車低哼。「看妳還能得意多久。」

她轉頭掃了眼呆呆望著馬車絕塵而去的夏雨，伸手在她手臂上一擰。「愣著幹什麼？還不快走。」

夏雨只覺得手臂被擰得生疼，但礙於穆婉玉又不敢吭聲，只得垂下眸低聲應道。

自認為聰明絕頂的夏雨，雖然不喜那種仰人鼻息、做牛做馬的日子，但由於身分低微，只得苦苦掙扎，所以當日在沈家時才會處處討好賣乖，顯示自己的精明能幹，為的就是往上爬。後來機緣巧合之下跟了穆婉玉，京城的繁華、貴人的傲然迷了她的眼，亂了她的心。她發現有更廣闊的路，人不能因為出身卑賤便只得任人宰割，只要有機遇和手段，找到高貴的靠山，再卑賤的人也能做人上人。因此當她聽說自己將被作為侍女送給三皇子時，心中無比歡喜雀躍，想著憑她的手段、心思，只要跟了三皇子，總有一天能爬上妃位，雖然三皇子現在還不是太子，但未來的事誰又說得準呢？若是她生下兒子，那以後無論是眼前耀武揚威的穆婉玉，還是如今風光無比的沈梨若，見到她還不是得諂媚討好？所以現在無論受了多大委屈，她也得忍。

「以後進了皇子府，別再像現在這樣跟個木頭似的。」穆婉玉瞪了她一眼。「平時多動動腦筋。」

「多謝小姐指點。」夏雨輕輕地福了福身。「奴婢一定謹遵小姐教誨。」

「知道就好。」穆婉玉冷哼一聲，一甩袖便往前走去。

至於沈梨若的馬車，早已在劉延林仍然癡傻的目光中不見了蹤影。

第三十六章　三皇子的侍妾

八月十五，是一年一度全家團圓的日子，但沈梨若和凌夢晨卻不能像普通老百姓一樣在家裡團聚，因為皇帝陛下邀請宗室去皇宮過節。

沈梨若有氣無力靠在椅上，呆呆看著桌上的精緻點心。

「怎麼了？無精打采的。」凌夢晨低下頭輕聲問道。

沈梨若轉過頭，滿頭首飾珠翠叮叮噹噹響個不停，不由得翻了個白眼。「你穿上這累贅的衣服，頭上再壓著亂七八糟的東西，能精神抖擻才怪。」

凌夢晨輕輕一笑，他這妻子永遠與眾不同。「妳這身禮服可是多少人求都求不來的。」

沈梨若撇了撇嘴。「這衣服足足有八層啊，八層！誰願意穿誰穿去。」

她輕輕扯了扯衣襟，雖然現在天氣已有涼意，但身上層層疊疊裹了這麼多布，她也覺得氣悶難受。再掃了眼四周面帶微笑、優雅從容的貴婦，不由得暗自佩服，看來要當好貴婦也不是簡單的事情。

沈梨若碰了碰凌夢晨。「父親和母親呢？何時回來？」

凌夢晨挑了挑眉。「他們還不知道在哪個角落裡你儂我儂呢，哪還會記得咱們。」

沈梨若點了點頭，心裡忽然湧起一陣羨慕，若是換成她，也不想回到這個束縛人手腳的京城。

夫妻倆正有一搭沒一搭地說著時，身側忽然響起一個熟悉的聲音。「九……表嬸。」

沈梨若轉過頭，只見一名男子站在自己不遠處。面如冠玉，身材修長，正是在陵城認識的徐書遠。

「徐公子。」沈梨若驚喜。

「表嬸，您還是喚我書遠吧。」徐書遠苦澀地笑了笑。

一別不過數月，當日那雲淡風輕的女子今日竟然成了自己的表嬸，他心中頓時湧起一陣難言的苦澀。

「徐……書遠，你怎麼來了？」沈梨若急忙招呼宮女為徐書遠看了座。

剛一問出口，沈梨若便想到他的宗室身分，今日來到此處自然不奇怪。不過，在這煩悶的宴會中遇見熟人，沈梨若心中頓時欣喜萬分。

「多謝表嬸，家父是定親王二子，今晚我便是隨家父來的。」徐書遠輕輕欠了欠身道。

「哦。」沈梨若點了點頭。「好久不見，李老夫人可好？」

「有勞表嬸掛懷，外祖母身體還不錯。」徐書遠道。

兩人久別重逢，今日一見自然格外欣喜，當兩人談到收走沈老夫人強制扣下的藥材時，沈梨若不由得輕笑出聲，想必當時她祖母臉色一定格外的精彩。

兩人聊得正歡，卻沒見到身旁的凌夢晨越來越黑的臉。

「咳、咳！」

徐書遠小心翼翼瞄了眼對他投以冷眼的表叔，不由得打了個哆嗦。在京城誰不知道靖王世子看上去面和心善，一副和藹可親的模樣，卻是個心狠手辣的主子。記得前幾年有名寵妃的妹妹，因覬覦他的俊美，竟然趁著入靖王府的時候，摸進他的屋子、爬上了他的床……最後那名女子當場被踢飛了出去，頓時一條命去了大半，接著第二天就被人發現全身赤裸，和府中侍衛綁在一起，掛在路邊的樹上，而那個寵妃在皇上面前哭訴要求嚴懲靖王世子，反而引發龍顏大怒，被打入冷宮。

「咳，咳咳，咳！」

沈梨若察覺到徐書遠的異樣，再聽到耳邊連綿不絕的咳嗽聲，頓時眉頭一皺，轉過頭。

凌夢晨一窒，扯了扯嘴角。「嗓子……有些不適。」

「你幹什麼？」

「不適就多喝點水。」沈梨若翻了翻眼皮，繼續轉過頭看向徐書遠。「書遠，我們說到哪兒了？」

徐書遠感覺到如利劍般的眼神，又望了眼沈梨若，頓時如坐針氈。

這時，外面響起一陣尖利的吆喝聲。「三皇子與三皇子妃到。」

徐書遠大大鬆了口氣。「三皇子來了，我去迎接。」接著便轉過身，頭也不回地跑了。

沈梨若瞪了凌夢晨一眼後，瞄向入口處，便見到一個身穿皇子服飾、頭戴珠玉寶冠，年約三十的男子走進來。他身側是一個淡綠色繁花宮裝的婦人，樣貌雖算不上美豔，但儀態端莊，應該是三皇子妃，而兩人身後則跟著一名身穿淡紫色紗裙、作婦人裝扮的女子，推測是三皇子的侍妾，雖然對方微低著頭看不清模樣，但從身段上來看，想必是個美人。

見三皇子進來，在座的宗室貴婦紛紛起身行禮，沈梨若和凌夢晨也站起來，輕輕欠了欠身，算是打了招呼。

二皇子與四皇子早夭，如今的成年皇子只有三個，三人樣貌都算不錯，但給人的感覺極不相同：太子傲慢驕縱，三皇子雖然臉上帶著笑，但眼內黑瞳面積少，顯得十分陰戾，而六皇子整個人要柔和許多。

與眾人寒暄了一會兒後，三皇子便往沈梨若的坐席處走來。

「表叔。」三皇子拱了拱手。「這位是表嬸吧，小姪還是第一次見到。」

他的語氣雖然溫和，但被那雙白眼多黑瞳少的眼睛一掃，沈梨若頓時有些不舒服，忙低下頭福了福身。

「姪媳這幾日一直想去拜望表嬸，不過最近家中雜事繁多，還望表嬸別見怪。」三皇子妃滿臉和氣。

沈梨若忙笑了笑，道了聲客氣。

事情繁多？還不是為了穆家那幾個千嬌百媚的侍妾。沈梨若輕輕瞄了瞄三皇子身後低著頭的紫衣婦人，心想：這怕是那侍妾之一吧。

穆家送侍妾引起三皇子妃大為不滿的事情，在整個京城已是眾所周知，沈梨若自然有所耳聞。

想著時，她的眼神正巧和微微抬頭的紫衣女子碰了個正著。沈梨若當下一愣，那張臉雖然經過精心修飾，已經和以往大不相同，但還是無比熟悉，她一眼便認出是夏雨。

眉細如柳，濃濃上揚的眼妝，精緻的紗裙下不盈一握的腰肢，雖然在這群姿態各具的婦人中算不上豔麗，但一顰一笑呈現出一種柔若無骨的媚態，那曾經是卑躬屈膝的小丫鬟，一瞬間彷彿脫胎換骨。

夏雨和沈梨若視線碰了個正著，也不由得愣了愣，她的眼睛立馬一瞇，嘴角揚起一抹笑意，帶著譏誚、自得和……怨恨。

沈梨若微微吃了一驚，她沒想到夏雨竟然也是侍妾之一，並且被三皇子帶到中秋宴會，看來夏雨在短短半個月的時間內便得到三皇子的寵幸。

重生這麼久，前世的恨意已經慢慢淡去，再加上有凌夢晨的陪伴，上一世的紛紛擾擾似乎從未存在過，對於夏雨的恨意早已沒那麼強烈。雖然如此，夏雨眼中的怨恨仍然沒有逃過她的眼睛，她與她彷彿是宿敵般永遠不能和平相處。

正想著，一個聲音傳來。「三皇弟，怎麼光顧著表叔表嬸，就忘了我這個皇兄了？」

三皇子一聽，忙轉身行了一禮。「太子殿下。」

「三皇兄。」和太子一道前來的六皇子拱了拱手。「表叔，表嬸。」

「六皇弟。」三皇子微笑。

沈梨若等人也紛紛見了禮。

「嗯，怎麼這麼晚才來？該不會是沈浸在溫柔鄉了吧。」太子瞥了眼站在後面的夏雨。

「太子這是責備弟弟了？」三皇子笑道：「全怪今兒個運氣不好，出門走到一半車駕壞了，又讓人回府換了輛馬車才趕來，可是急壞了弟弟，生怕遲了。」

「沒遲、沒遲，你來得剛剛好。」太子笑道。

幾人又寒暄了一會兒，太子的眼神又在夏雨身上掃了一圈。「我說三皇弟，這丫頭怎麼沒見過？」

三皇子先是一愣，接著扯過夏雨。「太子殿下說她？只是弟弟的侍妾，若是皇兄喜歡，送給皇兄便是。」

夏雨的身子明顯一顫，眼睛閃過一陣慌亂與驚訝。

沈梨若雖然不喜夏雨，但見到這種情況心中也不由得一涼，昔日耳鬢廝磨的郎君，轉眼便將自己送給其他的男人，這種滋味不好受吧。就在這時，她的手被人輕輕握住，溫柔而炙熱，她抬起頭正好看見凌夢晨真摯的雙眼，似乎帶著承諾和保證，她的心頓時安定了下來。

夏雨緊緊攥緊了雙手，感受到太子毫不掩飾的打量眼神，心中無比驚慌。

她知道自己身分低微，所以為了謀取三皇子的注意和寵幸，不知道花了多少心思，費了多少精神，終於在幾日前讓三皇子注意到她、寵幸了她。在他的溫情、他的愛撫之下，夏雨似乎看到自己以後榮華富貴的模樣，可是這一句話卻毀了全部。他竟然毫不在意地將自己送了人，雖然太子是未來的皇帝，可是她一個殘花敗柳去了太子府又會有什麼前途？

她不敢吭聲，也不敢求饒，更不敢表現出驚慌或者歡喜，因為她目前只是一個貨物，一件物品。夏雨咬了咬牙，拚命讓自己穩住心神，仔細回想著太子的喜好。忽然她腦中一閃，全身頓時一縮，瑟瑟發抖起來，據聞太子殿下最討厭膽小如鼠的女子，只要她表現出慌張害怕，那就有可能使太子對她失去興趣。

果不其然，太子眉頭一皺，伸手一把捏住夏雨的下巴，看了看那張驚慌失措的臉。「姿色如此普通，皇弟還是留著自己用吧。」說著，手一甩將夏雨甩了個趔趄，轉身走了。

夏雨忙哆嗦地穩住身形，同時輕輕地抬起頭，正好在三皇子能看見的角度揚了揚嘴角，露出一絲得意的微笑。

三皇子眼中一陣晦暗，瞥了眼穩住身形的夏雨，輕輕點了點頭。

這時，忽然遠處傳來一聲尖利刺耳的通報聲。「皇上駕到，皇后娘娘駕到，王貴妃娘娘駕到……」

場內眾人立馬站起身俯身跪下，沈梨若沒空讚嘆夏雨的好手段，連忙俯下身子，才剛擺弄好逶迤拖曳的裙襬跪好，即見到一抹明黃色的身影出現在入口處，眾人紛紛俯下身子高呼：「皇上萬歲萬歲萬萬歲，皇后娘娘千歲千歲千千歲……」

接著便聽到一個爽朗的笑聲。「眾位平身。」

「謝皇上恩典。」眾人齊聲高呼。

皇上今日看樣子心情不錯，面帶笑容，滿臉紅光，在場的眾人也是言笑晏晏。

「今日是中秋佳節，一家人團圓的日子，正好趁此機會將大家召來聚聚……」皇上今日明顯興致高昂，喋喋不休地念叨著。

「好了，等了這麼久，想必大家也餓了。」皇上終於發表完感慨，吩咐站在身邊的太監。「上菜。」

「是！」太監忙躬身退下。

沈梨若悄悄揉了揉肚子，終於有得吃了。

御膳房的動作很快，沒一會兒一隊隊宮女太監就將菜端了上來。

鳳尾魚翅、八寶野鴨、佛手金卷、百花鴨舌……一盤盤、一道道擺滿了桌子。

「父皇，說起來皇宮已有許久沒有如此熱鬧了。」太子端起酒杯道：「兒臣先敬父皇一杯，祝父皇、母后身體康健，事事順心。」

他話音剛落，三皇子便站起身。「太子，父皇前幾日身子不適，御醫已告誡父皇不能飲酒。」

頓時太子滿是笑容的臉垮了下來。

「別以為我不知道你那點兒心思。」皇后瞪了太子一眼，笑道：「知道你父皇喜歡飲酒，這戒了幾日正巧嘴饞了，想個法子讓你父皇過過癮。」

太子一聽，垮下的臉又堆起笑。「還是什麼都逃不過母后的眼。」

皇上一聽笑了。「既然皇兒這麼為父皇著想，今兒父皇就喝了這一杯。」

說完仰頭正要喝下時，旁邊的王貴妃便嬌笑道：「皇上，太子有孝心，三皇子事事以皇上身體為先就沒孝心了？」

「好好好，朕的皇兒都有孝心。」皇上滿臉笑容。

沈梨若瞅著雖然滿臉笑容，但眼中卻沒有任何笑意的皇上，以及言笑晏晏卻暗自較勁的皇后與王貴妃，表面上兄友弟恭卻暗自使陰招的皇子，滿桌的精緻菜餚頓時沒了味道。這就是人人羨慕、仰望的皇家……

在表面上一團和氣，暗地裡爭鬥不休的宴會中，沈梨若吃得索然無味，好不容易等皇上皇后等人退了席，才輕輕嘆了口氣。望著掛在夜空中那輪如銀盤般的圓月，好好一個全家團聚的美好節日就這樣過了。

第三十七章　詭異的中秋

見到皇上一走，場中的眾人也漸漸活絡了起來。

沈梨若保持著疏遠有禮的微笑，一邊有一搭沒一搭地應酬，另一邊還得忍受著貴婦小姐們投向凌夢晨那或嬌羞或魅惑的眼神，心中只覺得一團煩悶，不由得懷念起當初那張普通的鬍子臉。

「嫻夫人。」

耳邊傳來一個耳熟的聲音。

沈梨若轉頭一看，只見萬雲柔站在自己身側不遠處。

「嫻夫人，好久不見。」

沈梨若揚了揚眉，萬雲柔於月前嫁給成君侯的次子為妻。成君侯的祖上和聖祖皇帝乃是同宗兄弟，也是開國功臣之一，雖然如今成君侯府日漸衰落，地位遠不及當初顯赫，但萬雲柔也算是進了皇家大門。

「好久不見。」沈梨若淡淡應著，對於萬雲柔她並沒有什麼好感，如今見她眉眼間的驕橫掩去了不少，反而多了一些惆悵，心中也微微嘆了口氣，想必嫁入王侯之家的日子並沒有想像中的光鮮亮麗。

「夫人，咱們去後面走走如何？」萬雲柔笑道。

沈梨若瞧了眼被宗室們圍得嚴嚴實實的凌夢晨，再看了眼周圍穿紅戴綠的貴婦們，便點了點頭。

雖然天色已晚，但銀色的月光將地上照得清晰可見，潺潺的流水，搖曳的花朵，精緻華麗的樓臺亭榭在月光的照耀下，倒是別有一番風味。

「嫻夫人，我……」萬雲柔張了張嘴，一副欲言又止的模樣。

「有事嗎？」沈梨若停下腳步，萬雲柔突然上來搭訕，必然有所求。

「聽聞夫人繡工不錯，雲柔想請夫人指點一下，只是不知夫人何時有空閒？」萬雲柔低下頭。

沈梨若揚了揚眉，她的繡工好？她自己怎麼不知道。

就在這時，忽然一個宮女急匆匆地走到兩人面前行禮問安。「夫人，游擊將軍喝醉了，正到處找您。」

宮女口中的游擊將軍便是成君侯的二兒子，萬雲柔的夫君。游擊將軍，從五品武官，雖然被稱作將軍，卻只是掛個閒職，無須操練、無須當值，就連點卯都可以三天打魚兩天曬網，這也算是作為宗室的福利，無須像普通的平民百姓，需要用命來換取軍功。

萬雲柔一聽，忙轉過頭對沈梨若道：「夫人，實在對不住……」

明亮的月光下，萬雲柔臉上的著急和慌亂沒有逃過沈梨若的眼睛，她輕輕點了點頭。

「妳去吧。」

「多謝夫人。」萬雲柔忙行了一禮，在宮女的帶領下快步往回走去。

看著她急匆匆離去的背影，沈梨若腦海中不由得閃過當日在桂慶那驕橫霸道的女子，沒想到不過短短一個月的時間，她就被磨平了稜角，變得和其他的婦人一般。想到萬雲柔剛剛的慌亂，她輕輕嘆了口氣，看來這個游擊將軍的脾氣並不好。

沈梨若慢慢往回走，卻沒有發現身後不遠處那雙如毒蛇般的眼睛。

鬱鬱蔥蔥的樹後，兩個人影晃動著。

「太子……太子殿下，請放手啊……」一個身穿宮女服裝的女子拚命拉攏著身上的衣服低聲求饒。

「閉嘴，本太子看上妳是妳的福氣！」太子臉色酡紅，神色散亂地騎在女子身上惡狠狠道。

「殿下、殿下，勿惱，不是奴婢不願意，而是奴婢……奴婢小日子來了……」女子見太子身子一頓，忙道：「實在是怕那污穢之物……」

太子粗重地喘了幾口氣，翻身站起，朝著女子腰間重重踹了一腳。「真是晦氣。」

女子悶哼一聲，忙哆嗦地站起身，垂著頭揪著胸口，一副慌亂受驚的模樣，不過嘴角那抹嘲弄的笑意在月光下卻格外突兀。

太子只覺得心中彷彿有一團火在燃燒著，渾身躁熱難受，下身更是疼痛難忍，只想現在立刻找個女子發洩一番。他眼神掃過還站立在一旁、全身顫抖的宮女，扯著衣襟喝道：「還不快滾！」

真他娘的晦氣，好不容易逮到一個卻只能看不能吃。

宮女身子一顫，胡亂地福了福，腳步剛挪了半步便停了下來，發出一聲低呼。「呀！有兩位夫人來了。」

夫人？太子頓時眼睛一亮，抬頭便往遠處望去，兩個窈窕的身影即出現在視線內。

宮女沒了先前的驚慌，站在原處輕聲道：「原來是嫻夫人……」

嫻夫人……太子混沌的腦袋頓時閃過一絲清明，這可是靖王世子妃，算起來是他的表嬸。

宮女瞅了瞅太子退後的腳步，眼中閃過一絲嘲弄，佯裝不經意地低語。「聽說嫻夫人雖然樣貌普通，靖王世子卻對她視作珍寶，想必她定有過人之處……」

「過人之處？」太子抓了抓下身，雙眼因為心中奔騰不息的慾望頓時脹得通紅，不耐地扯了扯衣襟。「不錯，本太子喜歡。」

宮女見狀輕笑。「如此月明風清之夜，奴婢就不打擾太子殿下了。」說完，嘴邊露出一抹冷笑，身影迅速消失在夜色裡。只留下太子嘖嘖地笑著，貪婪發紅的眼神在月光下格外猙獰。

直到走了約五十步遠，宮女才抬起頭，容貌在明亮的月光下顯現出來，若是沈梨若在此，必然能認出此人是夏雨。

此時的夏雨沒了在宴會的嬌媚動人，素面朝天，精緻的妝容已經消失得無影無蹤，若是不熟悉之人猛然一看，也不會將宴會上三皇子身邊的美貌侍女與現下這個沾著泥土、一身狼狽的宮女連繫在一起。

夏雨轉過頭朝著沈梨若的方向望了望，輕輕的笑聲從唇間逸出來，在寧靜的夜晚顯得陰森可怕。

沈梨若，可別怪她心狠手辣。若想在三皇子府站穩腳跟，穆婉玉就是她現在唯一的依靠，要怪就怪沈梨若老是擋著別人的道，再說若不是因為她，自己又怎會深陷囹圄，差點生不如死？現在也應該由她來嘗嘗那絕望的滋味！

太子只覺得全身躁熱無比，腦中一片混沌，雙眼中只剩下前面那道窈窕的身影。

沈梨若快步往回走著，這裡離宴會並不是很遠，但因為旁邊有個小樹林，幾乎沒有往來的人，和遠處隱隱傳來的喧鬧相比，這裡的寂靜反倒讓她的心有些忐忑不安。

忽然一陣急促的腳步聲從身後傳來，沈梨若心中一緊，一股難掩的驚慌湧了上來，她一把抓起繁重的衣裙，奮力往前跑去，可是才跑出兩步，一條手臂便從後繞過她的頸脖，死死將她錮著，同一時間一隻大手襲上她的胸口，隔著衣服狠狠揉擰了兩把。

突如其來的變故讓沈梨若尖叫出聲。「住手！你……你是誰？」可是才剛蹦出幾個字，嘴就被人從後面捂住。

沈梨若奮力搖著頭。什……什麼人！這……這可是皇宮！

繁重的衣衫顯然讓身後的男子極為不爽，伴隨著劇烈的喘息聲，男子的手一把抓住她腰間的玉帶，狠狠一扯，錦帛「唰」的撕裂聲傳來，在這寂靜的夜中清晰可聞。

沈梨若身上的衣物乃是御賜禮服，做工講究，層層疊疊，品質雖然不是尋常衣物所能相比，但也抵不住男子蠻力撕扯，沒幾下沈梨若便覺得腰間傳來一陣涼意，接著一隻冰涼的大手滑進來，在她的腰間重重揉搓了一番，接著一道淫笑傳來。「果然又滑又嫩，怪不得，怪不得啊！」

接著他又狠狠捏了幾把，抓住沈梨若的肩膀便往旁邊的小樹林拖去。

沈梨若拚命掙扎著，奈何力小體弱，哪裡是男人的對手，不過幾下工夫，沒有掙脫開反而氣喘吁吁。

見男子急不可耐地將她往樹林裡拖，沈梨若大急，抬起手肘用盡全身的力氣往後一撞，頓時身後傳來一陣悶哼，接著男子的淫笑聲傳來。「夠潑辣，就喜歡妳這種帶勁的！」

因這短暫的衝撞，男子的雙手力道明顯鬆了不少，捂住她嘴的手也滑下了幾分，沈梨若大喜，急忙拽住他的手，張嘴重重一咬。

「妳好大的膽子，竟敢咬本宮……」男子惱羞成怒，雙手將沈梨若一拉一扯，將她的身子轉了半圈。

在沈梨若驚異的眼神中，一個耳光「啪」的一聲重重地摑在她臉上。

沈梨若只覺得臉上一陣劇痛，人接連後退了幾步才穩住身形，滿臉不可置信地望著月光下那張猙獰的臉孔和發紅的雙眸。

怎麼是他？

太子！

胡亂地掩住腰間的衣服，沈梨若來不及震驚，在太子步步逼近的腳步中，拚命地後退。

就在這時，一個驚愕而憤怒的聲音傳來。「太子殿下！你做什麼？」

緊接著，一個修長的身影衝到沈梨若的前方。

「微臣參見太子殿下！」徐書遠壓住滿腔的怒火，躬身道。

「滾開！」太子厲聲道，一把推開徐書遠，將沈梨若推倒在地，翻身坐了上去。

怎麼會這樣？

沈梨若望著貌如癲狂的太子，嘶叫道：「太子！住手……」

雖然她早已聽說太子行事乖張，但好歹也是一國儲君，要什麼女人沒有？怎會如色中餓鬼般做出如此之事，就像被人下了藥失去神志般……

下了藥？

沈梨若一驚，對上他那雙發紅的雙眸，心怦怦直跳，就在此時，一道人影閃過，太子被推倒在地。

沈梨若忙站起身。

「快走！」徐書遠制住太子的雙手大叫。

沈梨若忙道：「書遠，他被人下藥了！」

「走！」徐書遠用盡全身力氣壓在太子身上吼道。

事到如今，見到太子狀若瘋癲的模樣，他何嘗不知其中有古怪，但此時卻不是談論這個的時候。他沒忘記這可是皇宮大內，一個太子，一個靖王世子妃，她又衣衫不整，若是被他人發現，那後果……簡直不堪設想。

沈梨若不是傻子，自然知道其中的嚴重性，便咬了咬牙轉身向遠處跑去。

熱鬧非凡的宴會持續進行著。角落裡的座椅上，兩道人影正緊密貼在一起。

「事情辦得如何？」三皇子攬住夏雨的腰低聲詢問。

已恢復了妝容的夏雨滿臉嬌羞。「稟殿下，事情已經完成，只要待會兒有人不經意路過，就大功告成了。」

說到這兒，她頓了一下。「不過奴婢有些擔心，事後要是被太醫查出那藥……」

「妳這丫頭，心思果然細膩。」三皇子輕輕捏著她的下巴。「不過妳放心，那藥是本皇子為皇兄特製的，藥效猛烈，卻不過三炷香的時間，事後父皇就是心中起疑下令追查，最後得到的也不過是我那好皇兄敗壞倫常、荒淫無道的結果。」

「殿下英明。」夏雨的眼神輕輕一勾，頓時嬌媚動人。

三皇子將頭埋在夏雨耳後，低語道：「不過妳這丫頭倒也聰明，竟然選了嫻夫人，褻瀆長輩……我那好皇兄，這次可是吃不完兜著走了。」

「奴婢的心思哪能和殿下相比。」夏雨扭了扭身子嬌嗔。「奴婢只不過正好見到她和游擊將軍夫人一起離席，靈機一動才想到的。」

三皇子伸手往夏雨腰上一攬。「做得不錯，回去本皇子自會好好賞妳。」

「謝殿下。」夏雨媚眼如絲地笑。

兩人在一側喃喃細語，如同訴說著令人臉紅的甜言蜜語，周圍倒是響起了不少的噪聲。夏雨臉一紅，嬌羞無限地低下頭，只留下三皇子爽朗的笑聲和三皇子妃怨恨的眼神。

另一頭，沈梨若拚命往宴會處奔去，還好這禮服做工極為精良，腰間的破損並不嚴重，繫上玉帶、垂著手，不仔細看倒也看不出破損的地方。

她不時回頭，望著遠處糾纏在一起的身影，心中不免擔憂。徐書遠他沒事吧？那可是太子，打不得傷不得……

正想著時，她一頭撞到了一堵堅硬的胸膛，不由得悶哼出聲。

「怎麼了？毛毛躁躁的。」熟悉的聲音從她頭頂上傳來。

話音一落，沈梨若鼻子一酸，剛剛的擔憂害怕一股腦兒湧了上來，雙手一圈便撲到凌夢晨的懷裡。

「妳這是……我看看，撞到哪兒了？」凌夢晨被她這一舉動驚得手足無措。認識沈梨若這麼久，何曾見她哭過，頓時又焦慮又煩惱。

「沒事。」沈梨若死死錮著凌夢晨的腰，將臉埋入他的胸膛，似乎只有那溫暖的胸膛，堅實的心跳，才能緩緩磨平心中的驚慌和害怕。

「怎麼了？」凌夢晨的手撫上她微微顫抖的背脊，望著埋在自己胸膛的腦袋，眼裡全是擔憂。

究竟出了什麼事？讓一向淡然冷靜的她竟然如此害怕。想到這兒，凌夢晨抬起頭，望向遠處，眼中滿是凜冽。是誰？竟然敢傷害他心尖上的人！

過了好一會兒，沈梨若才漸漸平息下來，抬起頭吸了吸鼻子。「你怎麼來了？」

「妳還說，一晃眼就沒見著妳，這皇宮妳又不熟，就出來找找。」凌夢晨輕輕抹去她眼角的淚水，柔聲道：「不過沒想到竟然見到了一個哭得好不淒慘的小花貓。」

「你才是小花貓！」沈梨若沒好氣道。

「我又沒說妳，妳急什麼？」凌夢晨撫著她的肩。「若兒，誰惹惱了妳？」

沈梨若低下頭沈默了一會兒。「沒有人，只不過今日是中秋，想起了早已離我而去的爹娘。」

凌夢晨深深看了她一眼，沒再說話。

這時，遠處傳來一陣喧鬧，接著一個個太監宮女、侍衛官員成群結隊地從兩人身邊急匆匆走過。

沈梨若心中一緊，不由得拽緊了凌夢晨的衣襟。

徐書遠，他沒事吧？

凌夢晨眸光一閃，抓過一個侍衛。

那侍衛一愣，見是凌夢晨發話，急忙行禮。「參見世子殿下、嫻夫人。」

「發生了什麼事？」凌夢晨問道。

「啟稟世子殿下，剛有太監發現太子殿下和徐大人打起來了。」侍衛恭敬地回道。

感受到沈梨若聽到「太子」二字後，身子不由得一顫，凌夢晨皺了皺眉。「徐大人？」

「是徐書遠徐大人。」

「他怎麼樣了？可有傷著？」沈梨若忙問道。

「稟夫人，微臣並不知道詳情，不過前來稟告的太監並無說什麼，料想沒有大礙。」侍衛回道。

沈梨若重重吐了口氣。沒受傷就好。

「若世子和夫人無事，那微臣先行告退。」侍衛行禮。

「下去吧。」凌夢晨皺著眉頭。

「夫君……」沈梨若輕輕扯了扯凌夢晨的衣角。

「嗯？」凌夢晨低下頭。

「書遠他……沒事吧？」沈梨若擔憂地問道。

「徐書遠和太子沒有什麼冤仇，今日這事怕是有什麼誤會。」凌夢晨柔聲道：「再者，皇上素來寬厚，這種無關緊要的小事，他沒事的，放心吧。」

「嗯。」沈梨若重重點了點頭，一顆懸著的心終於落了下來。

凌夢晨轉過頭，望向遠處燈火明亮的地方，眼中一片寒冷。若兒如此驚慌，難不成和太子有關？

正在這時，不遠處出現了幾個衣著華貴的人。

「表叔？表嬸？」一個略帶疑惑的聲音響起。

沈梨若抬起頭，正好看見三皇子、六皇子在幾人簇擁下匆匆走來。

幾人互相見了禮，便聽見三皇子問道：「我還道表叔和表嬸去了哪兒？原來兩人是在此花前月下，呵呵，表叔可知道太子殿下……」

「剛知道了。」凌夢晨微微點了點頭。

「也不知徐書遠吃了什麼熊心豹子膽，竟敢跟太子殿下動手！」三皇子身邊一人，一臉義憤填膺道。

「太子殿下穩重寬厚，書遠知書達禮，溫柔謙和，這當中必有誤會。」三皇子瞥了眼那人。

說話之人忙欠了欠身。「三皇子說得極是。」

「表叔，可要和我們一起去看看？」三皇子望著凌夢晨。

沈梨若感受到三皇子掃來的視線，不由得心中一跳，不知怎地，雖然三皇子一臉笑意，她卻覺得那眼神無比陰沈可怕。

感覺到沈梨若的不安，凌夢晨擔憂地看了她一眼。「你們先過去吧。」

「是。」幾人見狀便紛紛告辭。

沈梨若望著那些人的身影，忽然最後方那個紫色的身影落入眼簾。

彷彿知道沈梨若在注視她，夏雨也抬起頭，和她的視線撞了個正著，眼中的失望一覽無遺。

沈梨若心中一跳，正欲看個清楚明白，但夏雨已經轉過頭與幾人漸漸走遠。

難不成今日之事與夏雨有關？

沈梨若沈吟了一會兒，低著頭。「夫君，我頭有些疼，想先回去。」

「可是吹了風？」凌夢晨摸了摸她的額頭。「我這派人去叫御醫。」

沈梨若一把抓住凌夢晨的手臂。「小事而已，何須勞師動眾，我回去休息一下就沒事了。」

這詭異可怕的皇宮，她一刻都不想再待下去了。

「那好，我送妳回去。」凌夢晨擔憂地說道。

「不用了，我一個人就行……」沈梨若將左手死死貼在腰間，用寬大的袖口遮住腰間的破損。

「妳身子不適，我如何能放心妳一個人回去？」凌夢晨說完便欲拉她的左手。

沈梨若大驚，「噔噔噔」地連後退了好幾步。「夫……夫君，這人來人往的，讓人看見不好，咱們快走吧。」說完便轉身往外走去。

凌夢晨瞇起眼，死死盯著前方那驚慌失措的背影，極不協調的左手以及身後裙襬處那團污漬，剛才究竟發生了何事？

第三十八章 刁奴

沈梨若浸在浴盆裡，雙手拚命在腰間和胸前擦洗，彷彿只有這樣才能擦掉太子在自己身上留下的噁心觸感。一回想起那通紅瘋狂的眼神，沈梨若的心劇烈地跳動著，那股深入骨髓的無助與驚恐剎那間又湧上胸口，她太過大意了，看來和凌夢晨在一起的日子過得太過舒心，太過順風順水，讓她心中的警戒和防備降到最低，竟然忘記自己在吃人不吐骨頭的皇宮。今日她是運氣好，有徐書遠出現，若不然，現在的她……

一想到這兒，她咬了咬牙，今日之事明擺著她就是個犧牲品，太子才是真正的目標，但為何會是她？是偶然還是事先安排？背後的人究竟是誰？太子倒臺，最大的得益者不外乎三皇子、六皇子……猛然間，夏雨的臉出現在她的腦海裡。

三皇子！是他嗎？

「夫人還在沐浴？」凌夢晨望著站在門口的紫卉和紫羽。

「回世子，是的。」紫羽福了福身。「夫人不要奴婢們伺候。」

凌夢晨沈吟了一會兒，揮了揮手。「妳們先下去吧。」

「是。」紫羽和紫卉忙行禮退下。

凌夢晨跨進大門，來到側間。

透過繡著山水畫的屏風，隱約可見一道朦朦朧朧的身影。

聽到開門聲，沈梨若的手頓時停了下來，緊接著眼前一暗，一個高大的身影出現在自己眼前。

「夫……夫君。」沈梨若的嘴唇輕輕抖動著。在皇宮時她不是沒想過告訴凌夢晨，可是話到了嘴邊卻吞了回去。那是皇宮，若是凌夢晨知道後與太子發生衝突，可就麻煩了。她不想，也不願凌夢晨因為她而得罪太子，那可是儲君，未來的皇帝……

凌夢晨瞄了眼水下隱約可現的曲線，回想起記憶中那白皙曼妙的身姿，眼光一沈。

因為背著光，看不清楚他的表情，沈梨若結結巴巴的。「夫……夫君，今日之事……」

凌夢晨雙手一探，深入水中扶住她的腰，在她的驚呼聲中將她抱起。

「夫……夫君。」沈梨若心一慌，雙手環胸。

「遮什麼？妳身上我什麼地方沒見過。」凌夢晨輕笑。「這水都涼了，本來身子就不舒服，要是再受了涼怎麼辦？」

沈梨若頓時臉頰通紅，將頭埋在他的胸前喃喃道：「說……說什麼呢。」

凌夢晨瞥見她被搓得通紅一片、有些地方甚至破了皮且隱隱透著紫色的皮膚，輕輕皺了皺眉，扯下旁邊掛著的布巾包住她濕漉漉的身子，就往臥房走去。

小心翼翼地將她放在柔軟的床上，凌夢晨也開始脫鞋上榻。

沈梨若望著他的背影，沈吟片刻，依凌夢晨的精明，她今日反常的舉動肯定瞞不住他，隔了好一會兒她才張了張嘴。「夫君，今晚太子他……他忽然像發了瘋一樣抓住我……那種古怪，那種癲狂……」

沈梨若咬了咬牙，一股腦兒將事情講了出來。

太子的淫笑又開始在她腦子裡迴盪，她猛地環住凌夢晨的腰，似乎只有這樣才能讓她驚慌的心安定下來。

「乖，都過去了，都過去了。」凌夢晨轉過身將她攬在懷裡，語氣裡全是疼惜，但眼中卻隱含寒光。

「若不是書遠，我……我……」沈梨若將臉埋在他的懷裡。

「別想了，好好睡一覺，明日醒來什麼都不記得了。」凌夢晨深深吸了口氣，壓住心中的驚天怒火，扯掉她身上的布巾，拉過被子細心蓋上。

「夫君，答應我，別衝動。」沈梨若一把抓住凌夢晨的手臂。「那可是太子！」

凌夢晨一怔，捏了捏她的臉頰。「放心，我自有分寸。」

沈梨若鬆了口氣，抬起雙手，越過精瘦的肩膀環住他的背，並將他拉向自己的胸口，手下那結實發熱的肌肉似乎給予了她力量和安寧。她想要他！

「愛我！」

凌夢晨深深看了她一眼，猛地俯下身子噙住她的紅唇，狂熱地挑開她的唇，與她的舌糾纏著。

大手輕輕在她的身上撫摸著，帶著疼惜，避開那通紅的肌膚，無比溫柔地在她身上遊走，感覺身下人兒的輕輕顫抖，凌夢晨心中發疼，如今他只想好好撫平她心中的驚慌失措與一切不安。

望著那張可以令所有女人迷醉的俊臉，沈梨若抬起雙腿纏上他的腰，此時此刻只有他的愛撫、他的熱情，才能徹底撫去太子在她身上留下的痕跡。

沈梨若柔軟的玉臂緊緊扣住凌夢晨的背，在他結實的背上抓出一道道紅色的痕跡，如玉的小臉已是潮紅一片，透出嫵媚。

她閉著眼，潮濕的頭髮散在床上，有些腫脹的紅唇間不時發出銷魂的呻吟，帶著撩人的媚意，和凌夢晨粗重急促的喘息聲此起彼伏，交織在一起。

月光透過窗戶灑入屋內，照亮幔帳中那影影綽綽、交纏在一起的身影。

第二日，靖王府書房。

凌夢晨面沈似水地坐在椅子上，雙眼盯著手中的茶杯，問道：「馮老，昨日太子和徐書遠之間的事究竟如何？」

站在不遠處的馮老瞥了眼渾身上下顯示著「生人勿近」的凌夢晨。

「據說昨日太子見月色不錯，一時興起，便拉著徐大人比試武藝，沒想到兩人正打得難捨難分，就被太監看見，所以才鬧出誤會。」

比試武藝？凌夢晨冷哼一聲。眾人皆知太子素來不喜武藝，又怎會在中秋佳節和人比試，並且還大半夜地找了手無縛雞之力的徐書遠。

「兩人可有受傷？」凌夢晨望向馮老。

「徐大人並無受傷，不過太子身上倒是有好幾處擦傷，太醫院的王太醫開了點藥便沒事了。」馮老道。

太子雖然不喜武藝，但作為一國儲君，學習騎射武藝是不可少的，而徐書遠是個文弱書生，肩不能挑，手不能提，對於武藝更是一竅不通。如今可怪了，兩人比試，會武藝的人受了傷，不會的反而毫髮無損……

「王太醫可有說什麼？」凌夢晨沈吟了一會兒，問道。

馮老答道：「王太醫說太子的傷都是小傷，不礙事，不過……」

「不過什麼？」凌夢晨眼光一閃。

「王太醫說，太子殿下全身上下都很正常，但不知為何，活動了一番筋骨反而……反而氣血特別足。」馮老思索了一會兒。

「氣血足？什麼意思？」凌夢晨皺了皺眉。

馮老臉上閃過一陣怪異，伸手指了指胯下。「就是指這兒……」

凌夢晨的臉刹那間布滿寒霜。果然有問題！

隔了好一會兒，凌夢晨陰沈著臉。「你先下去吧。」

「是。」馮老行了一禮。「老奴先行告退。」

太子雖然好色，行事囂張，但能在太子之位待這麼多年，絕不僅僅因為是嫡長子，必然也有些心思，不會是個傻子。世間女人如此多，按理說，太子就算是慾火焚身也不會如此荒唐，毫不遮掩地欺辱臣子之妻，更何況算起來沈梨若還是他的長輩。除非……除非他著了別人的道，失去理智！可若是被人下了藥，王太醫怎會什麼也沒發現，只是說氣血足……

凌夢晨臉色鐵青，想到沈梨若昨日裡驚慌失措的身影，只覺得一顆心猶如被人拚命拉扯著，又怒又痛又悔，若是徐書遠沒有及時趕到，那他的若兒……

「砰」的一聲，精緻的黑木几案被他一掌拍成兩截，桌上的筆架、硯臺、茶杯……乒乒乓乓地散了一地。

太子、三皇子、六皇子……一個個在他腦中閃過，無論是誰，敢傷害若兒，他定要那人死無葬身之地！

「阿左。」花園內，沈梨若一臉平靜地坐在亭子裡，喚道。

「夫人有何吩咐？」站在一旁的阿左道。

「阿左，你在靖王府當差多少年了？」

「啟稟夫人，小的在此當差已有十幾年了。」阿左躬身。

「十幾年……」沈梨若沈吟了一會兒。「你在京城有不少熟人吧？」

「小的在京城待了這麼多年，倒還有那麼幾個熟悉的。」阿左不解地問道：「不知夫人有何事？」

「三皇子府中，你可有熟人？」沈梨若垂眸。

阿左一怔，眼中閃過一絲光亮。「三皇子府……小的倒有個認識的在府裡當差，不知夫人有何吩咐？」

沈梨若抬起眼，看向阿左那憨厚的面孔。「我有個朋友如今在三皇子府當差，若是你有熟人，想讓他幫忙照看一、二。」

「這等小事，夫人開口，小的自然辦到。」阿左欠了欠身。「只是不知夫人認識的人是？」

「她叫夏雨。」沈梨若頓了頓。「是上個月穆家送給三皇子的侍妾之一，讓你的朋友暗中留意她的舉動，若是有異常，立即告訴我。」

「是，夫人。」阿左點了點頭。

「記得，是暗中！」沈梨若站起身。

「是的，夫人。」阿左道。

雖然昨日的事情，表面上夏雨只是個毫無關係之人，但不知怎地，夏雨最後那抹眼神，卻讓沈梨若覺得此事她定脫不了關係……或許是她多疑，或許是她胡思亂想，但她就是不放心，這純粹是一種直覺，因此她才會想到派人盯著夏雨。

自從上次從山莊回來後，阿左便跟在她左右，雖然他看上去是一名普通侍衛，但一個普通平凡的人又怎可能被凌夢晨派到她身邊？再聯想到凌夢晨暗地裡的差事，她更可以斷定阿左定不是普通侍衛。

由於她在京城毫無根基，一時半會兒找不到人安插在夏雨身邊，畢竟那人現在可是在三皇子府裡，所以她才會想到阿左。

朋友？怕也是個不尋常的朋友吧。

時間過得很快，一轉眼大半個月就過去了，中秋節晚上，太子一事倒迅速地在朝堂上掩蓋而過，畢竟在眾人眼裡，這只是一個令人啼笑皆非的誤會，除了徐書遠回去被他父親狠狠訓斥了一頓以外，所有事還是和以前一樣。

這大半個月，沈梨若去探望過徐書遠兩次，兩人對那晚之事都極有默契，沒有提及，一切就彷彿沒有發生過。

不過這段時日，太子似乎運氣不佳，屢屢犯錯被皇上責罵，最嚴重的一次，使皇上當著好幾位官員的面直罵太子朽木不可雕，簡直就是廢物。一時間朝堂上風起雲湧，太子將要被廢黜的謠言隱隱在眾人間流傳著，為此皇后接連幾日召六皇子進宮，商議對策，而三皇子一黨卻是鬥志昂揚，摩拳擦掌準備好好表現一番。

不過，這些事和沈梨若這種婦人似乎沒有多大的關係，隨著時間流逝，她的日子也漸漸恢復了以往的平靜。

這一日，天氣不錯，在府裡悶了不少時日的她出了門，隨侍左右的依然是紫羽和阿左。

如今已是秋季，陣陣涼風吹拂在身上，無比舒服。

「九妹！」一個驚喜的聲音在耳邊響起。「九妹，是妳嗎？」

沈梨若一愣，興奮地轉過頭，正好對上同樣一張無比歡喜雀躍的臉。

「四姊，妳怎麼在這兒？」沈梨若三步併作兩步奔到沈梨落身前，拉起她的手。

「妳姊夫本是京城人士，我在這兒有什麼出奇的？」沈梨落嗔怪。「倒是妳，怎麼來了京城？」

沈梨若笑了笑，她光記得前世顧紹中成親後一直在南方做生意，倒一時沒想起他是京城人士。沈梨落出現在這兒，看來是回京城探親吧。

她正想回答，沈梨落便抓住她的手。「九妹，妳成親了？」

沈梨若摸了摸髮髻，點了點頭。「是的，四月成的親。」

「妳這丫頭，都不派個人告訴四姊。」沈梨落點了點沈梨若的眉心，沒好氣道。

「時間有些倉促，便沒有告訴四姊。」沈梨若笑了笑。

「妹夫對妳好嗎？」沈梨落問著。

「他對我很好。」沈梨若臉上泛起一陣溫柔。

「那就好，那就好。」沈梨落上上下下打量了沈梨若一番，連連點頭。原以為那件事情之後，她這妹子的婚事會一路坎坷，沒想到這麼快便找到了歸宿，讓她懸著的心也放了下來。

「那他是哪裡人?叫什麼名字?家中做什麼的?」沈梨落見沈梨若提起她夫君就一臉嬌羞幸福的模樣，不由得對這個妹夫好奇了起來，拉著她的手一股腦兒的問道。

沈梨若張了張嘴，正在思索如何解釋時，一個聲音便插了進來。「大奶奶，妳出來已有半個時辰了，該回去了，別忘了妳肚子裡還有著小少爺，在這大街上待久了要是出了什麼事，老奴可擔待不起。」

她這才注意到四姊身後站著一個年約五十左右的婦人，正拉著臉看著沈梨落。

沈梨若不由得皺了皺眉，這婦人看衣著裝束應該是個下人，但這口氣及說話的內容卻沒有半點恭敬與謙卑。

沈梨落愣了愣，不自在地轉過頭對著婦人笑了笑。「多謝李嬤嬤提醒，我見到妹妹一高興便忘了。」

說到這兒，她望向沈梨若。「九妹今日可有空，若是有空不妨和姊姊回家看看，咱們姊妹這麼久沒見，正好聊聊。」

沈梨若自然不會反對，便點頭稱是。

顧家雖然也在城東，但有些偏遠，倒也清靜。

「四姊懷孕了?多久了?」沈梨若望著坐在榻上的沈梨落笑道。

上一世直到她死前，她這個四姊都沒有孩子，沒想到如今不過成親大半年就懷有身孕了，看來這一世的沈梨落和顧紹中的關係不錯。

「才三個多月。」沈梨落撫上小腹，一臉幸福。「夫君怕我辛苦，便帶著我回到京城，沒想到回來沒幾日就遇到妳。」

沈梨落本就生得極好，如今有子萬事足，全身上下帶著母性的溫柔，更顯得美麗動人。

沈梨若笑了笑，看來沈梨落自從出嫁之後就少有與沈府聯繫，如今才到京城沒幾天，還不知道沈梨焉和她的事情。

這時，站在一旁的李嬤嬤便開了口。「大奶奶，妳知道大少爺的一番苦心便好，別一天到晚想著往外跑，妳受傷了不要緊，要是傷了肚子裡的小少爺，看妳怎麼給夫人交代。」

若是先前李嬤嬤對沈梨落只是不敬，現在就是根本沒把她放在眼裡。

沈梨若頓時臉色一沈。

沈梨落見狀忙道：「多謝李嬤嬤提點。」說完她扯了扯嘴角，擠出一絲笑容。「李嬤嬤早年在宮裡做過姑姑，後來出宮進了顧府，嫁給劉管家，養育了三個孩子，母親見我是頭一胎，沒有經驗，便讓李嬤嬤來指點我。」

沈梨若瞥了眼昂著頭、挺著胸，不可一世的李嬤嬤。仗著從宮裡出來，又是顧夫人身邊的，怪不得這麼不知進退。

見沈梨若臉色依然陰沈，沈梨落便拉了她坐到身邊，輕輕捏了捏她的臉頰。「妳這丫頭還沒告訴我，我那妹夫是做什麼的呢？」

沈梨若瞅了眼站在不遠處的李嬤嬤，便道：「他能做什麼，仗著家中還有些資產，整天遊手好閒的，哪有姊夫那麼有本事？」

沈梨落還未說話，李嬤嬤又開始道：「這還用說，我們家老爺可是太醫院的院判，大少爺又瀟灑能幹，豈是尋常人家能比擬的？」

李嬤嬤自恃身分，打心眼裡認為沈梨落配不上她家大少爺，如今見沈梨若身上的衣著雖然不錯，但全身上下沒有幾件首飾，身邊又只有一僕一婢，本就有些看不上，現在聽沈梨若一說，更是沒將她放在眼裡。

沈梨落不好意思地看了眼沈梨若，轉向李嬤嬤。「看李嬤嬤說的。」

沈梨若看出了沈梨落的不自在，便沒有理會李嬤嬤，拉著她的胳膊說：「怎麼沒見到四姊夫？」

「夫君應該在前院，我這就去讓人叫他來。」

沈梨落說完剛準備喚人，就聽到李嬤嬤叫道：「這可不行，哪有這大白天，找自家相公進內宅的？這要是傳出去，沒得讓人笑話。」

沈梨若嘴角一揚。「今兒個不是四姊想見，而是我這個做妹妹的想見見姊夫，也不成嗎？」

李嬤嬤笑道：「夫人有所不知，咱們顧家可不是什麼小門小戶，這待人接物都是有規有矩的，雖說妳是大奶奶的妹妹，可也是外人，哪有讓少爺進內宅見其他婦人的？這若是讓其他人看見，少不得傳出些閒言碎語。」

沈梨若倒沒生氣，站起身。「那行，既然在內宅不方便，讓姊夫去正廳，我和四姊去那裡見總行了吧。」

「那也不行，少爺現在正忙著呢，怎能為了這雞毛蒜皮的小事打擾少爺做事？」李嬤嬤兩眼一翻，就是不准。

沈梨若沈著臉，手一揚，「啪」的一聲正好抽在李嬤嬤的臉上。

「妳……妳……」李嬤嬤捂著臉，顫抖著手指向沈梨若。

「九妹，別生氣。」沈梨落扯了扯她的袖子。

沈梨若拍了拍四姊的手，對上李嬤嬤怨毒的眼神。「我見妳是顧家的人，礙於四姊的面才對妳一忍再忍，沒想到妳卻倚老賣老，還得色起來了。」

說到這兒，她掏出手絹擦了擦手。「見我穿著普通，又沒帶什麼隨從，怎麼著，真以為我夫君是個遊手好閒的窩囊廢了？不分尊卑，我四姊脾氣好不跟妳計較，但不代表我也如此好說話。」

「妳……妳……」李嬤嬤不可置信地望著沈梨若，胸口劇烈起伏著。

她打從宮裡出來到顧府，雖然是個下人，但在顧家誰不給她幾分面子，就連幾位少爺小姐見到她都得客客氣氣地喊一聲李嬤嬤，幾十年來，何曾有人敢給她擺臉色。如今可倒好，被這樣一個婦人打了一耳光，頓時只覺得一股鬱氣湧上心頭，好一會兒沒緩過氣來。

「我怎麼？」沈梨若冷冷說道：「別以為我四姊脾氣和善，妳便能騎在她頭上耀武揚威，仗著自己是宮裡出來的便自以為無所不能了？今兒是妳運氣好，我四姊懷著身孕，我不想讓我那小外甥還沒出生便受了驚嚇，要是換成其他時候，我定叫人打爛妳這張嘴！」

說完，她不再理會在一旁捂著腮幫子哀嚎的李嬤嬤，拉著仍有些呆愣的沈梨落便走了。

第三十九章　倒楣的朱凌

「姊夫在哪兒？」沈梨若冷著張臉。

在沈家，她心中唯一有所牽掛的只有這個四姊，如今見她被惡奴欺負，怎麼也順不下心中那口氣，連帶著對顧紹中也埋怨了起來。

「九妹，」沈梨落停下腳步。「我知道妳為我好，可是李嬤嬤畢竟是母親身邊的人，若是母親得到消息前來，免不了會怪罪於妳，九妹，要不妳先走吧。」

嫁給顧紹中不過大半年，但他的溫柔、他對她的愛護已經融化了她的心，如今又有了孩子，沈梨落早已將當初對劉延林的傾慕拋於腦後，現在只想著好好為丈夫生兒育女，做姑娘時的那些驕縱與浮躁也消失得無影無蹤。

「我走了，那妳呢？」沈梨若停下腳步，看著沈梨落。

「我……」沈梨落輕輕一笑。「九妹難道忘了，我現在有著護身符呢。」

說到這兒，她摸了摸腹部。「看在孩子的分上，母親不會說什麼的，妳快走吧。」

兩姊妹正在這邊拉拉扯扯，顧家的另一頭卻炸開了鍋。

「你這個殺千刀的，怎麼現在才來啊！」李嬤嬤坐在椅子上嚷著：「我被人打了、打了啊！」

匆匆趕來的劉管家鐵青著臉，看著半邊臉通紅的李嬤嬤，怒道：「誰？誰打的？告訴我，為夫這就去為妳出氣。」

李嬤嬤這模樣一看就不是主子出的手，既然不是主子那就是下人，在顧府哪個下人吃了熊心豹子膽敢在他頭上拉屎？想到這兒，劉管家頓時氣得七竅生煙。「哪個膽大包天的傢伙，快說！」

「還不是因為那剛回來的大奶奶，我好生伺候著她，沒想到今兒個來了個妹妹劈頭便給我一巴掌，哎喲！我沒法活了！」李嬤嬤捂著腮幫子嚎叫著。

「大奶奶？」劉管家頓時怔了怔。

見劉管家的模樣，李嬤嬤頓時來了氣，猛地一下站起身，伸手便朝劉管家的耳朵用力一擰。「怎麼？聽到大奶奶便慫了？一個落魄家族的女人，你怕個鬼！我說，你這管家當得膽子都塞到褲襠裡去了？」

劉管家本是一粗人，平時雖然沒有多少粗言穢語，但嘴上也免不了有關不了門的時候，李嬤嬤出自宮中，本是個知書達禮，進退有度的女人，但嫁給劉管家這麼多年，耳濡目染之下，往日的涵養早已不知道去了哪裡。

劉管家對李嬤嬤格外懼怕，如今見她發了飆，頓時哀叫道：「哎喲、哎喲，輕點，是，是！」

見李嬤嬤鬆開了手，劉管家揉了揉耳朵，挽起袖子怒目圓睜。「娘的，一個不知哪裡蹦出來的女人也敢欺負妳！看我去教訓她，她們去了哪裡？」
「去了後花園。」站在旁邊的小丫頭忙哆嗦道。
「走！」劉管家說完，就帶著李嬤嬤往後花園走去。
劉管家怒氣沖沖地走著，心中卻打著小算盤：那婦人好歹也是大奶奶的妹妹，雖然老夫人嫌棄大奶奶身分低微，配不上大少爺，但如今不同往日，大奶奶懷著孩子，若是他日一舉得男，到時候母憑子貴，大奶奶的地位自然水漲船高，若是得罪她，到時……
想到這兒，劉管家一把扯過跟在身邊的小丫頭，在她耳邊小聲說了兩句。現在只有快將顧夫人找來，如此他才能從此事中脫身。
兩人剛穿過迴廊，便聽到一個聲音。「劉刑。」
聞言，劉管家忙停下腳步行禮。「老爺。」
接著，他看到顧家老爺顧永言身後的人，忙又欠了欠身道：「大少爺。」
身後的李嬤嬤也福了福身，哽咽地說道：「老爺，大少爺。」
然後，偏了偏頭，正好將紅腫的臉朝向顧永言和顧紹中。
「你們這急匆匆地往哪兒去？」顧永言道。
「稟老爺，沒啥大事，賤內不知哪裡惹怒了大奶奶的妹妹，小的正想去給大奶奶賠罪。」李管家躬身。
「妹妹？」顧永言轉過頭看向兒子。

「梨落的確有兩個妹妹，不過都沒在京城。」顧紹中沈吟了一會兒道。

「老爺，是真的，大奶奶今兒個說待得煩悶，奴婢就陪著她去了集市，走了一會兒便遇到了大奶奶的妹妹。」李嬤嬤一聲哀嚎。「奴婢也不知道哪裡衝撞了那位夫人，本來一切都好好的，可忽然便給了奴婢一巴掌……哎喲！老爺，奴婢在顧家這麼多年，做事何曾有過半點兒差池，今兒個卻……老爺您要為奴婢作主啊！」

李嬤嬤一面哀嚎，一面掏出手絹擦著沒有半點眼淚的眼睛。

顧永言見李嬤嬤哭得好不淒涼，臉色也有些沈。

顧紹中見狀忙道：「父親，梨落的兩個妹妹，兒子見過，性子都不錯……」

「大少爺您這是說老奴的不是了？」李嬤嬤將臉朝顧永言揚了揚。「老爺您看看、您看看，大奶奶的妹妹性子好，能把老奴打成這樣？老奴平白挨了打還要受大少爺懷疑，嗚嗚……老奴怎麼有臉在顧家待下去啊！」

顧紹中被李嬤嬤這一陣吼，頓時皺了皺眉。「父親，我看這其中八成有誤會。」

「嗯。」顧永言瞥了眼李嬤嬤，點了點頭。

他雖然少管後宅的事，但對沈梨落這個大媳婦還算滿意，不管這件事誰是誰非，出手的是大媳婦的妹子，那也算是親戚，李嬤嬤再怎麼說也是個下人，他自然不會為了一個下人給大媳婦沒臉。

「劉刑，帶李嬤嬤回去找個大夫看看，這件事我會處理。」顧永言道。

「是！」劉管家見顧永言的模樣，也知道自家老爺想將此事大事化小，便點頭稱是。

「老爺，您要為我作主啊！」李嬤嬤出自宮中，自然也是成了精的人物，顧永言的意思她自然知道，頓時不樂意了，站在原地吼著。

顧永言的臉沈了下來，正在這時，一個聲音響了起來。「李嬤嬤，誰打了妳？」

「夫人。」

「母親。」

「夫人！嗚嗚嗚……」顧夫人的聲音一落，李嬤嬤就撲了過去。「夫人！您看大奶奶的妹妹把我打得……」

「母親……」顧紹中瞪了李嬤嬤一眼，走到顧夫人身邊正準備說話。

顧夫人揚了揚手。「既然大媳婦的妹子來了，那我們怎能不好生招待招待？」然後，朝身後的丫頭吩咐。「去，把大奶奶叫來。」

「是！夫人。」丫頭連忙福了福身，轉身去了後花園。

「母親，這其中肯定有誤會。」顧紹中皺著眉。

「中兒，母親知道分寸。」顧夫人說完就向不遠處的亭子走去。「劉刑，去，吩咐廚房端些糕點來。」

「是。」

沈梨若和沈梨落跟著婢女剛走到亭子不遠處，就見到急匆匆走過來的顧紹中。

「夫人，」顧紹中快速走到沈梨落身邊，扶著她的手柔聲道：「小心，走慢點。」

沈梨落看了一眼坐在亭子裡的顧夫人，擔憂問道：「夫君，九妹她……」

「放心，有我和父親在。」顧紹中拍了拍沈梨落的手，望向沈梨若。「九妹，好久不見。」

「四姊夫。」沈梨若將他對四姊的溫柔和關心盡收眼底，心中那點兒不滿也淡了不少，便笑道：「好久不見。」

這時，顧夫人冷冷的聲音傳來。「中兒，這就是大媳婦的妹妹吧。」

沈梨落聞言忙加快了腳步，走到顧夫人身前福了福身。「父親，母親。」

「坐吧。」顧夫人瞥了眼沈梨落的肚子，淡淡說道。

「謝母親。」沈梨落瞅了瞅臉色陰沈的顧夫人，再看了眼站在一旁面露怨毒的李嬤嬤。「母親，這是我九妹妹，她……」

話還未說完，沈梨若便走到顧夫人身前輕輕一笑。「顧老爺，顧夫人。」

顧夫人不豫地掃了眼沈梨若，見其穿著普通、樣貌清秀，一看就出自普通人家，冷冷說道：「坐。」

「謝顧夫人。」沈梨若彷彿沒有看見顧夫人的冷臉，平靜地走到沈梨落身邊坐下。

可就當她的屁股剛挨著凳面時，便聽到「啪」的一聲。若不是沈梨若注意顧夫人的一舉一動，早有準備，這一聲就足以讓她嚇一跳，做出失禮的事。

顧夫人見沈梨若臉色平靜，沒有半分失態，臉色不由得僵了僵，轉頭朝李嬤嬤一瞪。

「站在那兒幹什麼，還不快過來給沈夫人賠罪。」

顧夫人雖然說話客氣，但語氣中卻透露著對沈梨若的極度不滿。看來這顧夫人是想給她一個下馬威了。

李嬤嬤聞言低著頭，不情不願走到沈梨若跟前，胡亂福了福身。「沈夫人……」

李嬤嬤剛開口，沈梨若便道：「我夫家姓凌，請叫我凌夫人。」

「凌夫人，老奴說話不穩妥，衝撞了夫人，還望夫人贖罪。」李嬤嬤硬邦邦地說道。

李嬤嬤剛說完，顧夫人便揮了揮手。「好了，退下吧。」

「是。」

「凌夫人，」顧夫人扯了扯嘴角。「李嬤嬤跟了我多年，今兒個她衝撞了妳是她的不對，可是，李嬤嬤是我們顧家的下人，自有我們顧家的人來管教……」

顧夫人寒著臉正準備擠對沈梨若，就聽到身邊的顧永言低喝道：「住嘴！」

「啊……你……」顧夫人被丈夫這一喝，頓時沒回過神來，直瞪大眼望向顧永言。

顧永言沒有理會顧夫人的錯愕，他站起身子恭恭敬敬走到沈梨若身邊，躬身行禮。「參見嫻夫人。」

顧永言身為太醫院院判，雖然沒有和沈梨若照過面，但沈梨若進宮時，遠遠地見過幾次，不過因為距離較遠，所以一時只是覺得眼前這人有些熟悉，沒有想起，直到沈梨若說她的夫君姓淩，顧永言才反應過來，因此急忙喝止越說越無禮的顧夫人。

沈梨若輕輕一笑。「顧大人好眼力。」

顧永言忙道：「不知嫻夫人大駕光臨，下官有失遠迎，還望嫻夫人恕罪。」

接著，他站起身子朝愣在一旁的顧夫人一瞪。「還愣著幹什麼？還不快過來參見嫻夫人。」

「嫻夫人」三字一出口，剛剛還滿臉寒霜的顧夫人頓時身子一哆嗦，顧永言在朝為官，她對前些日子鬧得沸沸揚揚的靖王世子妃的名號自然不陌生，如今一聽自家夫君喚眼前這個普通的婦人為嫻夫人，震驚之餘，卻是一陣驚慌和慶幸。

驚慌是由於自己言語不敬，怕得罪這個尊貴無比的嫻夫人；慶幸則是這一切還有轉圜的餘地，畢竟她和自己的大兒媳婦是姊妹。

剎那間，往日裡這個處處上不得檯面的大媳婦，兀的無比順眼。

顧夫人忙向有些呆愣的沈梨落使了個顏色，自己恭恭敬敬地站起身走到沈梨若跟前，行了一禮。「嫻夫人安好。」

「夫人免禮。」沈梨若大大方方受了顧夫人的禮。

顧紹中見狀，急忙拉著沈梨落站起身行禮。

「嫻夫人……」

「四姊、姊夫快快請起。」沈梨若忙站起身，扶起四姊沈梨落。

「九……九妹……」沈梨落張口結舌地看著自家妹子，只覺得腦子裡一片空白。

「梨落，這就是妳的不對了，凌夫人就是靖王世子妃都不告訴母親。」顧夫人扶著沈梨落坐好。

她的聲音溫柔而帶著笑意，讓一向受盡白眼冷落的沈梨落一時沒緩過神來。

「母親……」沈梨落呆呆望著臉上綻放著笑容的顧夫人，再轉過頭望向沈梨若。「九妹，妳何時成靖王世子妃了？」

知道了沈梨若的身分，顧夫人一改先前的冷臉，直到沈梨若離開顧府，臉上始終都掛著笑容，整個人猶如蕩漾在和煦的春風中，對沈梨落更是噓寒問暖，溫柔體貼。至於李嬷嬷早在顧永言點出沈梨若身分時，便臉色蒼白，全身顫抖如篩子般，差點沒當場暈厥過去。

沈梨若此次前來也不過是想看看四姊生活如何，如今顧家知道她的身分，自然不會怠慢沈梨落，也懶得和那刁奴一般見識。她相信以顧夫人的精明，她走後，這耀武揚威、不可一世的李嬷嬷的好日子也到頭了。

直到用過午膳，沈梨若才在顧夫人的殷切送別下，登上馬車，離開了顧府。

馬車穩穩地行走在街上，忽然遠處傳來一陣喧鬧，接著馬車停了下來。

「阿左，怎麼了？」紫羽忙掀開簾子問道。

「前面好像出了事。」阿左轉過頭。「夫人，小的去看看。」

「去吧。」沈梨若點了點頭。

阿左剛下了車，沒一會兒，遠處的喧鬧聲越來越近，隱隱地好像聽到了她的名字。

「紫羽，咱們也下去。」沈梨若皺了皺眉。

「是，夫人。」紫羽聞言點了點頭，率先下了馬車，攙扶沈梨若走下來。

沈梨若一下車，抬頭望去，只見遠處圍了一圈人，透過層層疊疊的腦袋可以隱隱看到幾個人影在圈內拉扯著。

阿左見沈梨若走近，忙騰出一塊空地給兩人。

「發生了什麼事？」沈梨若問道。

「這……」阿左張了張口。

「夫人……快看。」就在沈梨若疑惑的時候，紫羽的聲音在耳邊響起。

沈梨若忙向圈內望去，幾個人影即映入眼簾。

她嘴角一勾，露出一絲冷笑，今兒個可真是好日子，遇到的都是親戚。

朱凌雖然側著臉，但沈梨若依然可以看見他眼睛上的青紫，青色深衣上也沾滿灰塵，而他的身前是三個和他年紀相仿的公子哥兒，衣著也極為講究，出身應該不錯。

「知道怕了吧？」朱凌拍了拍身上的灰塵，一臉囂張。「我夫人的妹妹是當今皇上親封的嫻夫人，你們敢打我，不想活了是不是？」

站在他對面的三個男子臉上明顯出現猶豫，交頭接耳了一番，最後站在中間明顯年紀最輕的男子站了出來。「喲，憑你這兩片嘴皮子一吧嗒，就想嚇唬你蒲六爺？」

他剛說完，旁邊一個灰衣男子道：「就憑你這模樣也想和靖王世子當連襟？你真當我們哥兒三個是白癡啊？也不想想靖王世子是什麼人，怎可能有你這麼一個連襟？我說哥們兒，你這牛皮吹得也太大了吧。」

「不錯，也不打聽打聽綠綺姑娘是誰的女人，你這哪裡來的土包子竟然想跟我大哥搶女人，我看你是活膩歪了吧。」另一個身材壯碩的男子揮了揮拳頭。

朱凌身子明顯瑟縮了一下，但下一刻又昂起頭，指著三人。「你們不信？我可是嫻夫人的姊夫，你們敢得罪我！」

「得罪你又怎地？」那壯碩的男子往前大跨一步，雙目圓瞪。「我打都打了，也不再差幾個拳頭！」

「你……你別過來！」朱凌邊退邊結結巴巴。

「夫人，您看？」阿左看了眼扶著額頭的沈梨若。

「我不想再聽見他毀壞靖王府的名聲。」沈梨若瞇起眼。真是個成事不足敗事有餘的傢伙。

「是，夫人。」

「你別過來，嫻夫人是我妹子，靖王世子是我妹夫，前幾天妹子還請我去靖王府喝茶……哎喲！」

朱凌叫得正歡，一個雞蛋大小的石子準確地落入他的口中。

牙。

朱凌只覺得嘴中疼痛不已，哇的一聲，帶著血污的石頭落了出來，連帶還有幾顆白色尖

「睡非？（是誰？），睡非髒喔？（是誰砸我？）」朱凌吼道。

他本來吼得中氣十足，奈何牙齒一下少了好幾顆，頓時有些漏風，吐字有些不清楚。

這一下子倒讓站在他幾步遠的壯碩大漢愣在了原地，回頭望了眼也是一副百思不得其解的自家兄弟，一時沒搞明白，他這還沒出手呢，對面這傢伙怎麼就遭殃了？

「他洋（娘）的，有懂（種）的給我叉（站）出來！」朱凌從小嬌生慣養，在錦州更算得上是一霸，從來都是要風得風，要雨得雨。如今來了京城，好不容易甩掉了家中的沈梨苑，準備去花街柳巷好生快活一番，卻遇到這幾個瘟神不說，現在還被人暗算，頓時只覺得胸口被氣得生疼，擦了擦滿嘴的血污嚎叫著。

「是大爺我。」他話音剛落，一個大漢從人群中走了出來，正是阿左。

朱凌上次來靖王府並未和阿左見過面，因此不認識他，如今一見阿左穿著普通，還以為是那三人找的幫手，便叫囂著：「你們給唔（我）頓（等）……」

「等個屁，老子現在就在這兒！」阿左幾步上前，劈頭就甩了朱凌幾個耳光。

「我叫你囂張？」

「唔（我）是靖王……」

「我叫你胡吹！」

阿左這幾下極重，朱凌身子一趔趄就摔倒在地，「哇」的一聲吐出一口污血，半天沒爬起來。

阿左見打得差不多，便抬腳對著朱凌的大腿踢了一腳。「老子最討厭的就是狗仗人勢的傢伙！」

說罷，拍了拍手轉身就走。被阿左這麼一鬧，另外三人也有所畏懼，嘟嘟囔囔說了幾句便走了。

沈梨若在一旁輕輕點了點頭，阿左做事妥當，出手極有分寸，如今朱凌的模樣看上去雖然嚴重，一張臉腫得老高，還帶著血污，但實際上卻沒有傷筋動骨，不過那張臉要出來見人，怕還得過個十天半個月。

對朱凌此人，她早有瞭解，卻不承想這麼快他便開始借著她的名頭在京城裡耀武揚威，真是不知天高地厚，希望經過這次教訓他能有所收斂。

看周圍的人見狀開始散去，沈梨若淡淡說道：「紫羽，咱們走。」

「是，夫人。」

第四十章　沈老夫人來了

接連放晴了幾天，今日又稀稀落落地下起了小雨。

「若兒，我睏了。」凌夢晨斜躺在榻上，望著沈梨若柔聲道。

幾縷烏黑的髮順著臉頰落在白色的綢衣上，一雙烏黑長長的鳳眼閃耀著近乎妖孽的光芒。

沈梨若心中一跳，暗罵一聲不爭氣，成親這麼久每次見到他這副模樣都不由得心跳加速。

「睏了就去睡。」沈梨若撇過頭道。

成功捕捉到她臉頰上的紅暈，凌夢晨嘴角一揚，便下了床走到她身後，一把攬住她的肩。「可是我想抱著妳睡。」

沈梨若一張臉頓時紅得發燙，結結巴巴說道：「我……我不睏。」

「若兒……」凌夢晨將頭湊到她的耳邊，輕輕吹了口氣。

沈梨若頓時渾身一個激靈，正想說話，門外便響起了紫羽的聲音。

「夫人。」

「別理她。」凌夢晨吻了吻她的耳垂。

「夫君，紫羽前來肯定有事。」沈梨若吐了口氣。

聽到身後凌夢晨明顯失望的咕噥聲，沈梨若忙掙開他到椅子上坐好。

「進來。」

「是。」

接著門「咿呀」一聲開了，紫羽走了進來行了一禮。「世子，夫人。」

凌夢晨輕輕哼了聲。紫羽一愣，臉上閃過一絲驚慌，不知道自己哪裡招惹了主子。

沈梨若白了凌夢晨一眼，輕輕笑道：「何事？」

見到沈梨若的笑容，紫羽定了定神，從袖中掏出一封書信遞到她跟前。「夫人，門外來了個人指明將這封信交給您，說是夫人娘家的人。」

沈梨若一愣，接過信冷冷一笑。「去告訴那人，就說我知道了。」

「是，夫人。」紫羽恭敬福了福，轉身退出了房門。

娘家的人？知道她的身分還擺譜，拉不下身段的除了沈家那位老夫人以外，還能有誰？等了這麼久，她終於來了。

「沈家的人？」耳邊響起凌夢晨的聲音。

沈梨若轉過頭，看了眼皺著眉的凌夢晨。「應該是。」

沈家的人待她如何，凌夢晨知道得一清二楚，如今聽到他們自然沒有什麼好臉色。

沈梨若拆開信，笑了笑，果然是沈老夫人。

「夫君，我的好祖母想見見你這孫女婿，特地囑咐我今晚帶著你去二哥家中吃晚飯，你看如何？」沈梨若揚了揚手中的信。

「正好，我也想見見這位德高望重的沈老夫人。」凌夢晨冷哼一聲。

沈文濤的宅子位於京城的東南角，占地不大，也就幾個廂房。

過了申時不久，「噠噠噠」一陣馬蹄聲由遠而近，一輛奢華的馬車停在宅子前。一個身穿藕荷色短襖的女子下了馬車，輕輕叩了叩大門，過沒一會兒，隨著「咿呀」一聲，一個穿著葛布束褐的僕人便探出頭來。

「告訴你家主人，靖王世子和嫻夫人來了。」紫卉輕輕瞥了眼僕人。

那僕人似是早知道此事，紫卉話音剛落，他忙點頭哈腰。「姑娘稍等，我這就去。」接著便一溜煙地跑了進去。

過了一會兒，一陣急促的腳步聲響起，接著一群人急匆匆地走了出來。

沈文濤氣喘吁吁走到馬車前，見二人還未下馬車，急忙行禮。「參見世子、嫻夫人。」

「紫卉。」一把清涼的聲音從馬車內傳來。

「夫人。」紫卉聞言，急忙將小几子放到馬車邊。

眾人抬起頭，透過那薄如蟬翼的車簾，可以隱隱看見裡面風姿綽綽的身影。

沈文濤等人身子一震，紛紛盯著馬車，這應該是靖王世子吧。

阿左返身掀開車簾，一個頭戴珠玉寶冠，身穿黑色鑲金線深衣的男子彎腰下了馬車，頓時周圍響起一陣吸氣聲。眾人皆知靖王世子俊美無比，可如今一見才知遠非尋常人想像可及。在眾人驚豔的眼神中，凌夢晨伸出手握住馬車內伸出的一雙白皙玉手。

「慢點兒。」凌夢晨聲音中盡是溫柔。

「多謝夫君。」隨著一個柔柔的聲音響起，沈梨若出現在眾人眼前。

木蘭青雙繡緞裳襯得皮膚晶瑩剔透，織錦腰帶勾勒玲瓏腰線；一個滕花玉珮垂在腰間，瑩透純淨，潔白無瑕，一看就知是上好的羊脂白玉；裙裾上繡著淺綠葉淺黃花枝，雖然顏色樸素卻極為精巧，花瓣栩栩如生；兩個赤金翡翠耳環從小巧的耳上垂了下來……從頭到腳說不出的優雅高貴。

「世子殿下，九妹，快快請進。」沈文濤恭敬說道。

沈梨若掃過眾人，沒有見到沈梨落，料想他們應該還不知四姊也到了京城，也沒有出聲。

「有勞二哥帶路。」沈梨若將站在後面的沈梨苑嫉恨的眼神盡收眼底，淡淡笑了笑。

看來上次的敲打還沒讓她這大姊長點記性。

想到這兒，她停下腳步。「怎麼不見大姊夫？」

沈梨苑的臉色頓時一僵，扯了扯嘴角。「夫君他身子不適，在屋內休息。」

身子不適？說得好聽，怕是臉上還未消腫不好意思見人吧。

「九妹，妳有所不知，大姊夫前幾日感染了風寒，斷斷續續一直沒好，祖母知道妳和世子要來，便讓他在屋內好生休息，免得讓病氣過給別人。」沈文濤笑道。

「哦，原來如此。」沈梨若淡淡回應。

幾個月不見，看樣子沈文濤倒是比以前會講話不少。

「外面風涼，世子殿下，九妹，快快請進。」沈文濤欠了欠身，恭敬說道。

「有勞二哥。」沈梨若點了點頭，走了進去。

待沈梨若一行人進門後，兩個人影從角落裡閃了出來。

「還看？我說表哥，你還沒看夠啊？」

穆婉玉話音剛落，劉延林臉上閃過一絲不自然。「胡說八道。」

「表哥，你那點小心思還能逃得了我的眼睛？」穆婉玉怨毒地看著沈梨若的背影。「可惜啊，人家現在是高高在上的嫻夫人，身側有高貴俊美的靖王世子，就你？這輩子都別想了。」

劉延林一聽，頓時拉下了臉。「妳有什麼資格說我？一整天盤算著爬上世子床上的女人。」

「你說什麼？」穆婉玉臉色鐵青。不錯，她的心思很多人都知道，但被人當面以這近乎侮辱的方式說出，臉上自然掛不住。

「妳聽見的便是我說的。」劉延林別開了眼。這個女人當初看著還算美麗可愛，如今卻從頭到腳都散發著讓人厭惡的氣息。若不是念著她是穆家的人，他才懶得搭理。

穆婉玉深深吸了口氣。「不錯，我就是傾慕靖王世子，那又如何，我可不像某些人連自己的心思都不敢光明正大說出來。」

說到這兒，她碰了碰劉延林。「我倒有個法子能讓你一解相思之苦，就是不知道你有這個膽量沒？」

劉延林眼中精光一閃而過，臉上取而代之的是一種期待，急切問：「什麼方法，快說！」

穆婉玉輕蔑地看了眼劉延林，這樣一個如白癡的色男人，配沈梨若那賤人正好。想到這兒，她湊到劉延林的耳邊輕輕說了幾句，便道：「如何？」

「這……」劉延林臉上一陣猶豫。「妳這方法不行吧，她現在好歹也是……」

「怕什麼？」穆婉玉翻了個白眼。「事成之後，難道她還敢四處張揚不成，最後還不是便宜了你？」

「這……說得也是。」劉延林低下頭沈吟了一會兒。「可是我這樣做對妳有什麼好處？」

穆婉玉嘿嘿一笑。「你想得到的是沈梨若，而我想的自然是世子殿下，咱們各取所需，有何不可？」

見劉延林還皺著眉頭思考，穆婉玉臉一拉，低喝道：「願不願意一句話，你要知道，過了這個村便沒這個店了。」

劉延林閉上了眼，隔了好一會兒才睜開眼，咬了咬牙。「好，拚了。」

「這才是我那英勇無畏的表哥嘛。」穆婉玉眼中閃過一道冷光。

白癡！

劉延林彎下腰，行了一揖。「這還不是得靠表妹成全。」

他的語氣帶著歡喜雀躍的笑意，卻沒有讓穆婉玉瞧見他眼中的凜冽。

自作聰明的女人，想利用他做墊腳石？小心最後硌到自己的腳。

走沒一會兒，沈梨若等人便來到了正廳前。

「世子、九妹，快請進，祖母在裡面正等著你們呢。」沈文濤躬身道。

「嗯。」沈梨若淡淡應了聲，便隨著凌夢晨跨進大門。

沈文濤喜孜孜跟在兩人身後。還是祖母厲害，一出馬就將世子請到了。

「二哥。」沈文濤正想著，前面就響起沈梨若的聲音。

「來了，來了。」沈文濤連聲應道，湊了上去。「九妹，何事？」

沈梨若掃了眼空蕩蕩的正廳，嘴邊露出一抹冷笑。「祖母呢？」

「祖母不是在……」沈文濤剛說出幾個字，聲音即卡在喉嚨，他愣愣看了眼空無一人的上座，好一會兒才擠出一絲笑容。「九妹、世子，祖母年紀大了，腿腳有些不大利索，這八成還在路上呢，你們先坐，先坐！」

見沈梨若和凌夢晨落坐，他才轉過頭，滿是笑容的臉頓時烏雲密布，他轉過身，一把將身後的沈梨苑拉到角落裡。

「你輕點！」沈梨苑甩開了他的手，小聲喝道。

沈文濤瞅了眼坐在椅子上說著話的沈梨若和凌夢晨，見兩人沒有注意就小聲道：「妳怎麼回事？不是讓妳請祖母來正廳嗎？」

沈梨苑撇了撇嘴。「你凶什麼？讓她等等有什麼了不起。」

「頭髮長見識短的蠢貨。」沈文濤狠狠剮了她一眼。

「你……」沈梨苑氣得臉色鐵青，不過礙於凌夢晨在場沒有發作，別過頭不再說話。

「還愣著幹什麼？還不快去催祖母來！」沈文濤見她鬧起了脾氣，頓時氣不打一處來。他不敢怪罪沈老夫人，只得將心中的氣憤全撒在沈梨苑身上。

雖然隔得遠，聽不見兩人談話，但沈梨若卻將兩人的表情盡收眼底，冷冷地看著沈梨苑跺了跺腳，滿臉不情願地走出大門。她心中冷笑，看來她的祖母還沒看清楚形勢，事到如今還想在她面前擺架子。

「世子、九妹，大姊已經去叫了，祖母馬上就來。」沈文濤堆著笑站在兩人身邊。

「我不急。」沈梨若輕輕捏了捏袖口。「二哥，你知道夫君最不喜什麼嗎？」

「為兄不知，是什麼？」沈文濤一時被沈梨若問得有些糊塗。世子不喜什麼，他怎麼知道。

沈梨若輕輕一笑。「夫君最不喜歡的便是等人了。」

沈文濤一聽，頓時白了臉，連連欠身。「世子殿下，請息怒，實在是因為祖母年紀大了……」

他話還未說完，門外便響起一個中氣十足的聲音。「誰說老身年紀大了？這麼快就嫌棄我這老婆子了？」

接著，沈老夫人在沈梨苑的攙扶下走了進來。

沈文濤的臉色有些不自在，不過這種表情轉瞬即逝，他三步併作兩步走到沈老夫人身邊。「孫兒怎敢嫌棄祖母。」

沈老夫人白了眼沈文濤，視線便投到了坐在一旁的沈梨若及凌夢晨身上。

當看到沈梨若今日一身裝束和旁邊貴氣十足的凌夢晨，沈老夫人眯起了眼，沒想到那日凶神惡煞、揪著她的衣領惡狠狠逼著她寫下婚書的人，竟然是當朝長公主和靖王。

這九丫頭真是好命，去了那破落的小村莊還能遇到這樣一個極品夫婿。

不過就算如此又如何，還不是沈家的女兒，不管現在是何身分，她還是沈梨若的嫡親祖母！想到這兒，沈老夫人底氣足了幾分，今兒個她本來準備早早來這裡候著，但沈梨苑的話卻提醒了她：九丫頭今非昔比，想必會傲氣十足，如果自己不給她個下馬威，豈不是告訴她這個祖母怕了她？那她眼裡哪還有祖母的存在？

沈梨若瞅了眼坐在一旁一動也不動的凌夢晨，輕輕笑了笑，並未起身問安。

今兒個凌夢晨擺足了靖王世子的譜，從進門到現在說話未超過三句，從頭到尾一直冷著張臉，散發著生人勿近的寒意，活像有人欠了他上萬兩銀子一樣。

「九丫頭，這才不過幾個月未見，怎麼就不認得祖母了？」沈老夫人見沈梨若一直坐在椅子上動也不動，便拉長了臉冷冷道。

「祖母，身體可好？」沈梨若聞言，才轉過頭望向沈老夫人。這年頭孝道最為重要，就算她心中再不喜，也不能為凌夢晨落下任何話柄。

沈老夫人被她這毫無誠意的問話氣得心中煩堵，但想起她現在的身分地位，只得擠出一絲笑容。「還不錯，這就是世子殿下吧？果然是丰神俊朗、一表人才。」

「嗯。」凌夢晨隨意應了聲，連眼皮都未抬一下。

「九丫頭是我的孫女，咱們是一家人，如果世子殿下不介意，我喚你一聲夢晨如何？」

沈老夫人的笑容不減。

「我介意。」凌夢晨抬了抬眼皮，冷冷說道。

沈老夫人的笑容僵在嘴角，雙眼猛地瞪向沈梨若。

「祖母，您有所不知，夫君他不喜歡不熟悉的人叫他名字。」沈梨若重重咬了咬「不熟悉」三個字，不意外看到沈老夫人的臉黑了一大半。

沈文濤見狀忙笑著打圓場。「九妹、世子殿下，說了這麼久的話，你們渴了吧，先嚐嚐這茶，雖然比不上靖王府的名貴，但也是上好的龍井……」

他話還未說完，沈梨若便抬起手止住沈文濤的話。「二哥，多謝你的好意，不過夫君喝不慣外面的茶，我們都備好了。」

說罷，在幾人錯愕的眼神中她拍了拍手，紫卉和紫羽應聲進來。「夫人。」

「上茶！」沈梨若淡淡吩咐。

「是，夫人。」

接下來紫卉和紫羽擺上繪有蘭桂齊芳的青瓷茶具，釉色青瑩，紋樣雅麗，然後洗杯、涼湯、投茶、潤茶、沖水、泡茶……一步步如行雲流水般，讓沈老夫人等人看得目瞪口呆。

「世子、夫人，請喝茶。」待一切完畢，紫卉和紫羽恭敬地一人捧起一杯茶端到二人面前。

凌夢晨接過紫卉手中的茶輕輕抿了一口，姿勢優雅而高貴，配上他俊美的五官，讓人幾乎挪不開眼。

「呵呵。」沈文濤乾笑兩聲。「世子殿下果然是個雅人，不是我們這種粗人能比的。」

沈梨若揚了揚嘴角。雅人？凌夢晨一家怎麼看和「雅」字都扯不上半點關係，他今日的這些舉動，不過是為了打她那視面子為生命的祖母的臉。

不出所料，沈老夫人的臉色越來越難看，握在椅臂上的雙手隱隱顫抖著，而站在她身側的沈梨苑也是面沈如鐵，雙眼難掩妒意。

廳裡的眾人各有心思，此時，正廳外一棵長青樹下，兩道人影現了出來。

「怎麼？還不進去？」劉延林捅了捅身邊望著凌夢晨而癡迷的穆婉玉。

「急什麼？」穆婉玉白了眼劉延林。「你別忘了你上次來，沈文濤怎麼對你的？難不成你還想被趕出去一次？」

劉延林窒了窒，眼中閃過一絲陰狠。「這次可是沈老夫人發了話，特地邀請我來，他沈文濤難道還敢忤逆沈老夫人？」

穆婉玉冷哼一聲。「若不是沈家現在為數不多的生意都被姑父牽制住，你以為沈老夫人會給你好臉色看？不過這沈老夫人心腸也真夠硬的，自家孫女被你如此對待，竟然不管不顧，還巴巴地捧著你。」

「這叫識時務者為俊傑。」劉延林挑了挑眉。

兩人正說著，聽到一陣腳步聲，見裡面的人走了出來，便急忙迎上去。

第四十一章 害人終害己

「沈老夫人安好。」穆婉玉臉上瞬間綻放出一個明媚的笑容，每一擺手、每一跨步都顯得身姿曼妙無比，再配上飄逸單薄的嫩黃色夏裝，整個人顯得嬌俏動人。

沈梨若扯了扯嘴角。涼爽的秋季穿得如此單薄，為了凌夢晨她還真是費了不少心思啊。

「呀！」穆婉玉輕輕發出一聲驚叫，右手掩住了嘴角，一雙眼睛含羞帶怯地望向凌夢晨，亭亭彎下身子，行了一禮。「參見世子殿下，民女不知世子殿下駕到，請殿下恕罪。」

她的聲音柔柔軟軟的，帶著絲絲媚意，足以讓眾多男子駐足。

沈梨若瞥了眼依然拉著一張冷臉、面無表情的凌夢晨，心中暗自冷笑。可惜啊，選錯了對象。

就在穆婉玉矯揉造作之時，劉延林拜倒在地。「草民參見世子殿下，參見嫻夫人。」

「你起來吧。」凌夢晨淡淡開口。

「謝世子殿下。」劉延林聞言起身，往旁邊一站，對沈老夫人行了一禮。「祖母，二哥，大姊。」

沈老夫人笑著點了點頭，沈梨苑面無表情，而沈文濤則給了他一個白眼。

而穆婉玉還待在原地，保持著精心做出的秀美姿態，睜著一雙大眼無辜地看著凌夢晨。

過了好一會兒，直到穆婉玉彎著雙腿開始不由自主地顫抖，臉上的笑容也漸漸僵硬的時候，凌夢晨才冷冷開口。「還有嫻夫人。」

穆婉玉的臉頓時唰地一下變得蒼白，垂下頭，咬了咬嘴唇，福了福身。「參見嫻夫人。」

沈梨若心中暖暖的，上前半步握住凌夢晨垂在身側的手。「起來吧。」

「謝世子殿下，謝嫻夫人。」穆婉玉這才顫巍巍站起身，走到一側站好。

沈老夫人眼神一變，看向沈梨若的眼神也凝重了幾分，沒想到靖王世子竟然如此在乎九丫頭。不過下一刻她又興奮了起來，只要治住了九丫頭，沈家要回到往日的榮光豈不是易如反掌？至於自以為是的劉家，她還用得著在意？想到這兒，她看向沈梨若的眼神充滿熱烈，如同一隻發現老鼠而蓄勢待發的老貓。

「世子殿下、九妹，這邊請。」沈文濤站了出來欠身。

沈梨若點了點頭，在沈文濤的帶領下往飯廳走去。

她的腳步才邁出去，手臂便被人碰了一下。

沈梨若停下腳步回過頭，便對上了臉色僵硬的沈梨苑。

「大姊。」沈梨若揚了揚眉。

「祖母有話對妳說。」沈梨苑瞄了眼走在前方的凌夢晨，小聲說道。

「哦？」沈梨若視線一轉，望向沈老夫人。

「若兒，過來，讓祖母好好看看妳。」沈老夫人招了招手，一臉的慈祥。

沈梨若冷冷一笑，站在原地。「祖母有什麼話就直接說吧。」

沈老夫人的臉一僵，深深看了眼沈梨若。「既然如此，祖母也不再拐彎抹角，讓世子給妳二哥和大姊夫找個好差事。」

沈梨若靜靜看著沈老夫人和沈梨苑。「祖母，這件事我早已回了大姊和二哥。」

沈老夫人沒想到沈梨若會當面給她臉色看，頓時滿臉怒容。「妳別忘了妳還姓沈！」

「孫女怎敢忘記。」沈梨若一臉為難。「可是我實在愛莫能助啊。」

「妳……妳忘恩負義！」沈梨苑小聲喝道，接著扯了扯沈老夫人的袖子，一臉委屈。「祖母，您看她……」

沈老夫人拍了拍沈梨苑的手，臉色緩和了下來。「九丫頭，我知道妳心中還在怪罪祖母，可是妳要理解，那種情況下，祖母也實在是逼不得已，妳以為祖母就不心疼嗎？妳也是我的孫女，我的血脈啊！」

說到這兒，沈老夫人劇烈的咳嗽起來，一副痛心疾首的模樣，若是一般人見到也會被感動而原諒她吧。

「九妹，妳也不想想，若不是祖母，妳會去桂慶，會遇到世子？」沈梨苑輕輕撫了撫沈老夫人的後背，望著沈梨若。

沈梨若心中冷哼，這兩人硬的不行便來軟的了，可惜，如意算盤打錯了。

沈梨若嘴唇劇烈抖動著，一副感動莫名的模樣，她上前幾步一把抓住沈老夫人的手。「祖母、大姊，妳們都是我的血親，妳們有事我能不幫嗎？可是我實在沒有法子啊，世子只是個宗室，這朝中之事豈是我們能干預的？」

說到這兒，她垂下眼眸，一副委屈至極的模樣。

這一席話大出沈老夫人和沈梨苑的意料，明知沈梨若的話不可信，但張了張嘴，一時也不知道說什麼。

就在這時，遠處傳來凌夢晨低沈的聲音。「若兒。」

沈梨若心中一喜。「祖母、大姊，世子叫我呢，我先去了。」

說完，便頭也不回地走了。

因為是家宴，雖然在場眾人中她和凌夢晨身分最為尊貴，但還是讓沈老夫人坐在主位，凌夢晨二人坐在左側上方，其餘人依次坐下。

沈家今日的飯菜準備得不錯，可說是色香味俱全，為了迎接凌夢晨花了不少心思。

剛坐下不久，沈老夫人便道：「世子殿下，這酒是我從陵城帶來的，是我們沈家多年的珍藏。」

沈梨若見狀忙道：「祖母，夫君不喜飲酒。」

沈老夫人呵呵一笑。「男兒哪有不喝酒的？」說完，吩咐旁邊的丫頭為凌夢晨斟酒。

「祖母，我說了，夫君不喜飲酒。」沈梨若的臉色有些不好看了。

「九丫頭，這就是妳的不對了，哪有妳這樣干涉自己丈夫的？」沈老夫人拉下臉，擺起了祖母的架子。

「給我來杯茶。」就在沈老夫人張開嘴準備好生訓誡一番時，凌夢晨淡淡開了口。

沈老夫人聞言只得閉上嘴，乾笑了兩聲。

這時，沈文濤湊了過來，坐在沈老夫人與凌夢晨中間，開始滔滔不絕說著，一杯一杯喝得無比爽快。

而這一邊，沈梨若吃了幾口菜，劉延林的聲音便在身側響起。「嫻夫人，好久不見。」

沈梨若抬起頭，望向這個曾經無比熟悉，如今卻極為陌生的臉孔。「六姊夫近日可曾去瞧了六姊？」

劉延林表情僵了僵。「前幾日去見過。」

接著，他端起手中的酒杯。「嫻夫人，我敬您一杯。」說罷，他側了側身子，一個小小紙團悄然無聲地滑進沈梨若的懷裡，然後也不待沈梨若反應便一飲而盡，轉身回到座位上。

沈梨若將紙團捏在手裡，垂下眼眸，他不知道劉延林想對她說什麼，但如今她不想、也不願和這個男人有任何瓜葛，想到這兒，她站起身藉故走出大廳，將紙團撕得粉碎，扔到附近的花園裡。

過了一會兒，沈梨若理了理衣衫，往飯廳走去。

她剛坐下，一個甜膩的聲音便在身邊響起。「九姊……哦，不，嫻夫人，我敬妳一杯。」

沈梨若心中一跳，或許是因為上一世的教訓，又或許是因為穆婉玉對凌夢晨的覬覦，對於穆婉玉她心裡有著強烈的戒備和厭惡。她轉過頭正準備說話，卻不經意瞄見劉延林對她微微地搖了搖頭。他什麼意思？猛然間，上一世死前的種種迅速在腦子裡出現，她臉上立馬堆滿笑容。

「叫什麼嫻夫人，妹妹這就見外了吧。」

穆婉玉眼中閃過一絲詫異，接著臉上也掛滿了笑容。「嫻夫人既然認我這個妹妹，那妹妹就托大喚妳一聲姊姊了。」

沈梨若招呼身邊的小丫頭端來一把椅子。「妹妹快坐，咱們姊妹好久不見，正好聊聊。」

「多謝姊姊。」穆婉玉盈盈入座，將手中的酒杯湊到沈梨若跟前。「姊姊先把酒喝了，這可是妹妹特地敬姊姊的。」

沈梨若故意掩住嘴咳了咳。「近日姊姊嗓子不適，要不姊姊就以茶代酒吧。」

她話音剛落，穆婉玉眼中閃過一絲急切。「姊姊說哪裡話，這點酒無妨。」

沈梨若又咳嗽了幾聲，一臉為難地看著酒杯。

「姊姊放心，這酒我喝過，清涼潤口，不礙事的。」穆婉玉說罷，見沈梨若還是不為所動，有些急了，嬌嗔道：「姊姊，就喝點嘛，這可是妹妹的一番心意。」
沈梨若吐了口氣，接過酒杯。「說好了，就喝這一點。」
「姊姊真好。」穆婉玉笑得一臉燦爛。
沈梨若雙眼盯著穆婉玉，慢騰騰將酒杯端到嘴邊，就在酒杯即將挨到嘴唇時，沈梨若忽然將酒杯放到桌上。
「姊姊，妳這是？」穆婉玉一臉焦急。
「我先喝杯茶潤潤嗓子。」沈梨若笑了笑，明顯看到穆婉玉鬆了口氣，眼中閃過一絲凜冽。這酒十有八、九，有問題！
「端一杯茶來。」沈梨若朝身邊的小丫頭交代。
「是，夫人。」小丫頭急忙應聲走了出去，沒一會兒便端著一杯茶走進來。
「夫人，茶來了。」就在小丫頭要走到她身邊時，沈梨若故意扯了扯裙襬，右腳不動聲色地一伸，正好絆到小丫頭的腳，小丫頭身子一個趔趄，手中的茶杯便飛出雙手，落到穆婉玉身上。
「哎呀！」穆婉玉驚叫出聲，將手中酒杯放到桌上，手忙腳亂收拾著衣裙。
「妳怎麼搞的？」坐在附近的沈梨苑怒氣沖沖走了過來，指著小丫頭吼道。她近日心情可謂極度不爽，先是朱凌出門被人打得遍體鱗傷回來，今日又被沈梨若一陣刺激，滿腔的怒火堆在胸口，正愁發洩不出來，如今這丫頭撞了上來，正好讓她撒氣。

「奴婢……奴婢……」那小丫頭瞄了瞄沈梨若，一臉的驚慌和委屈。

「大姊，算了，她也是不小心而已。」沈梨若開了口。

「九妹，這丫頭不教訓就不知道好生做事！」沈梨苑拉著臉。

「大姊，我說，算了！」沈梨若臉一拉，側過身子，正好擋住穆婉玉的視線，雙手不動聲色地交換穆婉玉和她的酒杯。

接著她對上沈梨苑僵硬的臉。「現在最該做的是給穆妹妹找身乾淨的衣服。」

「不用了，不用了。」穆婉玉連連擺手。「小事而已，小事而已。」

說完，她拿起桌上的酒杯。「姊姊，妳看，咱們這酒還沒喝呢。」

沈梨若嘴角一揚。「好，姊姊先乾為敬。」

然後，拿起桌上的酒杯，在穆婉玉的注視下一飲而盡。

穆婉玉臉上頓時笑開了花，也喝完了手中的酒。「姊姊真是巾幗不讓鬚眉。」

「彼此彼此。」沈梨若也是滿臉笑容。

時間過得很快，轉眼夜幕就落了下來。沈梨若靜靜坐在椅子上，望著坐在不遠處的穆婉玉，冷冷笑了笑。

她現在非常期待，雖然不知道那酒裡面究竟放了什麼，但她有預感今晚一定非常精彩。

穆婉玉有意無意地瞄了瞄臉色依然平靜的沈梨若，心中不住地嘀咕：這已經過了大半個時辰了，她怎麼還未發作？

正奇怪著，她卻覺得全身漸漸發起熱來，一股難以言喻的感覺湧上心頭，猶如調皮的兔子使勁兒蹦躂著。

「穆妹妹，妳怎麼了？臉這麼紅。」正當她坐立不安的時候，沈梨苑的聲音在耳邊響起。

「我沒事。」穆婉玉摸了摸滾燙的臉頰。

「不會是喝醉了吧？」沈梨苑看了眼滿臉通紅的穆婉玉。「我先差人送妳回房歇息。」

「不……不用，我喝了酒就是這樣子，姊姊不用擔心。」穆婉玉甩了甩腦袋，眼神卻投向沈梨若。她今晚的計劃還沒施行呢，怎麼能走？

支走了沈梨苑，她站起身走到滿臉笑容的劉延林身邊。「你還在等什麼？還不快出去？」

劉延林嘴角一揚，勾起一抹譏誚。「表妹，妳在說什麼啊，我還沒吃飽呢，出去幹什麼？」

「你……你……」穆婉玉瞪大了眼看著劉延林，她藥也下了，酒也敬了，所有事情都安排好了，這男人卻退縮了。

「你給我出來。」穆婉玉咬牙切齒。

「表妹有什麼事嗎？」劉延林這句話聲音頗大，頓時沈家眾人紛紛投來異樣的眼神，有的帶著鄙視、帶著憤怒，讓穆婉玉極不自在。

原來對於穆婉玉和劉延林的傳聞，沈家的人還半信半疑，如今一見，頓時相信了八分。穆婉玉本來就覺得身上躁熱難忍，如今聽到劉延林的話，滿腔的火幾乎要噴了出來。她咬了咬牙，擠出一絲笑容。「表哥，就耽擱你一點時間。」

劉延林聞言才站起身，對著眾人抱歉地笑了笑，跟著穆婉玉走了出去。

沈梨若的眼神一直沒有離開兩人。穆婉玉的異樣，讓她奇怪不已：她究竟打的是什麼主意？

就在這時，快要跨出門檻的劉延林，忽然轉過頭，迎上了沈梨若探究的眼神。在她不解的目光中，他咧嘴一笑，帶著從未有過的從容和真誠。

今日就讓他為她擺平這個麻煩吧。

穆婉玉怒氣沖沖走了好一會兒，直到背後的喧鬧聲幾乎再也聽不見了，才停下腳步。

「你究竟想幹什麼！」穆婉玉揉了揉眉心，企圖讓暈眩的腦袋清醒些。

「表妹，我不知道妳在說什麼。」劉延林聳了聳肩。

「你……」穆婉玉劇烈喘著粗氣。「難道還要我將沈梨若送到你床上不成？」

「表妹，妳醉了。」劉延林冷冷望著穆婉玉。

這女人還真當他劉延林是傻子！不錯，他承認他心中還牽掛著沈梨若，但那點感情還不會讓他迷了心志。穆婉玉說什麼她來安排一切，讓他抱得美人歸，彷彿他占了天大的便宜般。別以為他不知道她心中那點小算計，如果今日他劉延林按照她所說的去做，今晚等待他的不會是溫柔鄉，而是地獄！靖王世子是誰？就算他初來京城，不代表他不會聽不會看不會想，這樣一個身分尊貴之人，要整死他這樣的人物就像捏死一隻螞蟻般容易。這蠢鈍的女人自作聰明，妄想將他推出去做擋箭牌。他敢保證，只要他一有所行動，這個女人便會大張旗鼓地帶著一大批人，「不經意」發現他和沈梨若的姦情……

「怎麼？這麼快就怕了？」穆婉玉瞪著劉延林。「不過我要是你，就不在這兒扮正人君子，那藥我可是下了兩倍，再過一會兒沈梨若便會出現異常，到時候就算你什麼都不做，世子殿下也不會放過你！」

劉延林一聽，心中也直打鼓，雖然他示了警，但卻不敢保證沈梨若就信了他的話，萬一沒有……一想到這兒，他的臉色不由得一僵。

見到劉延林如此模樣，穆婉玉嘿嘿一笑。「表哥，事到如今，你還不如按照咱們的計劃，將她請出來，至於世子殿下，我自有辦法為你攔著。」

說完，她上前一步，湊到劉延林耳邊。「表哥，你就好好享受美人在懷的滋味……」

說到這兒，她頓了頓，只覺得一股男子的氣息撲鼻而來，她深深吸了口氣，下意識地扯了扯領口，企圖讓躁熱的身子舒服點。

劉延林瞪著越靠越近的穆婉玉，伸手輕輕推了推她的肩膀。「妳怎麼了？」

誰知他的手剛接觸到她的肩膀，穆婉玉的喉嚨裡便發出一陣低低呻吟，在這寂靜的夜色中分外銷魂。

穆婉玉將手撫上劉延林的手臂，似乎只有這雙堅實的大手才能緩解她的不適。

劉延林心中不由得一蕩，隔著衣料也能感覺到那滑膩的小手。

「表哥。」穆婉玉只覺得腦中昏昏沈沈，身子軟軟靠在劉延林胸膛上。

她這一聲帶著銷魂蝕骨般的媚意，直喊得劉延林全身酥麻。

他伸出手抬起穆婉玉的下巴，藉著月光將她臉上的酡紅和雙眼的迷離看得清清楚楚，忽然他一怔，接著嘿嘿地發出一陣輕笑。嘴邊揚起一抹譏誚，他這表妹這次是搬石頭砸了自己的腳。春藥！現在一點兒也不剩地進了她自己的肚子。

穆婉玉如今似乎已經失去了理智，她無意識地用腦袋在劉延林的胸膛上拱了拱，雙手更是開始拉扯著自己的衣襟。

「熱，好熱。」

劉延林見狀，臉色急速變換著，最後似乎作出了決定，猛地彎下身子一把抱起穆婉玉，便往旁邊的廂房走去。

自沈梨焉的事情之後，他在京城可謂寸步難行，無論是沈家還是穆家，如今對他都極不待見，就連前幾日的家書中也可以看出父親對他有所不滿，這樣的處境讓他極度不安。若是再想不到辦法，他這麼多年的苦心經營就要毀於一旦了。

想到這兒，他看了眼懷中的穆婉玉，眼中閃過一絲決然。這穆婉玉雖說如今在穆家的地位也是一落千丈，但無論如何她都是穆家的嫡女，若是和她生米煮成熟飯，就算穆家再不願，也得承認他這個女婿。

更何況今日是她自動送上門來的，他劉延林可從來不是什麼正人君子。

穆婉玉只覺得全身躁熱無比，環在她腰間的雙手雖然滾燙得驚人，卻能讓難受的身子舒服不少，她扭著自己的身子，頭使勁地在劉延林的懷裡摩擦著，雙手也開始在他胸前撫摸著，嘴裡開始逸出一聲聲銷魂的呻吟。

聽著呻吟聲越來越大，劉延林急忙加快了腳步，迅速衝進廂房，將穆婉玉扔到床上，轉身關上房門。

「啊……」穆婉玉躺在床上，雙手拚命拉扯著衣服，沒一會兒便衣衫半解，春光外洩。

見穆婉玉完全失去了神志，劉延林迅速脫掉自己的衣服，壓了上去。

春藥已經完全發揮了作用，穆婉玉的雙手迅速攬上了劉延林的肩膀，身子劇烈扭動著，嘴中的呻吟一聲聲銷魂入骨。

劉延林也顧不得許多，雙手齊動，幾下就扒掉了穆婉玉的衣服。

沒一會兒，穆婉玉發出一聲微不可聞的哼聲，接著便被更多的呻吟聲代替，而劉延林雙目冷冷地瞪著身下的女子，扯了扯嘴角。果然是個美人，肌膚滑細，柔若無骨，就連他這麼不喜她的人也有了「性」致。

這廂兩人在床上交戰得正酣，那邊的眾人卻越來越覺得不對。見穆婉玉將劉延林叫了出去，沈家的人雖然不豫，但也沒有想太多，可是隨著時間流逝，也漸漸覺得這兩人消失太久了，久到夜色已晚，桌上的飯菜已經涼了，兩人都還沒有回來。

一招來下人詢問，才知兩人結伴往內宅走去，沈梨苑便急忙派人去尋。畢竟一個還是沈家的女婿，要是做出了什麼不妥的事情，沈家人的臉也掛不住。再說天色已晚，沈梨若和凌夢晨就要走了，穆婉玉和劉延林也該出來相送。

過沒一會兒，婢女便急匆匆走了過來，神色古怪。

「他們人呢？」沈梨苑沒好氣。

婢女上前幾步走到沈梨苑身邊，俯下身子低聲說了幾句，便見到沈梨苑臉色剎那間變得鐵青。

她風風火火走到沈老夫人身邊，在她的耳邊說了幾句。

沈老夫人的臉色頓時青白交錯，額頭上的青筋爆出，接著她深深吸了口氣，從臉上擠出一絲笑容。「世子殿下，老身有事先失陪。」

在見到凌夢晨點頭後，便帶著沈梨苑急匆匆走了。

兩人一走，沈文濤怔了怔笑道：「世子殿下，再嚐嚐這道八寶鴨。」

「不了。」凌夢晨淡淡說道。

沈梨若也道：「二哥，這天色不早了，我和夫君該回去了。」

「可是祖母和大姊……」沈文濤道。

「無妨，祖母和大姊想必有要事在身，我們就不等了。」沈梨若輕輕一笑。她很想知道，劉延林和穆婉玉究竟發生了什麼，讓沈老夫人和沈梨苑如此憤怒。

「若兒，走吧。」凌夢晨站起身便轉身向外走去。

「二哥，我和夫君就先行一步了。」沈梨若淡淡笑道。

「世子、九妹，這邊請。」沈文濤見狀也沒再說什麼，躬身走到前方帶路。

沈梨若緩緩走在青石路板上，豎著耳朵聽著後宅隱隱傳來的怒吼、咒罵、哭叫聲，心中好奇，那兩人究竟發生了什麼？

這一日，沈梨若很晚才睡，好奇心就像小貓的爪子一樣不時地騷擾著她的心，讓她難以入眠。第二日一大早，沈梨若便頂著一對黑眼圈招來紫卉讓人去沈家打聽。

結果傳回來的消息，讓沈梨若一陣錯愕，過了好一會兒，她忽然發出一陣輕笑。命運真是無常，上一世穆婉玉費盡心思除掉她才能登上劉家夫人的位置，沒想到這一世竟然這樣和劉延林滾成一團了。要知道沈梨焉還沒被休呢！穆婉玉豈不是得以妾的身分進門？一想到這兒，沈梨若心中便覺得一陣愉快。以穆婉玉那驕傲自得的性子能接受妾這個身分？怕這一切都和昨日那杯酒有關吧，卻不料穆婉玉聰明反被聰明誤，搬石頭砸了自己的腳。

穆婉玉和劉延林無媒苟合，被沈老夫人抓姦在床，雖然穆劉兩家極力隱瞞，但消息像長了翅膀一樣傳遍了大街小巷。也因為此事，據說穆婉玉被穆家關進柴房，直到半個月後，一頂小轎悄然無息從穆家進了劉家，從此以後這世間再無自傲的穆小姐，有的只是劉延林一個姓穆的普通妾。

第四十二章　皇后病重

三皇子慵懶地靠在榻上，感受著腿上力道適中的觸感，舒服地瞇起眼。「妳說的可是真的？」

半蹲在三皇子身側的夏雨聞言抬起頭。「自是千真萬確，奴婢怎敢欺瞞殿下。」話音剛落，一隻大手便抓住她的肩膀，接著被人一拉，整個人便跌到三皇子懷裡。

夏雨輕輕低呼一聲，羞赧道：「殿下……」她的聲音柔柔的，帶著媚意。

三皇子伸手捏住她小巧的下巴一抬。「這件事若是真的，本宮自會獎賞妳，不過若是假的……」說到這兒，三皇子眸光凌厲，手上也加重了力道。

夏雨吃疼，卻不敢出聲，只得強壓住心中的恐慌，在臉上擠出幾分楚楚可憐的模樣。「殿下，若是奴婢不確定怎敢報告殿下?中秋之宴，奴婢在宮中遇到了幼時同村的姊妹，她在韻貴人身邊當差。前幾日奴婢跟隨皇子妃進宮，無意中發現她提著餐盒，行動鬼祟，便長了個心眼跟上去瞧，竟然發現太子和韻貴人依偎在一起，而太子的手還在韻貴人身上……」

「是妳親眼所見？」三皇子瞇起眼睛。

「是的，殿下，奴婢若有虛言，殿下就挖掉奴婢這雙眼睛！」夏雨重重地點了點頭。

「這麼美妙的一雙眼睛，本宮怎麼捨得挖掉，不過本宮那皇兄還真是色膽包天，看來上次給他下套是多此一舉了。」三皇子看了夏雨一眼，忽然喉嚨裡發出一陣輕笑，手改捏為摸，在夏雨晶瑩小巧的下巴上摩挲著。「妳這丫頭，真是我的福星。」

「殿下……奴婢身分低微，能侍候殿下已是奴婢上輩子修來的福氣，哪擔得了福星一說。」夏雨眼中一亮，立馬垂下眼眸。

「本宮說妳是，妳便是。」三皇子一把環住她的纖腰，將臉湊到她的面前。「若是此消息屬實，那妳便是立了大功，說說想要什麼獎賞？」

夏雨身子一顫，臉上綻放出明媚的笑容。「奴婢只求永遠留在殿下身邊，就心滿意足了。」

「傻瓜。」三皇子身子一翻，將夏雨壓在了身下。「本宮一向賞罰分明，事成之後封妳奉儀如何？」

夏雨的身子明顯顫抖起來，望著三皇子的眼神帶著激動，帶著不可置信。「奴婢多謝殿下厚愛。」聲音竟然帶著一絲哽咽。

「夏奉儀，今兒個好生伺候本宮吧。」三皇子在夏雨的臉上拍了拍，身子一翻，平躺在榻上。

「是，殿下。」夏雨忙坐起身，白皙的臉上已經泛紅，不知是因為激動還是因為羞澀。

這一次夏雨使出了渾身解數，只求將三皇子服侍得格外舒服，她的唇在三皇子身上遊走，一顆心卻是怦怦地跳個不停。

奉儀！她就要是奉儀了，雖然這奉儀只是正九品，乃皇子府地位最低的妾，但那也是有名號、有品階的，從此以後她便不再是沒名沒分的侍妾，是能夠進入宗譜的正宗主子，她這麼多年的願望終於邁開了第一步！

連著下了幾天雨，天終於放晴了。剛過晌午，沈梨若和凌夢晨正坐在花園裡享受這難得的好天氣，紫卉便急匆匆跑來。「世子、夫人，宮……宮裡來人了。」

沈梨若忙站起身道：「快請。」

說完，她替凌夢晨理了理衣衫。「夫君，宮裡這時候來人，會有什麼事呢？」

凌夢晨想了想。「不知道，但肯定準沒好事。」

沈梨若一聽，頓時笑了。「夫君，看你說的。」

兩人剛收拾完畢，一個年紀較輕的太監急匆匆地走了過來行禮。「奴才參見世子殿下、嫻夫人。」

「起來吧。」凌夢晨淡淡說道。

「謝殿下。」太監欠了欠身。「世子、嫻夫人，皇上召兩位立刻進宮，皇后娘娘病重！」

「病重？出了什麼事？」凌夢晨一臉詫異，他前幾日才進宮見過皇后，怎麼才幾天的工夫便病重了？

太監沈吟了一下。「奴才也不知道，兩位還是趕快隨奴才進宮吧。」

在兩人談論的工夫，沈梨若已吩咐阿左準備好馬車，兩人匆匆忙忙地往宮裡趕去。

「皇后娘娘身體一向不錯，怎麼一下子就病重了？」沈梨若坐在馬車裡嘀咕道。

「去看就知道了。」凌夢晨的眉頭緊鎖。皇后仁德，和他們一家的關係親厚，這突如起來的消息讓他頗為擔憂，若是皇后有個三長兩短，王貴妃等人肯定會借坡下驢，那以後這宮裡怕是要亂套了。

兩人剛趕到照德殿，立即見到一個人披散著頭髮跪在殿外。似乎是聽到聲響，此人轉過頭，正好與沈梨若的視線撞了個正著。

沈梨若吃了一驚，跪著的人不是別人，正是太子。

太子看見凌夢晨，眼睛一亮，連滾帶爬地起身跑過來。「表叔、表叔，您得幫我……」

此時的太子，額頭上一片青紫，一個半指長的口子橫在鬢角處，鮮紅的血順著臉頰流了下來，衣服上明顯有好幾處鞋印，哪還有一國儲君的風範。

沈梨若不由得往旁邊移了移，經過中秋那晚之事，她對於太子可沒有半分好感。

「表叔，幫我告訴父皇，是那個賤人勾引本宮，本宮只是一時腦子糊塗……」太子一把拽住凌夢晨的胳膊，臉上血跡斑斑，十分猙獰。

勾引？沈梨若皺了皺眉，皇后無故病重，太子如此落魄，看來這件事與後宮有關。

自古家務事最為麻煩，何況是皇家的家務事。凌夢晨皺了皺眉。「太子有話還是自己告訴皇上吧。」

「父皇現在正惱著，不願見本宮，表叔您就幫幫本宮吧！」太子緊拽住凌夢晨的胳膊。

正在這時，照德殿中一名宮女匆匆走出來。「靖王世子和嫻夫人可來了？」

引路的小太監見狀，忙躬身道：「來了，來了。」說完他走到幾人身邊。「太子殿下，您看這……皇上又催了。」

「死奴才，滾開！」太子一把將小太監推倒在地，睜大眼盯著凌夢晨。「表叔，現在只有您才能幫姪兒了……表叔，您的大恩大德，姪兒必永世不忘，表叔，幫幫姪兒吧。」

太子的雙手劇烈顫抖著，臉上全是焦急，連「本宮」二字都變成了姪兒。

凌夢晨輕輕扳開太子的雙手。「皇上召見，微臣先進去了，太子還請留步。」

「表叔……表叔……」太子見凌夢晨要走，頓時大急，上前一步，伸手猛地扯住沈梨若的衣角。「表嬸，幫姪兒勸勸表叔……」

凌夢晨鳳眼一瞇，伸手一推便將太子推了個趔趄。「太子，請自重！」

「表叔，表嬸……」太子好不容易站穩身形，急叫道。

見太子還欲上來糾纏，沈梨若瞥了眼臉色發青的凌夢晨。「太子，莫非忘了中秋之夜？」

太子欲衝上來的身形陡然停頓。

「走吧，夫君。」沈梨若拉起凌夢晨的手，笑道。

「嗯。」凌夢晨點了點頭，護著沈梨若往照德殿走去。

「表叔，幫幫姪兒吧，姪兒真是一時糊塗啊！」身後傳來太子聲嘶力竭地吼聲。

「走。」凌夢晨頭也沒回，與沈梨若走進大門。

「砰」的一聲，門關了，將太子的吼叫隔絕在外面。

穿過大堂，兩人來到側間，便見到幾名御醫正聚在一起交頭接耳，其中亦有顧永言。

而旁邊的六皇子正來回踱步，焦急吼道：「商量商量，你們究竟商量出來沒有？」

「六皇子莫急，這開方子需深思熟慮，得對症下藥……」太醫院的院正年紀較大，摸著白花花鬍子念叨著。

「好了，好了！」六皇子低喝一聲打斷了院正的話。「別在這兒嘮嘮叨叨……」

正在這時，凌夢晨二人走了進來。御醫們見狀，急忙過來見禮。

「表叔、表嬸，你們來了。」六皇子忙迎了上來。

「六皇子。」兩人見了禮。

「究竟怎麼回事？皇后娘娘前幾日身子還好好的，怎麼一下子……」凌夢晨皺著眉。

六皇子臉色青白交錯，頓了一會兒。「表叔，一時姪兒也說不清楚，唉……還不是我那皇兄犯的糊塗事！」

「太醫怎麼說？」沈梨若問道。

「昨日母后夜裡受了涼，身子本就不適，今兒個被皇兄一氣，頓時就吐血暈厥過去。太醫說母后是急火攻心，又因為身子弱，傷了臟腑……」六皇子皺著眉。「父皇正在裡面陪母后說話。表叔、表嬸，麻煩你們多勸勸母后，讓她……唉，別擔心。」

「六皇子放心。」沈梨若點了點頭。

兩人跟著六皇子進到裡間，透過垂下的幔帳，可以看見躺在床榻上的皇后的身影，皇上正坐在床邊，雙手握住皇后的手，柔聲道：「皇后，妳先歇歇。」

接著一陣劇烈的咳嗽聲響起，皇后有氣無力的聲音傳來。「皇上，太子他……」

「別提那個逆子！」皇上頓時拉下臉。

「皇上！您小聲些，皇后娘娘這還病著呢。」站在床邊的王貴妃開口道。

皇上瞥了眼王貴妃，放柔了聲音。「皇后，別胡思亂想，先保重身體要緊。」

「皇上，太子只是一時糊塗……」

皇后正待說話，六皇子便道：「父皇、母后、貴妃娘娘，表叔和表嬸來了。」

「微臣參見皇上、皇后娘娘、貴妃娘娘。」

「臣妾參見皇上、皇后娘娘、貴妃娘娘。」

「起來吧。」皇上擺了擺手，拍了拍皇后的手。「皇后，妳放寬心，什麼都不要想，一切等妳病好了再說。」

說完，他站起身走到凌夢晨身邊。「你跟我來。」

「是，皇上。」凌夢晨轉頭看向沈梨若。「若兒，妳陪陪皇后娘娘。」

「是，夫君。」

沈梨若走到床邊，看見皇后臉色蒼白，形容枯槁，哪還有平時母儀天下的雍容模樣。

「皇后娘娘，您別擔心，太子這次的錯雖然犯得大了點，但終究是您和皇上的孩子，這虎毒還不食子呢，皇上不會要太子命的。」王貴妃這話說得不鹹不淡。歷朝歷代中，皇子若不是牽扯到謀逆大罪，有誰是被處決了的？最多不過是被圈禁至死而已。可是在這皇宮中，有太多東西讓人拚了命也要去爭取……

「我早就看那個韻貴人不對勁了，舉手投足就是妖媚樣，太子也真是的，怎麼就這麼糊塗呢，如此一來這太子之位怕是……」王貴妃雖滿臉擔憂，但怎麼也掩蓋不了臉上的喜色。

「妳……妳……」皇后捂住嘴劇烈地咳嗽起來，蒼白的臉氣得更白如紙。

「母后、母后，您沒事吧？」六皇子撲到床邊，拍著皇后的背。

「母后沒事……沒事。」皇后劇烈喘了幾口粗氣。

「快，快傳御醫。」六皇子死死盯著皇后手中帕子上那絲刺眼的鮮紅。「母后別聽他人胡言亂語，皇兄之事自有父皇定奪。」

「皇后娘娘勿惱，臣妾也不過隨口說說。」王貴妃輕笑。

與後宮妃嬪私通？沈梨若微微一愣，記得上一世太子也是因此而被罷黜太子之位，貶為庶人，可如今卻提前了一年……不一樣了，不論是她，是夏雨，還是其他人，都不一樣了。

第四十三章　沈梨焉出獄

「皇上有何吩咐？」凌夢晨恭敬說道。

「聽聞那個逆子在外攔住你了？」皇上面沈如鐵，讓人猜不透心裡在想什麼。

「是的，太子讓微臣給皇上帶話，不過微臣並沒有答應。」

「他想說什麼？」

「太子說是一時糊塗……」

「哼！糊塗？他那腦子什麼時候清醒過？」皇上臉色鐵青。「他貴為太子，不約束自己的行為，反而錯事不斷，朕已經給了他一次又一次的機會，他不僅不知悔改，反而變本加厲，如今竟然……」

凌夢晨站在一旁沒有出聲。

「太子如此，皇后病重。」忽然皇上「砰」的一聲拍在桌上。「朕還沒老眼昏花呢，一個個就忙著骨肉相殘。」

皇上頓了頓。「夢晨。」

「微臣在。」凌夢晨躬身。

「去查一下這件事後頭究竟有誰？」

「是，皇上。」

正在這時，一陣戰戰兢兢的聲音響起。「皇……皇上。」

「什麼事？」皇帝吼道。

「裕德郡主來了，正在照德殿。」

「她來了？」皇上臉上一喜，站起身跨出了大門。

「姨母，裕德來了。」一個身穿青色宮裝的少女坐在床邊，握著皇后娘娘的手，柔聲說道。

她年紀不大，大約十五、六歲，容貌豔麗，身材窈窕。

「裕……裕德。」躺在床上的皇后，臉上露出一絲笑容。

「姨母，您好生歇息，裕德還等著您好了之後教我做桂花糕呢。」她的聲音清脆動聽，幾句話讓皇后開懷不少。

「妳……妳這丫頭，就知道吃。」皇后笑了笑。

「姨母要是快點好，裕德就天天吃，吃成個小胖子。」她的聲音帶著嬌憨。

這個裕德郡主，沈梨若是知道的。她父親陳郡王長年駐守陳州，母親是皇后娘娘一母同胞的妹妹，皇后膝下無女，對這個甥女格外疼愛。

太醫先前說皇后是急火攻心，若想痊癒必須大喜，可如今太子失勢，王貴妃等人在側虎視眈眈，又怎麼能開心得起來？裕德郡主的到來也算讓皇后心情緩和不少。

就在這時，皇上走了進來，幾人忙起身見禮。

「裕德，好生陪陪妳姨母，她可是時常在念叨著妳。」皇上笑了笑。

「臣女遵旨。」裕德盈盈一拜，一雙妙目卻越過皇上，直往後面的凌夢晨看去。那眼神含羞帶怯，一眨也不眨，彷彿凌夢晨就是她一直等待的人。

沈梨若一見，心中不由得一跳，步子不由得向凌夢晨身邊挪了挪。

「怎麼了？」凌夢晨俯下身子，輕聲道。

「無事。」沈梨若搖了搖頭。

「這位是？」裕德郡主打量了一下沈梨若。

她進來至今只掛念著姨母的病情，對這個長相清秀的女子倒沒怎麼在意，本就以為是一個普通的後宮妃嬪，如今見到她和凌夢晨的親暱，一股危機感油然而生。

「哎呀，郡主才進京不知道，這是靖王世子妃，皇上親封的嫻夫人。」一旁的王貴妃笑道。

「郡主。」沈梨若點了點頭。

裕德郡主臉上的笑容頓時有些勉強。「嫻夫人。」

「皇上，時候不早了，微臣夫婦先行告退。」隔了一會兒，凌夢晨行了一禮。

「走吧。」皇上揮了揮手。

「是。」

說完，凌夢晨和沈梨若行了禮，便轉身走出了照德殿。

夜已深，靖王府的書房依然亮著燈，馮老正躬身向凌夢晨報告。

「殿下，發現太子之事的是御林軍當值的兩個校尉，兩人巡到翠雲齋附近時，其中一個叫李進的鬧肚子，去茅廁時無意中發現了太子和韻貴人。」

「這麼說來，太子可真夠倒楣的。」凌夢晨冷冷一笑。「那兩個侍衛查了嗎？」

翠雲齋地處偏僻，已經處於半荒廢狀態，平時幾乎沒有人，就算是御林軍巡邏也大多是草草看看。

「查了，李進本該明日當值，但因要陪母親去禮佛，便和人換了班，不過老奴查到李進的母親前日已回涇川老家，不可能明日禮佛。」馮老抬頭看著凌夢晨的側背。「可是要派人去訊問李進？」

「不用。」凌夢晨擺了擺手。「派人盯著他就是，李進既然辦了事，自然會有人和他接頭。這事關皇上家事，只需將事情告訴皇上即可，其餘的皇上自有定奪。」

「是，殿下。」

接下來的好幾日，凌夢晨都是早出晚歸，有時直到月上中天還待在書房內，看得沈梨若又是無奈又是心疼。至於皇后的病情，雖然沒有惡化但也沒有大好，就這樣纏綿病榻。皇上和皇后乃是少年夫妻，經歷了二皇子叛亂，兩人一直互相扶持、相伴至今，皇上對皇后極為敬重，如今見皇后許久不好，心中自然焦急。半個月後，皇上宣旨大赦天下，凡是刑期在十年以下的囚犯均可出獄，為皇后祈福。

皇上大赦天下，沈梨焉也在名單之內。

這一日早上，監獄門口就來了一輛樸素的馬車。

守門的獄卒一見到馬車，急匆匆地小跑過去，點頭哈腰。「姑娘，是來接上次那位夫人嗎？」

紫羽瞥了他一眼，點了點頭。

擔任獄卒，必然有一副好眼力。上次沈梨若前來，出手闊綽讓他印象極為深刻，因此今日一見便匆匆迎了上來，就盼著馬車內的夫人心情好，隨便打賞一點，他這一個月的開支都不用愁了。

「姑娘稍等，馬上就來。」獄卒欠了欠身，轉身往牢內走去。

沈梨若坐在馬車內，看了眼坐在一旁的四姊沈梨落，嘆了口氣。

她今日本不想來的。沈老夫人和沈梨苑回了陵城，而沈梨焉出獄也自有劉家人前來，但她禁不住沈梨落一大早的央求，只好跟著來了，卻不承想這裡卻沒見到劉家的人。

如今沈梨落懷孕已有五個月，身子已豐盈了不少，整個人散發母性的光彩，顯得更加明媚動人。

正在這時，紫羽的聲音在外面響起。「夫人，劉夫人來了。」

沈梨若一聽，掀開馬車，只見穿著粗布衣衫的沈梨焉在獄卒的帶領下走了過來。

沈梨焉抬起頭，空洞木然的眼神掃過馬車內的兩人，扯了扯嘴角，往馬車走來。不料，才剛走了幾步，一把清脆的聲音響起。「姊姊。」

一個熟悉的男音跟著響起。「夫人。」

沈梨若一怔，沒想到穆婉玉也來了，於是和沈梨落相視一眼，雙雙下了馬車。

見到沈梨若兩人，劉延林的臉上閃過一絲不自然。「四姊、九妹，妳們來了。」

穆婉玉則微微欠了欠身。「顧夫人，嫻夫人。」

沈梨落別過頭，冷哼一聲。

穆婉玉今日穿了件大紅色的緞襖，紅色的羅裙，整個人紅彤彤地站在那裡格外顯眼，臉上帶著笑站在劉延林身側，倒有幾分安心做他女人的模樣。

沈梨焉的視線掃過兩人，當落到穆婉玉那身紅色衣衫時，瞳孔明顯縮了縮。

「六姊夫真是風雅之人，就連接嫡妻回家，也不忘帶個侍妾在側服侍。」沈梨若笑了笑。「不過我怎麼覺得，這侍妾的衣服有些不合規矩啊。四姊，什麼時候一個妾也能穿大紅了？」

「九妹，這說不定是他們劉家自己的規矩，與常人不同。」沈梨落翻了個白眼。

沈梨若一口一個侍妾，一口一個不合規矩，霎時讓穆婉玉臉色鐵青。

她穆婉玉從來都不是一個自怨自艾的人，就算她再不甘、再不願，也會在逆境中找到最適合自己的位置，所以經過這一個月來的掙扎之後，她拚命告訴自己要接受現實，反正劉延林的正妻還在監獄裡待著，再過幾年，想法子休掉沈梨焉就好了。但人算不如天算，沈梨焉竟然這麼好命，不過才在監獄中待了三個月便出來了。今日她特地穿著一身大紅，為的就是讓沈梨焉認清楚現實，她一個囚犯憑什麼和自己爭？沒想到卻碰到了沈梨若。

「兩位妹妹不知，我已以平妻之禮迎了婉玉。」劉延林臉上也是青一陣白一陣。

這一個月時間，他對穆婉玉可是費盡了心思，才好不容易安撫住她不再尋死覓活，沒想到皇上突然大赦天下，沈梨焉要出來了。

「六姊夫，雖然是平妻，但這上下主次還是得分清。原是六姊不在，現在六姊回去了，這晨昏定省，見面行禮卻不能少。」沈梨若淡淡說道。

沈梨落一聽，頓時噗哧地笑了起來。

穆婉玉氣得全身發抖，喉嚨一甜，一口血便湧了上來，她死死咬住牙關，狠狠將那口血嚥了下去。她好恨，若不是因為沈梨若，她怎會落到如此田地？

「這衣服還是別穿了，省得讓別人看見，說你們劉府不懂規矩。」沈梨若的聲音溫溫柔柔，但在穆婉玉耳中卻極為刺耳。

「多謝嫻夫人教誨。」劉延林吸了口氣，躬身道：「時候不早了，我先接焉兒回府。」

沈梨若看了眼站在旁邊低著頭、一聲不吭的沈梨焉，點了點頭。

車。

劉延林上前一步，扶住沈梨焉。「焉兒，咱們回去吧。」

那一聲焉兒剛落，沈梨焉全身一抖，但很快又恢復了正常，任由劉延林攙扶著坐上了馬車。

太子自從事發之後便被幽禁在東宮，周圍布滿禁軍，沒有皇上的批准任何人不得入內。朝中頓時暗潮洶湧，雖然大家對太子為何失勢心知肚明，但誰也不敢將此事放到明處，只得先打擊太子的心腹勢力，一時間三皇子一派揚眉吐氣，太子一黨人人自危。

靖王府也變得熱鬧起來，靖王雖然在朝中沒有實權，但眾人皆知長公主與靖王在皇上心中地位超然，因此在這各方勢力激烈交鋒之時，靖王府也就成了大家關注的焦點。

沈梨焉出獄之後，沈梨若並沒有前去探望，只聽四姊沈梨落提過，她回到劉家，對劉延林和穆婉玉竟然沒有任何舉動，平靜得就像是對待陌生人。

第四十四章　裕德郡主

這一日天氣不錯，靖王府迎來一個讓人意外的客人。

裕德郡主望著並肩而來的兩個身影，緊緊地咬著唇，眼神裡全是不甘。

兩人一個俊美耀眼，一個平凡普通，但這樣走在一起，卻讓人覺得無比和諧。

「郡主，這女人要身材沒身材，要樣貌沒樣貌，憑什麼占據靖王世子妃的名頭！」裕德郡主身邊的婢女小聲說道。

「閉嘴。」裕德郡主鬆開了咬緊的唇，低喝：「這可是靖王府。」

「是。」婢女打量了一下裕德郡主的臉色，向後微微退了一步。

這時，沈梨若和凌夢晨走近了。

裕德郡主臉上擠出一個笑容，快步迎了上去。

「晨哥哥，嫺姊姊。」裕德郡主聲音清脆動聽，一張小臉紅撲撲的，煞是可愛。

沈梨若被這一聲晨哥哥弄得渾身一個激靈，下意識往凌夢晨望去。

凌夢晨是皇上的表弟，而裕德郡主是皇上的甥女，怎麼算也不應該叫「哥哥」。

凌夢晨微微皺了皺眉，沒有理會裕德郡主的笑臉，淡淡說道：「算起來，我是郡主的長輩，這哥哥二字還是別叫了，郡主此番前來所為何事？」

裕德郡主的笑容頓了頓，立馬抬起手，動作優美地掩嘴一笑。「姨母這幾日精神不錯，我在宮中正好無事，便想著找嫻姊姊聊聊，沒想到晨……世子也在。」

說完，她的眼神輕輕一勾，紅潤的雙唇間逸出一串清脆的笑聲。

「哦。」凌夢晨淡淡應了一聲。「我還有事，失陪。」接著俯下身子在沈梨若耳邊低語：「若是煩了，就早點回去休息，這種閒人無須理會。」

沈梨若嘴邊揚起一抹微笑，點了點頭。

對於矯揉造作的女子，凌夢晨一向不喜。裕德郡主不瞭解他，好不容易找藉口上門來，卻沒有獲得半分好感。

裕德郡主眼看著兩人的臉都快挨到一塊兒去了，頓時將手中的絲帕緊緊捏成一團。她憑什麼？究竟憑什麼？自幾年前隨父親回京，凌夢晨的身影便深深烙在了她的心裡，她曾向皇后表明今生只願嫁給凌夢晨為妻，但那時她才十歲，眾人都沒當真。於是她一直等、一直等，好不容易等到自己長大了，他卻娶了妻。

在裕德郡主癡癡的凝視中，凌夢晨的身影漸漸遠去。

「郡主，請坐。」沈梨若淡淡說道。

「謝謝嫻姊姊。」裕德郡主立馬回過神來。

沈梨若待兩人坐下，道：「紫卉，上茶。」

「是。」

「嫻姊姊，晨……世子他很忙嗎？」裕德郡主眨了眨眼，一副天真無邪的模樣。

「嗯。」沈梨若輕輕應了聲。

「那就好、那就好。」裕德郡主拍了拍胸口。「我還以為世子討厭我呢。」

沈梨若理了理袖口，雍容地抬起頭，直直望著裕德郡主。「世子討不討厭妳，我不知道，可是，我卻不喜歡妳。」

沈梨若這句話太過直白，無論是裕德郡主還是周圍的侍婢，都一下子愣在當場。

「夫人、郡主，請用茶。」

沈梨若點了點頭，端起茶杯輕輕抿了一口。「這茶是上個月皇上所賜，乃是上好的毛峰，香氣馥郁，滋味甘甜，郡主不妨嚐嚐？」

沈梨若的語氣雖然溫和有禮，但裕德郡主臉上的笑容仍是僵硬。

「嫻姊姊，不知裕德有何得罪之處？得罪了姊姊，還望姊姊不要介意。」裕德郡主的眼眸中剎那間布滿水霧，淚珠兒欲落不落，那副委屈徬徨的模樣足以讓任何人心疼。

「妳我不過見過一面，何來得罪之說？」沈梨若一臉平靜。「不過前幾日夫君告訴我，郡主曾央求皇上指婚，欲仿效娥皇女英與我共事一夫，不知可有此事？」

裕德郡主頓時瞪大眼，她的確向皇上請求過，皇上也答應考慮，因此她才會急急忙忙找上門來，為的不過是想謀求凌夢晨的好感而已。可是看樣子凌夢晨不僅沒有答應，反而將此事告訴了沈梨若。

沈梨若一邊品茗一邊道：「郡主長年待在陳州，這次來京城也不過是探望皇后娘娘，待皇后娘娘痊癒，郡主自然會回到陳州。按理說，妳我之間並無什麼交集，奈何郡主放著京城這麼多俊傑不要，偏偏選中我的夫君，試問我對郡主又怎會喜歡得起來呢？」

裕德郡主垂下眸，嘴唇顫了顫。「嫺姊姊，自古男子三妻四妾……」

她話還未說完，沈梨若便打斷了她的話。「不錯，男子是可以三妻四妾，但我卻不願意，不喜歡。還有，論輩分，皇后娘娘是我嫂子，郡主這聲姊姊可不大合適。」

說到此，裕德郡主的嘴唇頓時抿成了一條線。若是前面的話只是表達了沈梨若的不滿，如今卻是明擺著告訴她別癡心妄想。

裕德郡主眼角微微抽動著，隔了好一會兒才眨巴著大眼睛，怯怯說道：「嫺姊……嫺夫人，我只是欽慕世子，想嫁給他，陪伴他，並不會影響夫人的地位。」

沈梨若揚了揚眉。「是嗎？可是我這人猜忌心重，郡主身分高貴，又是皇后的甥女，讓我怎麼能放心啊！」

聽完沈梨若的話，裕德郡主終於裝不下去了，她仰起頭傲慢地說道：「就算妳這婦人不願意又如何？只要皇上旨意一下，妳難道想抗旨不成？也不看看妳什麼身分，無才無德，我看妳能在世子身邊待多久？」

在裕德郡主狠狠的眼神中，沈梨若沈下臉。「我能在世子身邊待多長時間，不是妳能決定的，就算某一天他厭了，看上了新人，但我相信也不會是郡主。」

「妳！妳這可惡的婦人！」裕德郡主騰地一下站起身，臉上青白交錯。

「郡主可是惱了？」沈梨若輕輕一笑。「都不喚我姊姊了。」

裕德郡主頓時一噎。

「紫卉。」沈梨若站起身開口。

「奴婢在。」紫卉恭敬說道。

「我乏了，送客。」沈梨若淡淡說道。

「是。」

「妳！咱們走著瞧！」裕德郡主滿臉寒霜，長袖一拂，轉身走了。

直到裕德郡主的背影消失在視線裡，沈梨若才慢慢走回房。前幾日凌夢晨告訴她時，她可以清楚感覺到凌夢晨的不滿與厭煩。因為樣貌的關係，他年紀稍長後就受到無數女子騷擾，對生活造成了巨大的困擾，因此他才會蓄上鬍子一走好幾年，而如今裕德郡主竟然請求皇上向他施壓，這等於觸及凌夢晨的底線。若不是礙於皇后娘娘的情面，裕德郡主絕討不了好，因此沈梨若才會這樣絲毫不留情地面斥裕德郡主。為了凌夢晨，她不介意擔個妒婦惡名，再說對於一個窺伺她丈夫的女人，她也不會客氣。

凌夢晨推開門，看了眼靠在椅子上，拿著本書看得津津有味的沈梨若，笑了笑。「看什麼呢？這麼入迷。」

「《山海志》。」沈梨若抬起頭輕輕一笑。

「聽說今兒個裕德郡主惹惱妳了？」凌夢晨脫下外袍，從後面將沈梨若攬到懷裡。

「哪個丫頭碎嘴。」沈梨若沒好氣。

「這府裡都傳遍了，一向脾氣溫和的嫻夫人竟然一反常態，措辭嚴厲地轟走了裕德郡主。」凌夢晨捏了捏她的鼻子。「沒想到我的若兒也有吃醋的時候。」

「誰吃醋了？」沈梨若兩眼一瞪，仰頭望向眉飛色舞的凌夢晨。「我不過看不慣她那副裝模作樣的樣子。」

「好，好。」凌夢晨將下巴擱在沈梨若如墨的黑髮上，頓了頓。「若兒，妳知道嗎？我今日甚是高興。」

沈梨若抬起手握住凌夢晨的大手，沒有開口。

「若兒，妳不喜裕德，我心甚悅。」凌夢晨低低說道。

沈梨若仰起頭，對上凌夢晨那深邃的眉眼，嘴唇顫了顫，才道：「她可是皇后鍾愛的甥女，皇上又有意指婚……」

「皇后的甥女又如何？妳不喜歡，就無須委屈自己佯裝笑顏。」凌夢晨凝視著她。「而我，這輩子有妳就夠了。」

沈梨若頓時眼眶酸澀發脹，靜靜凝視著他，久久不能出聲。

和凌夢晨相伴這麼久，自然能聽出他說的話不假。

「我知妳不喜歡京城，不喜歡待在這裡，待父親母親回來，我便帶著妳過我們喜歡的生活。」凌夢晨柔聲道。

沈梨若低下頭，使勁眨了眨眼睛，止住即將流出的淚水。「夫君，我這人心眼小，不願與人分享丈夫……」

「我也沒心思照顧其他女人。」凌夢晨瞥了她一眼，回道。

「若是有一天你厭倦我了，你一定要告訴我……」

沈梨若話還未說完，唇上便被凌夢晨狠狠咬了一口。「胡說八道，沒有那麼一天。」

「嘶……」沈梨若吃疼，站起身子，直直望進他的黑眸。「若是沒有，我這輩子就纏定你了。」

「我拭目以待。」凌夢晨嘴角一揚，露出一個耀眼的笑容。

這日，凌夢晨一早便進了宮。晌午剛過，沈梨若正靠在躺椅上昏昏欲睡，一陣低低的說話聲便在門外響起。

沈梨若睜開眼睛，懶洋洋說道：「什麼事？」

她的話音剛落，紫羽推開門走了進來。「夫人，劉家來人了，正吵著要見您。」

「劉家？」沈梨若揚了揚眉，這幾日她精神一直有些不濟，對紫羽的話一時沒有反應過來。

「是劉侍郎劉大人府上。」紫羽看了眼睡眼惺忪的沈梨若。

「他們來幹什麼？」沈梨若揚了揚眉。

「說是府上的穆氏中了毒，特來請夫人過府一趟。」紫羽輕聲道。

「咻」的一下，沈梨若站起身，瞪大了眼。穆婉玉中毒？

「誰下的毒？」沈梨若大驚。

「下毒的人已被抓住，是……是夫人的姊姊。」紫羽低下頭，一臉憤然。這個婦人真是惹禍精，才出獄沒多久又犯下這樁事情。

「什麼？」沈梨若張了張嘴。沈梨焉出獄後，她也派人去打探過，聽聞她每日只是將自己關在屋子裡，幾乎不與人來往，一副心灰意冷的模樣，怎麼一下子就給穆婉玉下了毒？

「夫人，您看？」紫羽望向沈梨若。

「立刻安排，馬上去劉府。」沈梨若說完，便轉身走出了屋門。

「是。」

穆婉玉是真的中毒？還是像上一世對付她一樣，讓沈梨焉陷入萬劫不復之地？雖然穆婉玉落到如此田地，若是其他人或許會自怨自艾，從此頹廢沈淪，但穆婉玉不會。上一世她被人趕出京城，都能毫不氣餒，費盡心思登上劉夫人的位置，這一世她想法子除掉沈梨焉也不是不可能。

當沈梨若尋思著，車外傳來阿左的聲音。「夫人，劉府到了。」

在紫羽的攙扶下，步下了馬車，沈梨若抬眼望去，今日天氣不好，天空中陰沈沈的，劉府如同籠罩在一片灰色中，透過大門，院子裡的樹木如同千奇百怪的鬼影般，張牙舞爪。她上一世在這個地方待到死，如今才發現印象中曾經富貴華麗的劉府卻是這般孤寂清冷，讓人極不舒服。

在劉家下人的帶領下，沈梨若來到後院，遠遠地便聽見一陣哭叫聲。

見到沈梨若的身影，一個婢女忙進門通報，沒一會兒一個人影急匆匆跑了出來。

沈梨若掃了來人一眼，正是劉延林。如今的他一臉憔悴，衣衫上好幾處綯褶，幾根頭髮沒有束好，散落在兩鬢。

劉延林衝到沈梨若跟前，張了張嘴。「妳來了。」

「六姊夫。」沈梨若輕輕退後一步。

劉延林眼神暗了暗。「九妹，請進。」

沈梨若點了點頭，抬腳進了屋內。

屋內的簾幔拉得嚴嚴實實，一跨進門，一股刺鼻的藥物和血腥味便撲鼻而來，讓沈梨若不由得一窒，頓時覺得胃部一陣翻湧。

「夫人，您怎麼了？」紫羽見沈梨若臉色刷白，忙扶住她的胳膊。

「沒事。」沈梨若深深吸了好幾口氣，才壓下胃部的不適，搖搖手。

屋裡點著燈，倒也明亮，穆婉玉躺在床榻上，身上蓋著厚厚的被子，床邊坐著一個中年婦人，雙眼紅腫，從模樣看來應該是穆婉玉的母親。一旁的椅子上坐著的是沈文濤，而角落裡則蜷縮著一名披頭散髮的婦人，讓人看不見臉。

自從穆婉玉和劉延林的醜事發生後，沈老夫人氣得不輕，在床上歇息了大半個月後，就跟著沈梨苑回了陵城。

因沈梨落懷著身孕，今日前來的只有沈文濤和她。

「九妹，妳來了。」一見沈梨若走了進來，沈文濤忙站起身走過來。

沒有理會沈文濤，沈梨若定定望著角落裡的婦人。「六姊？」

沈梨焉抬起頭，雙眼深凹，一張臉削瘦得嚇人，臉色蒼白，毫無血色。她木然看了沈梨若一眼，便又垂下頭。

「二哥，怎麼回事？」沈梨若望向沈文濤。

沈文濤一臉苦色，正欲說話，旁邊的穆夫人「騰」地一下站起身，吼道：「什麼事？這蛇蠍婦人竟然對我女兒下毒，還好我女兒命大……」

沈梨若一聽，鬆了口氣，只要穆婉玉生命無憂，那沈梨焉這條小命也算是保住了。

「可憐我那還未出世的外孫就這麼沒了。」穆夫人一把鼻涕一把眼淚地嚎著。

外孫？穆婉玉懷孕了？沈梨若一怔，望向沈文濤。

沈文濤點了點頭。

「六姊承認了？」沈梨若瞥了眼躺在床上的穆婉玉。

看這模樣，穆婉玉倒不像是在作假，難道真是沈梨焉下的毒？

沈文濤重重嘆了口氣。「六妹已經招了，哎，現在劉家正準備將六妹送官，九妹妳看能不能……」

他現在所求不多，只想保住沈梨焉一條命而已。

「怎麼？仗著有權有勢便想包庇這殺人凶手？」穆夫人一聽沈文濤的話就衝上來。「我女兒若是有個三長兩短，我做鬼也不會放過你們！」

她還未走幾步，劉延林已上前一步攔住了穆夫人。

「你這殺千刀的，還護著她們？我女兒白跟著你了……」

「中的什麼毒？大夫怎麼說？」沈梨若沒理會神色癲狂的穆夫人，望向沈文濤。

「叫美人……美人嬌。」沈文濤應道。

「美人嬌？」沈梨若皺起眉。「這什麼毒？」

「中了美人嬌的人，一夜之間會變得皮膚蠟黃，滿臉皺紋，髮鬢斑白，猶如……猶如美人年邁，容顏逝去。」沈文濤按了按額頭。「六妹不知道從哪裡尋了這毒藥，放進了她的早膳裡。」

「那她現在……」沈梨若望向穆婉玉，這才發現此時的她，皮膚果然呈現一種不尋常的蠟黃，滿頭青絲中可以清楚發現一些刺眼的花白。

「還好發現及時，保住了一條命，但因為美人嬌中含有紅花，吃下毒藥沒多久便小產了……」說到這兒，沈文濤重重嘆了口氣。「如今她中毒又小產，大量失血，身子極度虛弱，劉家已經派人去了集市買百年老蔘……」

兩人正說著，一個僕人急匆匆衝了進來。「少爺，人……人蔘買回來了！」

「快，快請大夫來給夫人用藥。」劉延林一聽，連忙叫道。

「是。」僕人應了聲，一溜煙跑了出去。

一會兒，一個頭髮花白的大夫便被僕人拉扯著，跌跌撞撞地跑進來。

「人……人蔘呢？」大夫捂住胸口，氣喘吁吁。

「快……快去拿人蔘！」穆夫人尖叫。

「要切成片！」大夫忙道。

「快，切成片再拿進來。」劉延林焦急說道。

一陣手忙腳亂，婢女將切好的人蔘拿了進來。

那大夫雖然年紀頗大，但手腳卻極為麻利，拿出一片放進穆婉玉的嘴裡，接著掏出銀針，迅速在穆婉玉身上扎了幾下。

「好，好了。」大夫擦了擦頭上的汗水。「你們小心照料著，隔一會兒應該就會醒。」

「多謝大夫、多謝大夫。」劉延林忙道：「快送大夫去隔壁廂房休息。」

「是。」

穆夫人聽大夫說自家女兒一會兒便醒，大大的鬆了口氣，但當她的視線轉到角落裡的沈梨焉時，雙眼頓時滿是仇恨。她衝上去一腳將沈梨焉踹倒在地。「妳這個蛇蠍婦人，敢害我女兒，我打死妳！我打死妳！」

她邊說邊手腳並用，對著沈梨焉劈頭蓋臉地打了起來。

「住手！穆夫人，沈梨焉該不該死自有官府定奪，還輪不到妳來說話。」沈梨若一見頓時變了臉。沈梨焉是犯了不可饒恕的錯，但當著她的面對她的姊姊拳打腳踢，她也不會看著不管。

穆夫人絲毫不理會，依舊張牙舞爪打著。

「攔住她。」沈梨若話音剛落，紫卉和紫羽便衝了上去。

「母親，母親……」劉延林見狀，忙衝到穆夫人身邊。

穆夫人臉脹得通紅，伸手便給了劉延林一耳光。「怎麼？心疼了？你這沒良心的，玉兒都這樣了，你還幫著她……」

劉延林捂住臉，鐵青著一張臉瞪著穆夫人。「母親，小聲點，婉玉還沒醒……」

穆夫人一聽才停了下來。

這時，一陣微弱的呻吟聲從榻上傳來。

穆夫人一喜，推開劉延林，衝到床邊握住穆婉玉的手。「玉兒、玉兒，感覺如何？」

穆婉玉的睫毛動了動，接著嘴一張，哇地一下吐出一口血，竟隱隱泛著黑色。

第四十五章　誰下的毒

「玉兒、玉兒，妳怎麼樣了？」穆夫人掏出手絹擦去穆婉玉嘴角的血，焦急問道。

「母親……」穆婉玉張了張嘴。

「醒來就好，醒來就好。」穆夫人用袖子擦了擦眼角。

「她呢？」穆婉玉的聲音極其微弱，但任誰也聽得出她言語中的恨意。

那個她，自然是指沈梨焉。

「她在這兒。玉兒，有母親在此，必為妳主持公道。」穆夫人道。

「殺……殺了她！母親，我要她死！」穆婉玉喘著氣，尖叫道。

「好、好，玉兒，妳好生休息，別激動。」穆夫人忙柔聲道。

「要她死！要她死！」

在穆婉玉的咒罵聲中，一直一動不動的沈梨焉竟然站起身子，床邊的兩個婢女急忙擋在穆婉玉面前。

「六姊！」

「六妹！」

沈梨若和沈文濤齊聲喚道。

沈梨焉沒有理會他們，走到兩個婢女面前抬起頭。「讓開！」或許是她此時的樣貌太過嚇人，或許是她的聲音太過陰森，兩個婢女打了個哆嗦，但還是站在原地一動不動。

「焉……」劉延林走上前正欲勸阻，卻直直對上沈梨焉空洞木然的眼神，頓時將後面的話吞了回去。

沈梨焉從婢女之間的縫隙，望向穆婉玉。「穆婉玉，去鬼門關轉一圈的感覺如何？」

穆婉玉死死瞪著沈梨焉，沒有理會她的問話，喘息著。「毒藥是……是誰給妳的？是……是不是她？是不是她？」

沈梨若轉過頭，迎上穆婉玉怨毒的眼神。

好計策，好心機。

命懸一線都不忘拉她下水，這樣一說，不管最後結果如何，都在眾人心裡埋下了一個懷疑的種子，一個她沈梨若陰狠毒辣的種子。

接著她伸手一指，直直指向沈梨若。

「大膽！妳含血噴人！」紫羽喝道。

穆婉玉劇烈喘了幾口粗氣，尖叫道：「美人嬌……咳咳……不是尋常毒藥，若不是妳……還有誰？」

沈梨若輕輕一笑。「劉二夫人，美人嬌這毒是不是不僅毀了妳的樣貌，還把妳的腦子也毀了，就這麼隨口一張便胡言亂語？」說到這兒，她臉一拉。「妳若是拿不出證據，別怪我治妳個誣陷之罪！」

「玉兒，別胡說。」穆夫人也急了。

「九妹，她才醒來，一時想岔了……」劉延林急忙走到沈梨若面前。

「我沒有！是她，一定……是她！」穆婉玉聲嘶力竭地吼叫。

沈梨若雙眸一冷，姿態優雅地往椅子上一坐。「穆婉玉，我不知道妳為何如此恨我，不過我可以告訴妳，妳無憑無據，光憑隨口胡說，是沒有用的。」

接著，她轉過頭望向沈梨焉。「六姊，想必給妳毒藥的人，咱們都認識吧。」

沈梨焉一聽，轉過頭望向沈梨若，臉上閃過一絲詫異。

沈梨若一見，頓時笑了笑。「六姊，讓我猜猜，最近幾天應該有人在劉家見過她吧。」

其實提供毒藥之人是誰，沈梨若並不知道，如此一說也不過是心中有所懷疑。

美人嬌此毒藥，一聽藥效便知是後宅婦人喜歡用的，再說沈梨焉出獄不過半個月，據瞭解，她總是待在劉府並未外出，那提供毒藥之人必是對劉家極為了解又能進出劉家之人。雖想來想去也不知劉府會有誰對穆婉玉下毒手，但如此說出來，詐一詐也未嘗不可。

在眾人詫異的眼神中，沈梨焉嘿嘿一笑。「九妹，妳果然聰明。」

說完，她猛地推開婢女就欲往前衝。

「妳……妳放開，妳這個瘋子！」穆夫人尖叫著。

「快，快拉開她。」劉延林也慌了神。

旁邊的幾個婢女急忙衝上來將沈梨焉拉開。

沈梨焉瞪著眼，尖叫道：「穆婉玉，妳害我入獄，生不如死，又乘機勾引我丈夫，我恨不得吃妳的肉喝妳的血，給妳一記美人嬌算是便宜妳了。」

接著她嘴一咧，忽然發出一陣嘶啞的笑聲。「不過老天開了眼，竟然把妳肚子裡的孽障給打掉了。哈哈哈……我真是開心啊，自從來了京城我還從未如此開心過。」

「瘋……瘋子。」穆夫人望著狂笑的沈梨焉。

忽然沈梨焉止住了笑。「穆婉玉，妳不是想知道是誰給的毒藥嗎？妳過來，過來就告訴妳。」

沈梨焉離床邊不過三步距離，但這對穆婉玉現在的情況來說幾乎不可能。

穆婉玉掙扎了幾次都未成功，她揮舞雙手，胸口劇烈起伏著。「押……押她過來。」

「玉兒！她是個瘋子。」穆夫人忙勸阻。

「押她過來！」穆婉玉吼道。

兩個婢女沈默了一會兒，才拽住沈梨焉的胳膊拉到穆婉玉床邊。

「說！是誰？」穆婉玉瞪大眼。

沈梨焉嘴角一揚，配上她凌亂的髮髻，臉上紅腫的指印，顯得面目猙獰。

她俯下身子小聲地說了兩字，接著抬起頭，在穆婉玉不可置信的目光中笑道：「穆婉玉，怎麼樣？被自己養的狗反咬一口的感覺如何？哈哈！」

「不可能，不……咳咳……不可能！」穆婉玉額頭的青筋暴起，劇烈喘著粗氣，兩眼一翻差點背過氣去。

「拉出去，拉出去！」穆夫人見狀不由得大急。「玉兒，玉兒！」

「穆婉玉，妳這個穆家的小姐都願意委身我夫君為妾，還有什麼不可能的？怪只怪妳認不清楚自己的身分，妄想和以前一樣耀武揚威，人家現在是三皇子的奉儀，妳又是個什麼東西！一個妾而已，哈哈！」

「趕出去！」穆夫人氣急敗壞吼道。

一直到沈梨焉的身影消失在眾人視線裡，那歇斯底里的狂笑聲仍然從遠處隱隱傳來。

三皇子的奉儀，沈梨若眼睛一轉。難道是夏雨！

這時，劉延林走到沈梨若跟前。「九……嫻夫人，這裡太亂了，要不去隔壁歇會兒？」

沈梨若望向劉延林。「你們劉家想如何處置六姊？」

劉延林還未說話，穆婉玉嘶啞的聲音便響起。「送官，我……我要她死！死！」

沈梨若冷冷看了眼臉色灰白的穆婉玉。

「劉公子，寫休書吧，送官對你可沒有半點好處。」

下毒被抓了個現行，無論是送官還是家法處置，沈梨焉都逃不過一個死字，如今看來劉延林休妻無疑是最好的選擇。

對於沈梨焉，她沒有絲毫的同情，但隨口一句話保下她的命就能讓穆婉玉如鯁在喉，她又何樂而不為呢？再說有時候死了，反而是種解脫。

「若是劉老爺和夫人有異議，便讓他們來找我吧。」沈梨若冷冷開口。

「死！死！」穆婉玉還在床榻上揮舞著雙臂。

沈梨若眉頭一皺，朗聲道：「聽說中了美人嬌此毒，若是情緒過於激動，體內未排除的餘毒會進入血脈在全身運行，中毒之人會加速衰老。穆婉玉，妳要是再這般折騰，小心明日一早起來，就會見到二十年……說不定是三十年後的自己。」

沈梨若的話音剛落，穆婉玉的尖叫聲戛然而止，嘴唇拚命顫抖著，額頭上的青筋根根暴起。她這副模樣，就算是下一刻吐血身亡，也不會有人覺得奇怪。

劉延林沈吟了一會兒。「容在下向伯父伯母稟告後，再給嫻夫人一個答案。」

「好。」沈梨若點了點頭。「時候不早了，世子估計回府了。二哥你留在這兒，我先回了。」一說完，長袖一甩，跨出了屋門。

她人剛出劉府的大門，便聽到一陣馬蹄聲響起，接著五、六個騎士穩穩停在劉府前，為首者正是凌夢晨。

沈梨若見狀，嘴邊頓時蕩起一抹微笑。他來了。

凌夢晨翻身下馬，走到沈梨若跟前。「沒事吧？」

「沒事，二哥在劉府看著，咱們回去吧。」沈梨若甜甜一笑。「具體情況回府再告訴你。」

「好，咱們回家。」凌夢晨點了點頭，翻身上馬。

沈梨若見狀欲往馬車走去，忽地，凌夢晨嘴角一勾，彎下腰手臂一伸，一把攬過沈梨若的纖腰，在她的低呼聲中將她撈上馬背。

沈梨若先是一愣，接著臉上露出一個溫柔似水的笑容，將頭靠在身後那溫暖的胸膛。

「走吧。」

「走！」凌夢晨輕輕一笑，輕甩馬鞭，那相依的兩個身影便漸漸遠去。

自始至終，沒有再看站在門邊的劉延林一眼。

兩日後，沈文濤傳來消息，沈梨焉在劉府撞牆自盡，她臨終只說了一句：穆婉玉這輩子永遠只能被她踩在腳底做一個填房。

因沈梨焉到死前也沒有接到劉延林的休書，在名義上還是劉延林的正妻，喪事自然由劉府辦理。

沈梨焉死後大約五天，皇上下詔昭告天下，太子不法祖德，不遵朕訓，惟肆惡暴戾荒淫……廢黜太子位，圈禁在翠雲齋，終生不得踏出一步。

當晚，翠雲齋周圍的圍牆便在眾多工匠連夜趕工下，增高了近兩尺，遠遠望去，翠雲齋便如同一個地上的井，矗立在花團錦簇的皇宮中，顯得無比孤寂淒涼。

沈梨若聞此消息，冷哼一聲。太子被廢皆因翠雲齋而起，不知當他知道自己的後半生都要在那兒度過時心裡作何感想？不知午夜夢迴之時，可會想起那早已香消玉殞的韻貴人？

之後，朝中對峙的情勢更是激烈萬分，太子被廢，六皇子便成為皇后一派的中堅力量，三皇子和六皇子的鬥爭接近白熱化，每日裡都有一些官員被告發下獄。無論是京城還是地方，當官的做了這麼多年官，除了少數幾位清流以外，誰沒有點兒齷齪事？可如今太子被廢，三皇子和六皇子為了打擊對方勢力，各種方法層出不窮，今日三皇子一派幾個因貪污受賄被抓，明日六皇子一派便有幾個因欺壓百姓、作奸犯科被逮，一時間，從上到下，當官的都恨不得將自己的屁股洗了又洗，每天求神拜佛，保佑這災難不會降落到自己身上。

三皇子陰沈著臉坐在椅子上。

站在三皇子不遠處，一個文士裝扮之人抬起頭低聲說：「殿下。」

「張聯這個老匹夫，著實可恨。」三皇子咬牙切齒。

「殿下，雖然如今朝中已有不少人歸附我們，但只要鎮遠侯一日不倒，就不能完全將皇后的勢力一網打盡。」文士頓了頓。「不過鎮遠侯也的確是個人物，我們好不容易逮著他吃空餉、私販鐵器的證據，他卻將自己的兒子張勁推出來做替罪羔羊，還一路押著張勁上京，向皇上負荊請罪。」

「哼，本宮倒要看看，他有幾個兒子可以推出來替他頂罪。」三皇子抬起手，啪的一聲拍在桌子上，頓時桌上的茶杯一跳。

「殿下，鎮遠侯老奸巨猾，這次我們能抓住他的把柄實屬不易，現在他又有了防範……」文士皺著眉頭。

三皇子黑著一張臉。「你說這些廢言有什麼用？事事都要本宮操心，還養你們這群廢物做什麼？」

文士低下頭，隔了一會兒道：「殿下，雖然我們一時動不了鎮遠侯，但殿下只要拉攏一個人，太子之位便唾手可得。」

「誰？」三皇子一聽，唰的一下站起身，臉上一陣狂喜。

「靖王世子。」文士道：「靖王一家素來與皇后關係不錯，雖然從未見他們與哪位皇子關係密切，但這關鍵時刻，若是靖王世子倒向六皇子那邊……」

文士還未說完，三皇子便「咚」的一下，坐回椅子上道：「你說的這些難道本宮不知道？但靖王一家素來油鹽不進，本宮就算想拉攏都無從下手。」

文士沈吟了一會兒，道：「殿下，靖王世子那兒不行，何不從嫻夫人那裡下手？」

「她？」三皇子皺了皺眉。「一個女人有什麼用？」

「殿下可別小看女人，有時候這女人比男人更加有用。」文士冷冷一笑。「聽聞靖王世子對嫻夫人極為在意……」

文士話剛說到這兒，門外便傳來一陣竊竊私語聲。

三皇子的臉頓時黑如鍋底。「誰在外面吵吵嚷嚷的，推出去斬了！」

他的話音剛落，一個淒厲的求饒聲在外面響起：「殿下，殿下饒命啊，是夏奉儀為殿下送藥來了。」

文士一聽，立即識趣地躬身道：「三皇子先行服藥，臣先退下。」

三皇子的臉色這才有所緩和。「讓她進來。」

「是、是。」門外之人連聲道。

文士剛出去一會兒，身穿藍色宮裝的夏雨就走了進來。

「殿下，只因御醫說藥要準時服用，妾身這才斗膽前來，請恕罪。」夏雨小心翼翼將藥放在几案上，然後盈盈地跪倒在地。

「妳也是為本宮的身子著想，何罪之有？」三皇子走上前，伸手一把捏住夏雨的下巴。

「和殿下的身體相比，妾身這條賤命又算得了什麼？」夏雨嫣然一笑。

「不過妳就不怕本宮一怒之下，要了妳的小命？」

三皇子看了夏雨一會兒才放開手，端起几案上的碗，一口喝完。「好了，下去吧。」

夏雨愣了愣，端起托盤慢慢往門邊踱去，忽然她停下腳步，轉過頭。「殿下可是在為靖王世子煩惱？」

三皇子唰的一下轉過頭，瞇起的眼中全是暴戾。

「殿……殿下……」夏雨頓時打了個哆嗦。

她剛開口，只見三皇子一個大步走到身前，大手一伸，在她驚恐的眼神中猛地掐住她的脖子。「妳好大的膽子，敢偷聽？」

夏雨全身劇烈地顫抖著，雙手下意識扳住三皇子的手。「殿下饒命，妾身不……不敢。」

「不敢？」三皇子加重了手中的力道。

夏雨只覺得呼吸困難，忙道：「殿下，是鄒子謙先生出去時……問……問妾身是否認識嫻夫人，妾身猜的……」

「猜的？」三皇子略微放鬆了力道。

夏雨重重喘了幾口氣，拚命地點頭。「是的，妾身不……不敢欺瞞殿下。」

三皇子這才放開手。

「謝殿下。」夏雨捂住脖子，劇烈咳嗽幾聲，看著三皇子的眼神中全是恐懼。

三皇子望著夏雨，就在她無比驚慌的時候，忽然咧嘴一笑。「沒想到雨兒竟然如此聰明，做奉儀真是委屈妳了。」

「謝殿下讚賞。」夏雨低頭道。若是平常，她聽到此話必定欣喜若狂，但如今她的心裡除了害怕，就只有恐懼。

「過來。」三皇子走到椅子邊優雅地坐下，拍了拍大腿。

「妾身不敢。」夏雨低下頭，她現在想做的是離這恐怖的男人越遠越好，又怎敢上前。

「別讓本宮說第二次！」三皇子理了理袖子。

他的聲音雖然淡淡的，但讓夏雨渾身一哆嗦。

她怯怯應了聲，戰戰兢兢地走到三皇子身邊，在他腿上坐下。

三皇子捏住夏雨的下巴笑道：「妳剛才想說什麼？」

雖然三皇子眼神溫和，滿臉笑意，但經過剛才之事，夏雨可不敢有絲毫放肆。「殿下，妾身聽說靖王對嫻夫人視若珍寶，若是有嫻夫人在手，靖王世子就算再不願也得幫助殿下，只需十天半個月，殿下大事已成，那些人又何懼之有？」

說到這兒，夏雨小心翼翼看了眼三皇子。「只是……」

「只是什麼？」三皇子低聲道。

「妾身與嫻夫人相識已久，據妾身瞭解，她從不輕易相信他人，殿下……」夏雨垂眸輕聲道。

「好啦。」三皇子打斷了她的話。「念在妳是第一次，本宮不跟妳計較，如果以後再隨意打探政事，別怪本宮不念以往情分。」

說到這兒，三皇子已是聲色俱厲，夏雨忙爬下三皇子的大腿，雙眼含淚，一副楚楚可憐的模樣。「謝殿下，妾身知錯，再也不敢了。」

「知道就好，起來吧。」三皇子淡淡說道。

「謝殿下。」

第四十六章　最無情是帝王家

是夜，靖王府書房。

沈梨若將手中的托盤輕輕放在几案上。「夫君，喝點甜湯，歇會兒吧。」

「甜湯？」凌夢晨輕輕一笑。「不會又是酒釀丸子吧。」

沈梨若一怔，想到自己當時偷雞不著蝕把米的窘態，端起托盤嬌嗔。「不想吃算了。」

說完，轉過身作勢要走時，腰部便被人攬住，接著一個低沈的聲音在耳後響起。「夫人親自送來，我敢不吃嗎？」

「討厭。」沈梨若嫣然一笑。「這是銀耳雪梨甜湯，清熱潤肺，快趁熱喝了。」

凌夢晨輕輕在沈梨若耳垂上一吻，端過碗吃了起來。

「味道如何？喜歡嗎？」沈梨若見他喝完，掏出手絹輕輕為他擦了擦嘴角。

「夫人送來的，我都喜歡。」凌夢晨拉著沈梨若坐在長椅上，笑道。

沈梨若嫣然一笑。「油嘴滑舌。」

接著，她頓了頓。「夫君，皇后娘娘近日如何？」

「還不錯，據說今日下午還去御花園餵魚一會兒。」凌夢晨道。

「皇后娘娘怎會……」沈梨若愣了愣。太子被廢，皇后應該傷心欲絕才對，怎會還有心情去餵魚？
凌夢晨轉過頭。「沒了大皇子，皇后娘娘還有六皇子。」
「那六皇子……」沈梨若不死心問道。
凌夢晨嘆了口氣，打掉了她心中最後一點幻想。「皇后的兄長鎮遠侯已趕回京城，全力支持六皇子爭奪太子之位，六皇子如今正忙著收攏以前的太子黨，應酬絡繹不絕、前來拜訪之人，又怎有時間感傷呢？」
沈梨若頓時愕然。
都說最無情是帝王家，此話果然不假，連父母兄弟之間的親情在利益和權力面前，都顯得毫無存在意義。
「妳這腦袋瓜子又在想些什麼？」凌夢晨拍了拍她的腦門。
沈梨若揉了揉被拍的地方，搖了搖頭。她又不是有毛病，什麼事都瞎操心，只不過一時感慨而已。
見她沒有鑽牛角尖，凌夢晨笑了笑，伸手抬起她的下巴，便低頭覆上去。
沈梨若見狀，側了側頭，躲開他的吻。
「這是書房。」沈梨若喃喃道。
「沒有我的吩咐不會有人進來的。」凌夢晨道。
「還沒洗漱呢。」

「無妨……」

「我來這翠雲齋這麼久，沒想到第一個來看我的竟然是六皇弟。」大皇子慵懶地靠在椅子上。

如今的他，早已沒了往日當太子時的意氣風發，只穿著一件普通的棉布深衣，下巴上布滿短短的鬍渣，模樣就像大街上的落魄書生一樣。

「六弟本早該來看你了，不過最近雜事纏身，才一直拖到現在。」六皇子滿臉笑容。

「是啊，今日不同往日，皇弟日理萬機，又怎能和我這個閒人相提並論。」大皇子聳了聳肩。

「皇兄這是埋汰六弟吧。」六皇子說完，將手上的酒瓶放在桌上。「這是皇兄最喜歡的九醞春酒，六弟帶來給皇兄解解饞。」說完，拿起酒壺斟了兩杯。

大皇子一聽，站起身走到桌邊坐下，端起酒杯輕輕聞了聞。「果然是九醞春，我喜歡。」

「那皇兄快嚐嚐。」六皇子見狀笑道。

大皇子沒有喝，只是旋轉著手中的酒杯，忽然抬起頭。「皇弟，這酒中沒毒吧？」

六皇子一聽，神色一僵，好一會兒才咧開嘴笑了笑。「皇兄說什麼呢？你我可是嫡親兄弟！」

「父皇和二皇叔也是嫡親兄弟，結果如何？」大皇子自嘲地笑了笑。「兄弟！哼，皇家可有兄弟之說？」

六皇子沈默了一會兒才道：「皇兄，六弟知道你突然遭此……」

「皇弟今日前來，莫非是來開導我的？」大皇子冷冷一笑打斷。

「當然不是。」六皇子忙道。

「那就陪皇兄喝一杯。」說完，便端起酒杯一口乾了。「這酒還是那個味道，不過陪我喝酒的人卻已不是當初之人。」

「在六弟心裡，皇兄永遠都是我的好皇兄。」六皇子一臉真誠。

「好！那我就在此祝願皇弟早日成為太子，登上那九五之尊。」大皇子為自己斟了一杯酒，仰頭喝完。

他話音剛落，六皇子立刻站起身，連連擺手。「皇兄此話可不能亂說，六弟何德何能……」

「皇弟費了那麼多心思，為的不就是那個位置，何必不敢承認呢？」大皇子搖了搖手中的酒杯。

「皇兄，六弟不知此話是什麼意思？」六皇子神色僵硬。

「什麼意思？哼！」大皇子冷笑一聲，拿過酒瓶掀開蓋子，猛地仰起頭喝了一大口。

「皇弟，那個叫元香的宮女還好吧？」

六皇子慢慢坐下。「元香？六弟不認識。」

「不認識，好一個不認識。」大皇子邊喝酒邊道：「韻貴人自殺，身邊的奴才全部被處死，除了個叫元香的宮女。老六，你說那個叫元香的去了哪兒呢？」

「六弟怎會知曉。」六皇子低垂眼眸。

「皇弟不知，我卻知道。」大皇子的臉頰出現一絲酡紅。「你知道我這人有個毛病，就喜歡美女，那個叫元香的長得頗為不錯，雖然礙於韻貴人在，沒對她下手，但也派人私底下查過……」

說到這兒，大皇子望了眼表情平靜的六皇子。「你猜怎麼著？最後我發現她竟然是皇弟手下那個叫什麼……」大皇子敲了敲腦門。「對了，那個叫林乘風的妻妹，皇弟說巧不巧？」

「是嗎？六弟不知道。」六皇子對上大皇子的眼神。

「元香失蹤，我一開始也沒放在心上，一門心思只想向父皇賠罪認錯。」大皇子笑道：「後來到了這翠雲齋，這一閒下來，便想起了這樁事。這皇宮雖然大，但她一個宮女能躲到哪兒去，除非有人幫她，而且還不是普通人，那麼又會是誰呢？」

「後來不知怎麼地，我就想起了六皇弟。」大皇子忽然嘿嘿一笑。「我這做哥哥的真是瞎了眼啊，怎麼就沒發現一向雲淡風輕，只知道吟詩作對的六弟竟然如此有能耐呢？」

六皇子平靜的臉終於出現了裂痕。

「嘖嘖，老三那個蠢蛋利用自己的侍妾和元香搭上線，找到這翠雲齋，還以為自己聰明絕頂，為扳倒我而沾沾自喜，卻不承想一切都是別人設下的套，平白出人出力，最後還在父皇心裡落下個心狠手辣的惡名，老六，你這招妙啊！」大皇子輕輕拍了拍手。

六皇子沈默了一會兒，忽然冷冷一笑。「六弟多謝皇兄誇獎。」

「你終於承認了！」大皇子猛地站起身，一把扯住六皇子的衣襟。

六皇子雙手一扭一推，大皇子便一個趔趄，連退了好幾步才站穩身子。

「皇兄，六弟承認什麼了？這一切不過是皇兄胡思亂想而已。」六皇子拂了拂衣襟。「六弟念在兄弟一場，奉勸皇兄一句：事到如今，還是在此好生修身養性，看看書，賞賞花吧！這樣或許還能多活幾年。皇兄，六弟也是為你好，若是皇兄在此胡思亂想，萬一某天入了魔怔，那可如何是好？」六皇子站起身淡淡一笑。

「你別以為沒了我，你便能登上那太子之位，老三也不是吃素的。」大皇子陰惻惻地說道。

六皇子一聽，反而輕輕一笑。「皇兄，你真以為三哥能登上太子之位？」

說完，他又坐了下來。「三哥的確不是吃素的，這朝中有一大半的朝臣都被他收買，可那又如何？父皇如今身體健壯，離大行還早得很，三哥就這麼大張旗鼓地拉攏朝臣，把父皇放在何地？在父皇眼裡，當官最重要的是什麼？是忠君！這世上誰是君？不是你，不是我，更不是三哥，是父皇！試問當父皇見到滿朝文武竟然一大半擁護自己的兒子，心裡作何感想？」

大皇子目瞪口呆看著侃侃而談的六皇子，彷彿在看一個從未見過的陌生人。

「皇兄，你以為你被廢就因為韻貴人？別說笑了，一個女人而已，父皇豈放在心上？」

六皇子望著大皇子。

「你……你說什麼？父皇……」大皇子雙眼發直地看著六皇子。

「皇兄，枉費你做了這麼多年的太子，怎麼這點兒都看不明白？」六皇子一臉無奈。

「就算沒有韻貴人，父皇也不會傳位於你，因為你根本就不是做皇帝的料。」

「你……你胡說！」大皇子瞪大了眼，頭上青筋爆出。

「皇兄，你當了太子這麼多年，父皇給了你一次又一次的機會，可是你卻一次都沒有改正，反而變本加厲。你收買朝中重臣，處處斂財供自己享樂，父皇明知是你的作為，卻沒有出聲，只是斬了幾個以儆效尤；後來你讓舅父虛報士兵人數，領空餉，父皇好幾次旁敲側擊告誡你，你也從未改過。去年你更變本加厲讓舅父販賣鐵器給突厥，鐵器乃是製作武器之根本，你竟然不顧國家與百姓安危，為一己私慾做出這種近乎資敵的蠢事，父皇才真正對你心灰意冷，若不是礙於母后情面，你這太子之位早就保不住了！」六皇子沈著臉。「我雖不才，但我相信，若是有朝一日能登上太子之位，必將好過你千倍萬倍。」

大皇子一臉呆滯，嘴唇張了又合，合了又張，好半天才擠出聲音來。「你怎麼知道的？」

六皇子笑了笑。「皇兄，若要人不知，除非己莫為，別將其他人看做和你一樣蠢！」接著他拱了拱手。「皇兄，時候不早了，舅父想必在府中等著六弟，六弟就不在此相陪了。」

說完，不理會呆滯的大皇子，轉過身頭也不回地走了。

朝中的風起雲湧對百姓的日子影響並不大，比起誰當太子，普通老百姓更關心這個月有多少錢進帳，能否夠一家大小填飽肚子。

這一日天氣不錯，又正逢趕集，街上人來人往格外熱鬧。

「郡主，快看那個小猴，多可愛啊！」一個身穿淡黃色衣衫，梳著雙髻、婢女模樣的少女道。

「灰不拉嘰的，有什麼好看？」裕德郡主斜眼看了不遠處耍雜耍的人一眼，沒好氣說道。

婢女沈默了一會兒，又滿臉興奮叫著：「郡主，那裡有賣糖葫蘆的……」

可是話還未說完，裕德郡主臉一拉便道：「閉嘴，吵死了！」

「是。」婢女小聲說道。

自從上次在靖王府受了沈梨若奚落後，裕德郡主的心情就極為不好。這些日子來，雖然多次詢問過皇上有關她和凌夢晨的婚事，但皇上一直沒有正面回答。直到昨日再次提起此事，皇上終於開了口，不過卻是保證另外給她找個才貌雙全的好夫婿。才貌雙全？這世上還有誰比得上凌夢晨？雖然她求過、鬧過，最後除了皇上的冷臉外，什麼也沒得到。

主僕兩人一前一後地走著，忽然一個身穿勁裝的男子走到兩人身前，躬身道：「裕德郡主，我家主子有請。」

「你家主子是誰？」裕德郡主一臉不耐。

「郡主，我家主子是……」

侍衛剛說到這兒，一聲高喊聲打斷了他的話。

「裕德！」

裕德郡主聞言抬起頭，便望見身穿青色錦衣、相貌俊秀的男子，靠在飄渺居二樓的欄杆，正向她招手。

「郡主，請！」侍衛彎下腰，恭敬說道。

三皇子，找她做什麼？裕德郡主撇了撇嘴。「帶路！」

「是！郡主請。」

「殿下，她可是皇后的甥女。」一個粗獷的大漢甕聲甕氣道。

「本宮自然知道。」三皇子瞥了大漢一眼。「不過就算是皇后的人，也有她的用處。」

「殿下可是為了那嫻夫人……」另一個文士裝扮的人搖了搖紙扇。

「鄒子謙果然是鄒子謙，不像某些人，簡直是個榆木腦袋。」三皇子輕輕一笑。

「殿下，屬下這榆木腦袋雖然不能和鄒先生相比，但屬下這身力氣卻是少有人能超過的。」那大漢拍了拍胸口。

「好啦，知道了，就數你力氣大。」三皇子看來心情不錯，和兩人談笑。

幾人正說著，就見到裕德郡主走了上來。

「裕德，來啦，快請坐。」三皇子滿臉笑容。

「三皇子殿下，別來無恙。」裕德郡主淡淡說道。

「讓我瞧瞧，不過才幾日未見，裕德又漂亮了幾分，也不知將來誰有這麼好的福氣，能將妳娶回去。」三皇子笑著打量了一眼裕德郡主。

裕德郡主笑容頓時凝了凝。「殿下，今日怎麼如此悠閒，還有空來此喝茶？」

眾人皆知，三皇子和六皇子的皇位之爭正進行得如火如荼，今日三皇子邀她，相信並不只是喝茶吃飯這麼簡單。

「本宮在府內煩悶了好幾日，今日見天氣不錯，特地出來透透氣，沒想到遇見了妳。」

三皇子端起茶杯喝了一口。「裕德，這裡的點心不錯，妳嚐嚐。」

裕德郡主眼珠一轉。「不知殿下為何事煩惱？」

「一點小事而已，不足為提。」三皇子遲疑了一下。

他不說，裕德郡主更加好奇，臉上頓時堆起笑容。「殿下，說說嘛，俗話說一人計短，二人計長，說出來，說不定裕德能幫殿下想想法子呢。」

「這……」三皇子沈吟了一會兒道：「子謙，你告訴裕德吧。」

「是，殿下。」鄒子謙點了點頭。「郡主，是這樣的，前幾個月，城外忽然來了一批盜匪，經常搶劫來往的客商。上個月他們竟然進了城，如今已有好幾戶人家都被搶了，除此之外幾位長相不錯的女子也失了蹤。雖然順天府好幾次派兵設下陷阱圍剿，奈何這群盜匪做事謹慎，一直沒有上鈎。這幾日殿下在府中吃不下、睡不著，就是擔心這群盜匪不除，城中的百姓必將惶惶不可終日。」

「原來如此，殿下真是愛民如子啊。」裕德郡主不以為意地撇了撇嘴。

「錢財丟失都是小事，那幾名被掠走的女子才是……」三皇子搖了搖頭，一副悲天憫人的模樣。

「是啊，如今失蹤的女子只是普通百姓，若是被掠走的是哪位皇親國戚，可就糟了。」鄒子謙一臉愁容。

皇親國戚？裕德郡主頓時一愣。

「不過裕德不用擔心，這群盜匪都是對上香進佛或是外出遊玩的人家下手，只要近期不出去遊玩上香便無妨。」三皇子柔聲道。

裕德郡主心不在焉地應了兩聲，垂著眸一副若有所思的模樣。

「殿下也別太過著急，如今順天府已在京城四周的寺廟勝地加強警戒，相信那些盜匪只要再出現，必將被一網擒獲。」鄒子謙一臉肯定。

「不錯，我倒要看看這群宵小還能蹦躂多久。」三皇子滿臉正氣。

幾人又說了幾句，裕德郡主忽地站起身。「三皇子，裕德忽然想起還有事未辦，先行告辭。」

「既然如此，那裕德一路小心。」三皇子愣了一下，也站起身。

「多謝三皇子款待，再會。」裕德郡主福了福，轉身下樓。

直到裕德郡主的身影消失在眾人的視線裡，鄒子謙才道：「殿下，這裕德郡主倒是有些聰明，不枉費我們的一番口舌。」

「哼！無論她是否明白，這件事都必須做成。」三皇子雙眼一瞇。「子謙，派人盯著她，若是她沒有動作，就讓我們的人在適當的時候提醒她一下。」

「是，殿下，屬下知道。」鄒子謙欠了欠身，一臉笑容。

第四十七章　三路人馬

陽泉寺位於京城南部的塗山上，距離京城不過一個多時辰的路程。

該寺素來以佑人姻緣和子嗣聞名，香火鼎盛，據說如欲求姻緣或子嗣，只要在每年十一月十五去寺中真心求菩薩保佑，來年便會心想事成，因此有不少姑娘、婦人於那日前去陽泉寺上香。

這一日正是十一月十五，一大早，沈梨若便坐馬車離開了靖王府。

沈梨若靠在引枕上，閉目養神。

「夫人，天氣冷了，喝點熱茶吧。」紫羽一面說，一面瞥了眼坐在角落裡一動不動的女子，眼中隱隱有些防備。

沈梨若輕輕應了聲，接過紫羽遞來的熱茶。

紫羽的神情沒有逃過沈梨若的眼睛，這段時間風起雲湧，凌夢晨對她的出行安危也頗為擔憂，因此除了阿左，還派了這個叫做紅豔的女子和十幾個侍衛。

對凌夢晨的安排，她也深表贊同，權力之爭素來殘酷，如今事關世上最尊貴的那個位置，如果有機會，天下男兒誰不想坐擁天下，嘗嘗一言定人生死的滋味。因此在這爭奪太子之位最為關鍵的時刻，她不排除有人會對她下手，以威脅凌夢晨，再加上近日京城附近常有盜匪出沒，專門針對來往商客及旅遊的富戶，因此小心一點也不是壞事。

若無特殊情況，她本不想出門，可聽說陽泉寺十分靈驗，有不少婦人前去求子嗣都能在來年如願以償，她便想去試試。對於鬼神之說她本是不信的，不過自從死了重生之後，她對此也保持一種敬畏的態度。

若是她誠心去求，菩薩也能滿足她的願望吧。

想到這兒，她右手撫上小腹，輕輕笑了笑。

嫁給凌夢晨已有大半年，可至今她的肚子依然沒有消息，雖然凌夢晨沒有說什麼，但她卻一直期盼著。孩子，她想要一個屬於她和他的孩子。

出了城，這條路道路平坦，正是由京城去陽泉寺最常走的道路，可是今日路上卻空空蕩蕩，幾乎沒有人影，沈梨若正有些詫異，馬車便「吱嘎」一聲停了下來。

「夫人，奴婢去問問。」紫羽急忙扶住沈梨若，接著白了眼角落裡臉色平靜的紅豔一眼，掀開車簾道：「怎麼回事？」

她的話音剛落，車外侍衛的聲音傳來。「啟稟夫人，前面路上有塊巨石擋住了去路，不過請夫人放心，屬下知道還有另外一條路可以到達陽泉寺，不過要顛簸一些。」

沈梨若沈吟了一下道：「那走另外一條路。」

「是，夫人。」侍衛應道。

「阿左，若是現在換路線，還要多久能達到陽泉寺。」沈梨若道。

「稟夫人，大約還需一個時辰。」阿左恭敬的聲音傳來。

一個時辰？

沈梨若看了看天色，若是如此，到達陽泉寺時正好午時，倒也不算太晚。

可是過了好一會兒，馬車依然毫無動靜，沈梨若正準備發話，外面便響起一陣喧鬧聲。

沈梨若掀開車簾。「阿左，什麼事？」

「夫人，後面的馬車翻了，這是他們的管家，吵著要見您。」阿左欠了欠身。

馬車倒了？沈梨若皺了皺眉，前面無端有巨石擋路，後面的馬車又翻了？那她現在豈不是被困在中央，進退兩難？

沈梨若正想著，一個嘶啞的聲音響起來。「這位夫人，我家夫人乘坐的馬車壞了，一時半會兒也修不好，夫人這個時間走這條路，想必也是去陽泉寺吧，能不能順便捎我家夫人一程？」

沈梨若順著聲音望去，只見一個年約六十歲的老者被侍衛擋在距離馬車十步遠的地方，兩鬢斑白，正彎著腰哀求。

雖然老者神情誠懇，但沈梨若覺得事情太過巧合，就像是事前安排好的一樣。

他還未說話，紅豔冷冷的聲音便傳來。「夫人，不可，此事太過蹊蹺。」

「夫人，我家夫人年近三十卻未能為老爺生下一男半女，您就幫幫忙，捎我們一程吧。」老者連連作揖。

沈梨若沈吟了一會兒道：「阿左，我們還能走嗎？」

「夫人，能走，不過……」阿左看了眼圍在馬車周圍那十幾個人，心中極為不安。這條路本就不寬，最多只能容納兩輛馬車並肩而行，此時那馬車翻倒在地，占據了一大半的路面，馬車要過去雖然可以，但勢必速度極為緩慢，若是此時有人偷襲，那……

沈梨若伸出頭看了看後面，頓時明白阿左的猶豫。「阿左，安排人騰出兩匹馬，我和紅豔一人一匹，你帶著紫羽，咱們騎馬！」

後面的間隔太窄，若是有人在此時突襲，她坐馬車只有挨打的分，若是騎馬，憑藉著阿左、紅豔還有這十幾個侍衛，他們還有一拚之力。

「夫人，您騎馬……」紫羽一臉詫異，和夫人相處這麼久，她從未見過她騎馬。

「放心。」沈梨若看向阿左。「紫羽就交給你了。」

「是，夫人。」阿左應道。

沈梨若剛下了馬車，一個侍衛便牽了兩匹馬過來。

「夫人，這匹是母馬，性子比較溫和。」侍衛欠了欠身。

「好。」沈梨若點了點頭，望著眼前和她差不多高的馬，咬了咬牙，掀起礙事的裙襬，扯著馬韁，扶住馬鞍……

託母親的福，她小時候學過騎馬，雖然後來一直未騎過，但想來應該問題不大。

但沒想到現實與想像差距頗大，沈梨若踩上馬鐙，正縱身一躍準備翻身上馬，馬匹卻搖了搖身子，她一個不穩，手腳無力，身子一陣晃悠便要摔下來。

「夫人！」

在眾人的驚叫聲中，一隻手臂牢牢托住她的腰，沈梨若回頭一望，看見紅豔站在身後。

沈梨若鬆了口氣，雙臂一使勁才騎在馬背上。

其他人見狀紛紛上馬，阿左也將紫羽拉上馬背。

「夫人，請緊跟在屬下身側。」身邊傳來紅豔略微低沈的聲音。

「好。」沈梨若瞥了眼依然攔住老者的侍衛一眼。「上馬！」

「是！」

沈梨若對上那老者詫異的眼神，笑了笑。「這位老者，恕妾身趕時間先行一步，這馬車就留給你家夫人了。」

說完，她朗聲道：「咱們走！」

「是！」

另一邊，距離沈梨若等人不遠處的樹林裡，一個身穿裋褐的大漢急匆匆跑到蹲在地上的男子面前。

「老大，那婦人沒有中計，把馬車留下來反而準備騎馬走了，怎麼辦？」

「騎馬？有意思！」男子摸了摸下巴笑著。

「老大，我說像往常一樣，派幾個武功高強的兄弟們衝上去搶了他們的錢便走，你卻非要讓三姊他們扮什麼進香的夫人，現在好了，人家騎上馬一下子就跑得沒影了，咱們還搶個屁啊！」那大漢一臉不滿地咕噥。

「你懂什麼？」男子站起身伸手拍了大漢一記。「那群人一路走來，無人喧譁，無人左顧右盼，就算碰見巨石擋路也絲毫不亂，一看就不是善茬，而這附近沒有遮擋物，就你們那三腳貓功夫衝上去還不是送死？」

男子穿著一件洗得發白的褐色勁裝，雖然被大漢喚作老大，但那張臉卻極為稚嫩，看上去不過十六、七歲，若是沈梨若在此，必能認出此人即是當時在山莊前，把刀架在她脖子上搶劫的人。

「有老大在，我們還怕什麼？」大漢撇了撇嘴。

「知不知道什麼叫人外有人，天外有天？」男子白了大漢一眼，沈吟道：「那巨石出現得太過突然，若不是這隊人一看就是肥羊，我也不願在此出手。」

「今天怎麼回事……等了一上午才來這麼一隊人馬，也不知道其他那些求神拜佛的人跑哪兒去了！」大漢滿臉不爽。「到底是哪個缺德的，一夜之間搬了這麼塊大石頭放在路中央，害得咱們好不容易看著一頭肥羊，卻不能去預先布置好的地方埋伏。」

「好了，你有時間在此唧唧歪歪，還不如去幫三姊。」男子瞪了大漢一眼，抄起身旁的長劍便跑了出去。

「是！」大漢一聽，頓時眉開眼笑跟了上去。

另一廂，沈梨若牢牢攥住韁繩，俯低身子，緊緊跟在紅豔身側。

她盯著越來越近的人群，這群人大約有十來個人，大多是身材精壯的漢子，此時正圍在一輛馬車周圍，一個年約三十的婦人站在旁邊。沈梨若這一看，正好和那婦人的眼神對了個正著，頓時她心中一跳，這婦人雖然穿著短襖長裙，披著披風，但雙手插腰、兩腿分開，那姿勢、那神態怎麼看也不像是個深宅婦人，倒像是一個長年舞刀弄槍之人。

這時，沈梨若一行人即將越過那群人時，忽然聽到紅豔一聲大喝：「夫人小心！」

接著便見到三、四十個哇哇大叫的漢子，從不遠處的樹林裡衝出來，幾乎同一時間，還圍在馬車邊的漢子也抬起頭，手往車下一抽，舉著亮晃晃的大刀衝過來。而那婦人，雙手往披風和長裙一扯，露出裡面緊身束腳的衣衫，拿著不知從哪裡抽出來的長劍衝了過來，邊跑邊喝道：「留下財物，饒爾等不死！」

好在沈梨若身邊的侍衛不是一般的護院，都是見過血的，見這群人呼啦啦一窩蜂衝了上來，紛紛拿起刀劍，穩住身下馬匹，將沈梨若護在中央。

紅豔在第一時間擋在沈梨若前面，手扶在腰間一扯，頓時亮光一閃，一把軟劍便出現在手裡。「夫人放心，屬下必護您周全。」

衝上來之人雖然人數眾多，但大半是群烏合之眾，只知道靠蠻力橫衝直撞，根本不是沈梨若四周侍衛的對手，除了那個身穿褐色勁裝的男子。

「老大，怎麼辦？點子扎手啊。」先前說話的大漢一個驢打滾，狼狽地躲開攔腰劈過的長劍，跑到褐色勁裝男子身邊。

男子望了眼四周七零八落的兄弟，恨恨說道：「帶著兄弟們跟著我，待我破開他們的防護，你們就衝進去，其他人別管，先抓住那個中間的婦人。」

「是！」大漢咬了咬牙。

男子武功極為不錯，不到一會兒便砍倒兩人，阿左一看，翻身下馬衝了上去。

就在這時，忽然遠處一陣煙塵滾滾，一群身穿黑衣的男子縱馬而來，頓時，身穿短褐的男子大吃一驚，暗道：「不好！」

他們這群人不過是老實巴交的農民，因前年瑞州大旱，朝廷的救濟糧食又被當地貪官扣下，實在是過不下去了才不得不落草為寇，做起搶劫的勾當。後來皇上將貪墨糧食的官員斬首示眾，但眾人的親人死的死、散的散，家中田地也因當時為了餬口而換成糧食，除了少數幾人以外，大多數人就留下來，開墾一些田地，雖然僅夠勉強餬口，但日子也算過得去。

今年他們的田地蟲害嚴重，到了秋季也沒收穫多少糧食，望著一大群沒錢吃飯的老弱婦孺，他們才又重操舊業，本想著藉信眾十一月十五去陽泉寺上香之際，找頭肥羊幹上最後一票就收手，沒想到卻踢到鐵板，不僅護衛訓練有素，還來了幫手！

「快撤！」男子提氣大喊一聲。

眾人本來見打了半天沒討得半分好處，如今還來了幫手，都萌生退意，一聽男子發號施令也急忙亂糟糟地撤退。

不過他們亂是亂，但動作倒是極為迅速，沒一會兒便跑得老遠。

沈梨若見盜匪四處潰逃非但沒有鬆氣，反而心中湧起一種強烈的不安。她死死盯著不遠處那隊黑衣人，為首之人年約四十歲，右臉頰上一道工字形刀疤極為明顯，再配上冰冷的眼神，顯得猙獰嚇人。

沈梨若定了定神。「多謝各位好漢。」接著朗聲道：「咱們走！」

她話音剛落，為首的黑衣人抬起右手，輕輕一揮，頓時一陣馬蹄聲響起，他身後的黑衣人便衝出來，一部分撲向四散逃跑的匪徒，一部分直衝衝地往沈梨若這邊而來。

紅豔渾身緊繃，由於不知來者何人，恐對方有弓弩在手，騎在馬上的夫人將會成為顯著目標，不利護衛；再者夫人騎術不佳，也無法獨自一人駕馬先行，何況這母馬溫馴自然也難逃對方良騎的追捕，因而乘時讓沈梨若下了馬。

「保護好夫人！」

周圍的侍衛一聞聲，立刻重整隊形，圍繞在沈梨若身旁。

那些黑衣人騎著馬，沒一會兒便追上了那群盜匪，一衝上去二話不說就開始殺人。那些人本就是烏合之眾，如今被黑衣人一陣砍殺，頓時驚慌失措地大喊著逃命。而那褐色勁裝的男子雖然武藝不錯，但雙拳難敵四掌，只能咬牙苦苦支撐。

至於沈梨若這邊也頓感壓力倍增，那些黑衣人武藝高強，心狠手辣，每一刀每一劍都砍在要害處。雖然有阿左和紅豔在，這些侍衛也十分勇猛，可因人數懸殊，沒一會兒便有好幾個死於黑衣人之手。

「噗！」黑衣人一刀砍斷了一個侍衛的脖子，鮮血淋漓的頭顱在空中劃過一道弧線，「啪」的一聲落在沈梨若身旁不遠處。

沈梨若僵直在原地，動也不動，彷彿渾然不知迎面刺來的利劍，一身淡綠色的衣裙也沾著點點猩紅，像是開在草地裡的紅豔花蕊……

「夫人，小心。」阿左帶著驚恐的厲喝傳來，接著她的身子被人一推，腳步一軟便摔倒在地。

而先前那顆頭顱正巧在她身前，雖然滿是血污，但沈梨若還是認出這個年紀不大的小伙子，在她的印象中，他活潑開朗，臉上常常帶著笑，可如今那年輕的臉上雙目瞪大，充滿驚恐、不甘。

微風飄過，一股濃烈的血腥味撲鼻而來。

「嘔……嘔……」

她想吐，卻發現什麼都吐不出來，只覺得腹部一陣陣抽痛，牽扯著她的每一根神經。都是她！都是她害的！這群黑衣人一出現便不問青紅皂白的殺人，一看就知道是因為她！

「夫人，您沒事吧？」紅豔奮力擋開攻擊進來的利劍，衝到沈梨若身邊，一把拽起她。

「沒事！」沈梨若望著身上布滿血污的紅豔，渾身上下不知哪來的力氣，吼道：「我知道你們要殺的是我，我就在這裡，放了他們！」

她這一聲用盡了全身的力氣，頓時正在生死搏鬥的人紛紛一愣。

「夫人！」阿左一聲大吼。

「我在這兒，放了他們！」沈梨若雖然全身顫抖，卻毫不退卻地瞪著騎在馬上的黑衣人。她不想死，她想為凌夢晨生兒育女，還想和他白頭到老，但是不行！要她眼睜睜看著這麼多人為她而死，她辦不到！辦不到！

「有意思！」黑衣人頭領詫異地看了沈梨若一眼，說出了第一句話，他的聲音猶如有人拿著鋸子鋸木頭般，嘶啞難聽。「不過沒用！」

說完，他冷冷道：「殺！」

沈梨若全身一僵，眨眼間又有兩人被黑衣人砍中，滿身鮮血地倒在地上，而沈梨若身邊，連同阿左和紅豔在內，只餘下六人。

是誰？竟然連一個人也不肯放過！

第四十八章　沈梨若有了？

就在這時，又有一隊騎士帶著滾滾煙塵從遠處飛馳而來，大老遠就聽見有人高喊：「大膽狂徒，敢在光天化日之下行凶！」

這隊人馬速度極快，沒一會兒便來到了跟前，為首之人厲聲道：「爾等賊子速速受死！」

接著這群人一窩蜂地衝進戰團，只見那為首之人舉起手中的長槍，一個平刺便迎上黑衣人頭領的長劍，兩人迅速戰成一團。

「紅豔！」阿左見狀，忽然發出一聲厲吼。「帶夫人走！」

「是！」紅豔扯過馬韁，翻身躍到馬上，俯下身子伸手一抄就攬住沈梨若的腰，將她帶上了馬背。

「駕！」同一時間，紅豔拔出腰間的匕首，狠狠地在馬屁股上一刺，身下的馬兒霎時發出一聲悲鳴，撒開蹄子狂奔。

「阿左！」沈梨若身子被紅豔錮得死死的，只得艱難地轉過頭尖叫。

「想走？」為首的黑衣人身子向後一仰，幾乎平躺在馬背上躲過迎面刺來的長槍，右手往馬側一抄，一把長弓入手。

沈梨若坐在馬背上，忽然身後的紅豔身子緊繃，緊接著「咻咻」的破空聲傳來。沈梨若聞聲大驚，急忙回頭，只見一枝箭以迅雷不及掩耳之勢向兩人射來。

「小心！」沈梨若的驚叫聲剛出口，紅豔身子一轉，手上的長劍準確砍中射來的箭。

雖然紅豔這一擊極為精準，但飛箭來勢凶猛，伴隨著一聲金屬碰撞聲音，箭雖然偏離方向，卻未被打落，「嗤啦」一聲深深地刺進馬臀。

身下的馬兒發出一聲淒慘的鳴叫，身子劇烈搖晃著，若不是紅豔死死拽住韁繩，兩人一定被拋下馬背，馬兒喘著粗氣往前跑了十幾步，兩腿忽然一軟，便往地上倒去。

沈梨若只覺得一陣天旋地轉，就摔倒在地。

「紅豔、紅豔，妳沒事吧？」沈梨若捂住絞痛不止的肚子急急叫著。

她被紅豔護在胸前，幾乎沒有受傷。

紅豔看樣子受傷不輕，全身上下的衣衫破損不少，血跡斑斑，令人觸目驚心，特別是那怪異彎曲的右腿，顯然是斷了。

「妳的腿！」沈梨若叫道。

紅豔忙轉頭望向身後，只見後面的兩路人馬已開始互相糾纏著往他們這個方向追來，忙道：「夫人，快……快跑！」

就在這時，一匹馬帶著飛揚的塵土衝了過來。

「走！」

沈梨若抬起頭，正好將那張似曾相識的稚嫩臉龐收入眼底。

「是你！」沈梨若微微愣神。

「你想幹什麼！」紅豔舉起手中的長劍，死死瞪著來人。

「妳還在磨蹭什麼？有妳在他們一個都活不了！」來人毫不理會神情戒備的紅豔，望著沈梨若喝道。

沈梨若回頭看了看躺在地上的紅豔，咬了咬牙，握住來人伸出的手，躍上馬背。

那些黑衣人的目標是她，只要她還在，身邊的人便會為了保護她一個個死去，現在她走了，他們一定會追來，這樣阿左他們還有一線生機。

至於身後的男子，是敵是友她也不想深究，現在的她只想離阿左他們遠遠的，只有這樣他們才有機會活下去。

身後的男子顯然對這裡的地形極為熟悉，在附近東躲西竄，終於甩掉了身後的追兵。

「妳和什麼人結了仇？這麼多人想殺妳！」男子忽然道。

「那你又是誰？」沈梨若皺著眉，死死揪著身前的衣衫，經過馬背上的顛簸，她的腹中彷彿被刀絞一般，疼痛不已。

如果她未看錯，身後的男子便是那為首衝出來的匪賊。

「我？一個和妳有共同敵人的人。」男子冷冷說道。

就在剛才，他那群弟兄幾乎全部命喪黑衣人之手，一想到這裡，他的心便猶如有人一槌一槌敲打著，簡直痛不欲生。善解人意的三姊、木訥憨厚的小黑、愛財如命的宋九……沒了，都沒了，都在他的眼前一個一個死了，而他卻只能眼睜睜地看著，看著！

男子雙目通紅，血絲清晰可見。他要報仇！他不能讓他們白死，但要報仇便得跟著眼前的女人，只有跟著這個女人，才能知道那群黑衣人是誰！

「那些人是誰？是誰？」男子咬牙切齒地問。

一滴滴冷汗順著沈梨若的臉頰流下來，腹中劇烈的疼痛不停敲擊著她。

「不知道……」沈梨若喘了幾口氣。

「不知道？妳他娘的誰要殺妳，妳都不知道？」男子氣急敗壞。

「妳啞巴了？」見沈梨若好半天沒有反應，男子扳過沈梨若的身子，這才看到她的異常。

「妳怎麼了？」男子望著沈梨若那張蒼白無血色的臉。

沈梨若張了張嘴。「我沒事，快回京城！」

「京城？」為了躲避追兵，他們兜兜轉轉，現在離京城已有段距離了。「妳這樣還沒走多遠，小命就沒了！」男子扶住渾身微微顫抖的沈梨若，咬了咬牙，掉轉了馬頭。

這是一個普通的小村莊，現在正是夕陽西下的時候，家家戶戶冒出裊裊炊煙，村莊內不時響起孩子們的嬉笑聲與大人們的高喊聲，平靜而祥和。

「李家嬸子，聽說你遠房姪兒來了啊！」一個中年農婦提著菜籃子笑道。

「是啊，越兒父母早亡，人一年到頭在外面跑，沒想到這次竟然帶了個媳婦回來，我也就放心了。」那被稱為李嬸子的人，一臉笑容。

「我見過妳那姪兒，年紀不大啊，妳著急什麼？」中年農婦道。

「越兒天生娃娃臉，妳別看他那副模樣，今年都二十八了。」李嬸子呵呵一笑。

「哦，原來是這樣。」中年婦女抬頭望了望天。「李家嬸子，我家那口子還在等著我回去炒菜呢，我先走了。」

「好，妳先忙吧！」

「再見！」

李嬸子送走中年婦人，拿起一旁準備好的雞蛋往屋內走去。

屋子不大，也沒有什麼好的家什，內部擺設簡單樸素，雖然不至於家徒四壁，但一眼就知道不是富裕之家。

裡屋的几案上，放著一套疊得整整齊齊的衣服，上好的淡綠色提花織錦，與屋內的其他布置顯得格格不入。

床上躺著一位女子，年紀不大，正皺著眉，牙關緊閉，清秀的臉上全是驚慌和恐懼。

鮮血、頭顱、殘肢斷臂，還有帶著血的刀劍，織就一個密密麻麻的大網向她罩來……

「啊！」沈梨若猛地睜開眼，坐起身子。

阿左、紅豔、紫羽……她劇烈地喘了幾口粗氣，這才發現身在一個陌生的地方。

就在她打量著四周的時候，忽然一陣腳步聲傳來，接著「咿呀」一聲，門開了，一個年約四十的婦人走了進來，看見沈梨若頓時眉開眼笑。

「醒了？」李嬸子將手中的蛋湯放到床邊的小桌上。「我做了碗蛋湯，也不知道合不合妳胃口。」

沈梨若愣愣望著陌生的婦人。「我睡了多久了？妳是誰？」

「妳昏迷了一天了，我是越兒的姑母，他父親是我遠房堂兄。」李嬸子將枕頭墊好，扶著沈梨若靠在枕頭上。「快將這蛋湯喝了，妳身子弱，大夫說得好好補補身子。」

「越兒？」沈梨若望著遞來的蛋湯發愣。

「看我這記性，越兒是他的小名，他大名叫李真。」李嬸子拍了拍頭。「不是我自誇，越兒雖然家境不好，卻是個實誠孩子，妳嫁給他可是選對了。」

嫁？沈梨若只覺得腦子裡一片亂麻，這什麼跟什麼啊！

李嬸子笑道：「妳別擔心，肚子裡的孩子還在，不過大夫說妳這段時日得休養……」

孩子？沈梨若只覺得腦子裡嗡的一聲，右手撫上平坦的小腹。她懷孕了？

「多久了？」沈梨若吃驚地問道，臉上一陣狂喜。

前世的她雖然想要個孩子，卻一直沒有實現，所以對於懷孕一事她了解得並不多，如今想來，這段時日她倒是有嗜睡的毛病，卻因沒有害喜症狀，所以身體上有些細微的變化，就沒怎麼放在心上。

她懷孕了！她去陽泉寺為的就是求一個孩子，沒想到她卻懷孕了。想到這兒，沈梨若露出一絲苦笑。早知道如此，她又何必在這個時候出門，平白遭了這番劫難？

「有兩個多月了，難道妳不知道？」見沈梨若一臉呆滯，李嬸子正色道：「妳們這些小丫頭就是糊塗，不過這次運氣好，雖然動了胎氣，但大夫說只要臥床休息……」

李嬸子正在絮絮叨叨時，門開了，一個男子走了進來。

「越兒，回來啦。」李嬸子轉過頭一臉喜色。「你媳婦醒了，快去看看吧。」

原來是他！那個救他的男人！

李真瞥了眼沈梨若，望向李嬸子。「多謝姑母。」

「傻孩子，自家人謝什麼謝！」李嬸子走到李真身邊，小聲說道：「你媳婦出自富貴人家，現下在我這兒肯定諸多不習慣，你得好好開解。人家肯放棄家中的富裕生活，跟著你這窮小子私奔……」

「知道了，姑母。」見李嬸子又開始嘮叨個沒完，李真忙道。

「好了，姑母不囉嗦了。」李嬸子笑了笑。「你們小倆口好好聊聊。」

直到李嬸子的腳步聲漸漸遠去，聽不見了，沈梨若挑了挑眉。「這怎麼回事？」

「能有什麼事？妳暈了，我想起姑母在附近，便帶妳來了。」李真聳了聳肩。

「我是說，李嬸子為什麼誤會我們……私奔。」沈梨若比劃了一下，好半天才從嘴裡擠出那兩個字。

「這大白天的，我帶個女人來這兒，妳身上穿的又是綾羅綢緞，我不說私奔，難道還說妳是我路上撿的不成？」李真哼了哼。

兩人沈默了一會兒，李真忽然道：「把那蛋湯喝了，雖然不是什麼稀罕東西，但也是我姑母家中最好的了。」

沈梨若轉過頭，望著小桌上還冒著熱氣的蛋湯，手下意識摸上了小腹。她懷孕了，她有了凌夢晨的孩子。

她端起蛋湯，喝了一口，感覺暖暖的，帶著蛋香味，格外香甜可口。

「還好沒有回京，要不然就妳這樣到了京城，肚裡的孩子早沒了。」李真道。

沈梨若喝完了蛋湯，望著李真。「謝謝。」

她這一聲說得真情實意。若是沒了他，她保不住肚裡和凌夢晨的孩子。

「不用這麼客氣，我還指望著妳告訴我黑衣人是誰。」李真擺了擺手。「再說，那日在山莊蒙妳解囊，我還欠妳一個人情，這次就當還了。」

「原來是你。」沈梨若點了點頭，想起了當日情景，難怪覺得他似曾相識。忽然她又著急問道：「阿左——就是和我在一起的人怎麼樣了？」

「我怎麼知道。」李真翻了翻白眼。

沈梨若心中頓時大急，忙掀開被子就要下床。

「妳要做什麼？」李真急忙攔住她。

「我要回京，阿左他們……」沈梨若甩開他的手。

「妳要走我也不攔妳，不過肚裡的孩子沒了，可別怪我沒提醒妳！」李真抱著胸說。

沈梨若身子一頓，抬起頭望著李真。「你這話什麼意思？」

李真慢悠悠走到桌前，倒了杯茶喝了一口。「大夫說了，妳動了胎氣，若不臥床休息，隨意走動，很有可能會小產。」

「什麼？」沈梨若張大眼。

「所以，妳要走便走，反正又不是我的孩子。」李真聳了聳肩。

沈梨若沈默了一會兒，躺回床上，為自己蓋好被子。「大夫說需要臥床多長時間？」

「不多，二十日。」李真淡淡說道。

沈梨若沈吟了一會兒，抬起頭望著李真。「你們就是近來在京城附近的……」

她話還未說完，李真冷冷一笑，打斷了她的話。「不錯，我們便是，怎麼？尊貴的夫人後悔被我這種人救了？」說到此，他頓了頓。「你們這種高高在上的人，又怎能體會我們這些平頭老百姓的艱難？」

沈梨若察覺到他眼中的寒意，垂下眸。當今皇上雖然算個明君，極力推行惠民政策，但也不能做到面面俱到。國家這麼大，各種勢力盤根錯節，貪官污吏雖不是比比皆是，但也不能說沒有，因此受苦受冤的百姓也是有的。

忽然她抬起頭。「為什麼要劫走那幾個女子？」

「女子？」李真先是一愣，接著哈哈大笑，聲音裡滿是蒼涼。「那幾個女子全是那些所謂的老爺們強搶的……」說到這兒，他冷笑了兩聲。「跟妳這種人說這些有什麼用，走了。」

說完，就逕自往門口走去。當李真的手剛接觸到門板時，沈梨若的聲音響起。「可不可以麻煩你一件事？」

「什麼事？」李真停住腳步。

「替我帶個口信給我夫君。」沈梨若道。

「誰？」李真沈吟了一會兒。

「靖王世子凌夢晨。」沈梨若摸了摸小腹。

「好。」

「只能告訴他一個人。」

「我懂。」

既然李真等人是流竄在京城近郊的劫匪，那麼他們昨日為的不過是求財而已，可那群黑衣人卻明顯是為了要她的命而來……究竟是誰？能動用這麼大武力的人，絕不會是穆婉玉和夏雨……那還會是誰呢？

沈梨若敲了敲腦袋，京城那麼多權貴中，誰想她死？忽然一個面孔在腦海裡閃現。難道是她？裕德郡主！若黑衣人是她的人，最後那批出現的騎士又是誰？雖然他們正氣凜然地出現，卻也太過巧合，好似是在等著黑衣人將他們逼入絕境之時才出來營救她……若真是如此，他們會是誰派來的，為什麼知道她會被人刺殺？

沈梨若只覺得昨日之事一環扣一環，猶如一張針對她投下的大網……

時間過得很快，轉眼一天時間便過了。

李真一大早出發去了京城，直到天色漆黑，他才回來。

沈梨若伸長了脖子看著李真空空如也的背後，一臉失望。「怎麼了？」

「怎麼？妳還有臉問，現在滿大街全貼著我畫像的通緝令，雖然畫得不太像，但到處都是士兵拿著畫像抓人。」李真拿起茶壺狠狠灌了一口茶。「誰知道有沒有人認得我，害得我跟做賊似的東躲西藏。」

「那我夫君……」沈梨若急道。

她的話還未說完，李真就打斷了她的話。「別提了，我好不容易摸到靖王府附近，誰知道周圍全是盯梢的，我在大門處徘徊了兩圈就有好幾撥人跟上來，費了好大的勁兒才甩開他們，搞得現在才回來。」

「那昨天跟我一起去的人呢？」沈梨若忙道。

「死了十三個，還有五個活著，那個叫什麼阿左的還有兩個女的都活著。」李真瞥了沈梨若一眼。

沈梨若重重吐了口氣。活著就好。

「現在全城都在找妳。」李真淡淡道：「除了那個靖王世子，明裡暗裡聽說還有好幾撥人都在找妳……女人，看不出妳還挺重要的嘛！」

沈梨若沈吟了一會兒。「雖然我知道此時說來沒用，但我還是要對你說聲謝謝。」

「妳好好養著吧，我還等著妳幫我報仇。」李真揮了揮手往門外走去，忽然停下腳步。「對了，據說是三皇子的侍衛無意中路過，救下妳的人。」

聽聞他話語中那重重的「無意中」三個字，沈梨若嘴邊露出一個冷笑。「我知道了。」

「走了。」

「嗯。」

第四十九章　重回京城

因為白天下了雨，這一天夜晚黑壓壓的，可以說伸手不見五指。

靖王府的書房卻是燈火通明。

阿左靜靜地站在一側，手臂上纏著繃帶掛在胸前，距十一月十五已有十餘日了，除了斷掉的手臂外，其餘的傷早已好了七七八八。

書房內靜得嚇人，除了燭火嗞嗞嗞的燃燒聲以外，沒有絲毫的聲響。

坐在椅子上的凌夢晨突然開口。「若兒，我渴……」

話還未說完，他的聲音便戛然而止。

以往只要他在書房內看書，她就會靜靜坐在一旁，隔一段時間為他滿上一杯茶，可是現在沒了，她不在了！

一想到這兒，凌夢晨的心就是一陣深入骨髓的痛。

「殿下，屬下這就去……」阿左見狀忙道。

剛說到這兒，「砰」的一聲巨響便響起，他只得硬生生將後半截話吞進肚子裡。

阿左看了看几案上那個拳頭大小的洞，臉上滿是擔憂。夫人失蹤了十餘日，殿下便折磨了自己十餘日。這十餘日，殿下派出了所有人去搜尋，只差點沒把京城以及四周的村莊翻過來，卻都沒有夫人的身影。搜索的範圍從京城二十里、五十里到現在的一百里，仍然沒有結果，不少人都私底下議論夫人估計沒命了，但只有殿下不相信，一直在找。

這十餘日，殿下除了出去找人，就是待在書房，睡覺的時候更是少之又少。短短的時間內，他眼眶凹陷，眉眼間全是深深疲色，哪還有往日風采。

凌夢晨揉著眉心，長長的鳳眼布滿血絲。他這十餘日從未回過他們的房間，他不敢，怕看了那滿是她身影的房間，就會承受不住那種難以言喻的冰涼和孤寂而發瘋。他待在書房內一直等，相信她一定會回來，說不定下一刻她就會出現在自己眼前。

「殿下，夜深了，休息一下吧。」阿左張了張嘴。

「無妨。」凌夢晨淡淡說道。

「若是夫人回來也不願見到您……」阿左沈默了一會兒，鼓起勇氣道。

可惜他話還未說完，凌夢晨便發出一聲厲吼：「夠了，我的事哪輪到你說三道四？」

阿左愣了愣，跪倒在地。「殿下，都是屬下失職，才讓夫人遭此不幸，屬下本應以死謝罪，但夫人還未找到，只要找到了夫人……」

凌夢晨重重吐了口氣，打斷他的話。「你已經盡力了。」

阿左沈默了一會兒，道：「謝殿下，屬下知您擔心夫人，但殿下若是倒下了，還有誰能帶領我們去找夫人呢？」說到這兒，他頓了頓。「殿下，請休息吧。」

凌夢晨低下頭沈吟了好一會兒，才擺了擺手。「我知道了，你先下去吧。」

「殿下……」

「下去吧。」

「是！」

玉石鋪成的地板，華麗的擺設，柔軟高貴的衣衫，這一切的一切都是夏雨夢寐以求的東西。

她優雅地坐在椅子上，高傲地看著緩步而來的婦人。

此婦人穿著最時興的衣衫，頭上插著精緻的步搖，身材窈窕，纖細的腰肢隨著步伐輕輕擺動，若從背面看絕對是個美人，但那張臉卻是倒人胃口——蠟黃的臉上毫無血色，額頭上一條條皺紋清晰可見，兩鬢中幾根白頭髮更是無比刺眼。

「夏奉儀。」婦人走到夏雨面前淡淡開口。

夏雨望著眼前一臉倨傲的穆婉玉，眼中露出一絲厭惡，沒有說話，只是端起身邊的茶杯輕輕喝了一口，姿態優雅。

望著這一幕，穆婉玉陰沈的臉上閃過一絲怨毒，她清楚感覺到夏雨對自身的厭惡，再加上這些日子裡，沈梨焉死前的話就像是槌子不時敲著她的腦袋。她不明白，一個婢女，若不是自己為她爭取機會，將她送入三皇子府，她能有今天？為什麼她非但不感激，反而要害自己？

穆婉玉壓住心中的不滿。「夏奉儀現在可是貴人，不待見我這個曾經的主子，也是情理之中的事。」

她這話說得很大聲，特別將那句「曾經的主子」說得極重，周圍的婢女一聽，紛紛投來異樣的目光。

夏雨頓時臉色一沈，雖然她現在受殿下看重，但在這三皇子府中她仍然只是個微不足道的奉儀，一舉一動都有不少人在盯著，周圍的婢女之中，除了身側這個喚作晴兒的以外，其餘全是其他人派來的，若是她的舉動稍有不對，必會落人話柄，惹上不少麻煩。

她和穆家的關係人盡皆知，若是穆婉玉剛剛的話傳了出去，少不得有人說她忘恩負義。

想到此，夏雨臉上擠出一絲笑容。「怎麼會呢？劉夫人，請坐。」

穆婉玉冷哼一聲，往旁邊的椅子坐下。「俗話說士別三日，當刮目相看，我原本不信，今日見到夏奉儀，才知道古人誠不欺我。」

「劉夫人過獎。」夏雨笑了笑。

穆婉玉理了理衣袖。「我今日來此，是有一事想找奉儀幫忙。」

「哦？何事？」夏雨挑了挑眉。

「想必奉儀也知道，前段時日，我被奸人所害，中了美人嬌的毒。」穆婉玉瞥了眼微微點頭的夏雨。「美人嬌此毒極為罕有，我派人查過，此毒一般出自宮中或皇親國戚之家，市面上幾乎沒有，宮中我已請宛嬪幫我查看，至於其他想請奉儀幫我打聽打聽。」

夏雨嘴角的笑容微微僵了僵，但很快恢復正常。「劉夫人，我只是一個奉儀，就是有心，恐怕也無力啊。」

「沒事。」穆婉玉笑了笑。「只要奉儀幫我留意便行。」

夏雨垂下眸，眼中閃過一絲狠戾。「劉夫人不嫌我身分低微，我又怎敢不從命呢？」

「那就多謝奉儀了。」穆婉玉冷冷一笑。

就在這時，一個婢女匆匆走來。「奉儀，殿下有請。」

夏雨連忙起身。「劉夫人，殿下召見，我就不奉陪了。」

說完，也不待穆婉玉回答便跟著婢女走了。

在走出房門的那一瞬間，夏雨的臉頓時陰沈了下來。想查！懷疑她？那又如何？她一切都早已處置妥當了。哼！她倒要看看穆婉玉能查出個什麼！仗著自己過往的身分便對她呼來喝去，讓她為她做事，給她美人嬌算是便宜的了。

「殿下喚我何事？」夏雨收起心緒，從袖中掏出一錠銀子塞到婢女手裡。

婢女輕輕掂了掂。「奴婢不知，不過，殿下心情不大好。」

不好？夏雨的心頓時怦怦直跳，服侍了三皇子這麼久，她早已知道這個主子脾氣陰晴不定，再加上沒能帶回沈梨若，三皇子一直就處於暴躁的狀態，現在叫她……想到這兒，夏雨的身子不由得縮了縮，平時營造出來的高貴優雅剎那間消失得無影無蹤，彷彿又變回那個卑微的婢女。

在夏雨患得患失之際，兩人已走到了書房前。

「殿下，夏奉儀到了。」婢女躬身道。

「讓她進來。」裡面傳來三皇子冷冷的聲音。

婢女側過身子，欠了欠身。「夏奉儀，請進！」

夏雨壓住心中的慌亂，在臉上撐起最美的笑容，走了進去。

「妾身參見殿下。」夏雨優雅地行禮。

可是她的身子才俯下一半，一隻手便扯住她的衣襟，接著「啪」的一聲，一個巨掌就搧在她的臉上。

夏雨一個趔趄，摔倒在地。

「殿下。」夏雨大大的眼睛噙著淚，眼珠兒要落不落的，讓人生憐。

可惜她的嬌柔模樣沒有得到三皇子的垂憐，只見他甩了甩手。「妳這個賤人出的好主意，現在不但沒找到嫻夫人，表叔還懷疑到我的頭上。」

說到這兒，他似乎不解氣，又踢了夏雨一腳。

夏雨抖著身子承受著三皇子的暴虐，隔了一會兒，見他沒了動作才道：「殿下勿惱，一定會找到嫻夫人，會找到的。」

「來人。」三皇子瞥了眼夏雨。

他的話音剛落，一個婢女便走了進來行禮。「殿下。」

「把夏奉儀帶……」

三皇子剛說了一半，夏雨頓時連滾帶爬地跪到三皇子腳下。「殿下、殿下，那匪徒死了那麼多同黨，他不可能不報仇，他劫走嫻夫人，為的不過是增加手中的籌碼，所以嫻夫人一定不會死。至今沒有任何音訊只有一種可能，就是嫻夫人已經逃離了那匪徒的掌控。」

這些結論她也只有五成把握，但事到如今她也顧不了許多，急忙道了出來。

「是嗎？」在夏雨渴望的眼神中，三皇子冷冷地說道。

「是的，殿下，奴婢跟在嫻夫人身邊許久，對她極為瞭解，嫻夫人極為聰明，不會這麼容易死的。」夏雨嘶叫道：「殿下，請再相信奴婢一次吧！殿下。」

因太過害怕，太過緊張，她的自稱也不知不覺變成了奴婢。

三皇子沈吟了一會兒。「夏雨，念在妳服侍本宮一場的分上，本宮就再相信妳一次。」

「謝、謝殿下。」夏雨哆嗦地撐起身子，磕著頭。

「給妳十日時間，若是找不到嫻夫人……」三皇子冷哼一聲。「妳就搬到秋林殿去吧。」

夏雨的身子頓時一陣哆嗦。「是，殿下。」

秋林殿，那可以算是三皇子府的冷宮，只要她進去，相信不到一個月，就算不瘋也會變成一具屍體。

「滾！」三皇子厭惡地看了眼渾身縮成一團的夏雨，冷聲道。

「是，殿下。」夏雨重重吐了口氣，站起身，在周圍奴僕幸災樂禍的眼神中跌跌撞撞地走了。

今年的冬天並不算寒冷，一直到十二月才迎來了第一場雪。稀稀落落的雪花飄了半日就停了下來，在地面上鋪了薄薄的一層。這一日，天氣不錯，冬陽暖烘烘地照在人身上，給寒冷的冬季增添了不少溫暖，又恰逢趕集的日子，城門處來來往往的人絡繹不絕。

沈梨若站在城門前，臉上綻放出燦爛的笑容。她深深吸了口氣，壓住激動的心情。她回來了，等了這麼久她終於回來了，還有她和他的孩子。經過這段時日，她才知道自己是多麼想他，那種深入骨髓的思念每日每夜都在啃噬著她的心，現在她終於回來了。

想到此，沈梨若的右手輕輕撫上了小腹，直到三日前，她才得到大夫的允許，得以出門活動。

李嬸的村子離京城較遠，村子裡只有一輛牛車可以代步，雖然她很是著急，但也只有等到今日和其他村民一起前來。

「李真家的，快走吧。」一個年輕的婦人在不遠處向她招手。

沈梨若苦笑一聲，點了點頭，跟了上去。

「妳家那口子也真是，知道妳懷有身孕，還讓妳一個人跑這麼遠。」年輕婦人扶著沈梨若咕噥道。

「我有個親戚在京城，這快過節了，就想著去看看。」沈梨若沈吟了一會兒。「李真本想和我一起來的，不過我的親戚不大喜歡他……」

說到這兒，沈梨若低下頭。

那年輕婦人一見，不好意思地乾笑兩聲，岔開話題。「哦……呵呵，那妳好好去親戚家休息兩日，這懷著孩子可不能太勞累。」

在年輕婦人的絮絮叨叨中，沈梨若安安靜靜順著隊伍向前進。

「今兒個也不知是怎麼了？怎麼這麼久都不放行？」一個和沈梨若一起來的女子喃喃道。

她剛說完，前面一個婦人轉頭。「這樣盤查都有二十餘日了。」

「這麼久？」女子詫異地問道：「發生了什麼事？」

「妳這都不知道。」婦人斜了女子一眼。「聽說前段時日，靖王世子妃失蹤了，靖王世子對此大發雷霆，連皇上都驚動了，現在全城對出入的人都嚴加盤查。」

她這一說，頓時吸引了不少人注意。

「我還聽說，這靖王世子妃，也就是那個嫻夫人是被匪徒掠走的！」有人壓低聲音道。

「什麼？那這麼久了，嫻夫人一個女子流落在外……」女子掩住嘴低呼。

「我聽我那在御史大人府上做門房的大姪子說，現在那些大人都在傳，這嫻夫人失蹤這麼久，也不知道身子還乾淨不，這萬一回來了，不知道靖王世子的臉往那兒擱……」

「被掠走了這麼久，肯定不乾淨了，那些殺人放火的盜匪哪個是好的？」

「這段時日算是盤查得鬆了，大家都在說這嫻夫人怕是回不來了，只有靖王世子還在極力尋找……」

「你知道什麼，說不定靖王世子早就放棄了，這不過是做做樣子而已。」

「怎麼說？」

「我聽說，宮裡的皇后娘娘已經準備將自己的甥女裕德郡主，許配給靖王世子……」

「若我是那嫻夫人，還不如就這樣不見的好，起碼保住個名聲，若是回來了，發現夫君被人搶了，名聲也毀了，還不知道會成什麼樣子呢？」

周圍人的議論，一句句，一聲聲，清楚而明晰地傳入沈梨若的耳中，敲在她的心上。她的臉色煞白，身子一晃，若不是抓住身邊年輕婦人的手臂，一定會摔倒在地。

「李真家的，妳怎麼了？」年輕婦人正聽得聚精會神，被沈梨若這一抓頓時嚇了一大跳，回頭一看沈梨若慘白的臉，頓時急道。

「沒事……」沈梨若剛吐出兩個字，肚中便是一陣翻絞，她立馬捂住嘴。

「可是站久了？」年輕婦人急忙扶住沈梨若。

沈梨若乾嘔了一陣，直起身子擺了擺手。「無事。」

上一世她曾見過不少人懷孕時吐得面無血色，可這個孩子卻十分貼心，除了少數幾次害喜外，一直很安靜，沒想到今日他的反應如此之大，難道他也聽見了周圍人的話而為她擔憂？

沈梨若垂下眸，沒想到不過區區二十日，這流言便傳播得如此迅速。幾日來，她一直想的就是回京城，回到他的身邊，將自己懷孕的好消息告訴他，卻忘了人言可畏四個字。

沈梨若咬了咬牙，出於對凌夢晨的瞭解，她絕不相信他和裕德郡主之事。而那些關於她的流言蜚語，她可以完全不在乎，就算人人都質疑她的清白又如何？這世上只要他相信她就夠了。至於孩子，她一回去便傳出喜訊，固然會引起質疑，可那又如何，大不了離開這個是非之地，反正凌夢晨不止一次說過，要帶著她離開京城過他們喜歡的生活。

「進城幹什麼？」就在她思緒混亂之時，耳邊傳來冷冷的喝斥聲。

與沈梨若同行、這一路領頭的男子忙點頭哈腰。「官爺，我們是小李莊的，今天有集市，便來湊湊熱鬧。」

守門的侍衛隨意掃了幾人一眼。「這些都是？」

「是的，官爺。」男子一臉諂媚的笑容。

沈梨若低著頭，她今日穿著洗得發白的舊襖子，白灰色的裙子，蒼白的臉上毫無血色，與往日的模樣的確大不相同，而那侍衛明顯也是做做樣子，問沒兩下就不耐煩地揮了揮手。

「進去，進去。」

「謝謝官爺，謝謝官爺！」

與眾人告了別，沈梨若往城東走去。

雖然來來往往搜查的軍士不少，但沈梨若卻沒有聲張，她揉了揉頭髮，讓本來整齊的額髮披散下來，遮住半張臉，低著頭，小心翼翼走著。

那日的幾路人馬出現的時機太過詭異巧合，若是她的猜測不錯，當日之事有三皇子和裕德郡主參與，因此她也不敢保證這些來往的軍士究竟是敵是我？在還沒見到凌夢晨或是其他值得信任的人之前，她不能表明身分。

越走到城東，來往的士兵越來越少，沈梨若抬起頭甚至可以遠遠看見靖王府的圍牆，她的心頓時急切起來，腳下的步子加快了不少。

可是剛走了幾步，眼角邊對上左前方那個賣飾品的中年男子如鷹一樣的眼神，頓時心中咯噔一聲。她強壓住怦怦亂跳的心，努力讓表情平靜自然，腳下的步子一轉，往身邊賣包子的老漢走去。

「老闆，來兩個包子。」沈梨若不著痕跡地瞥了眼中年男子，見他已移開視線，不由得鬆了口氣。

「好咯。」老漢滿臉的笑容，掀開蒸籠拿出兩個包子包好遞到沈梨若手上。

「老闆，錢。」沈梨若接過包子。這老漢她是知道的，有幾次路過都見過他在此賣包子。

子。

「慢走啊！」

在老漢的招呼聲中，沈梨若裝作迫不及待的模樣，咬了一口包子，低著頭越過中年男子。

離靖王府越近，沈梨若越發小心翼翼，因為她發現往靖王府的路上竟然多了許多擺攤的小販。要知道靖王府附近都是達官貴人的府邸，除了少數丫鬟婢女出來買點小東西以外，幾乎沒有什麼人在附近採買，所以附近擺攤的人少，怎麼忽然之間多了這麼多？再觀那些小販一個個身強力壯、臉部僵硬，哪有平常小販圓滑的模樣。

「喂，你這披帛到底賣不賣啊？」一個丫鬟模樣的人舉著手中的藍色披帛，一臉不豫地望著擺攤的男子。

那男子正在四周打量著，聽到這話頓時轉過頭，從臉上擠出一絲比哭還難看的笑容。

「賣，當然要賣。」

婢女翻了個白眼。「這多少錢？」

男子愣了愣，抓了抓腦袋。「這個便宜，五兩銀子。」

「什麼！五兩？」丫鬟兩眼一瞪。「就你這點破布也值五兩？」

她話一出口，男子便知自己說錯了，又見丫鬟語氣不善，頓時拉下臉，一把扯回披帛。

「嫌貴就別買。」

「你……」那丫鬟一臉怒氣。「就你這樣做生意，早晚回家喝西北風吧。」

男子眼神掃了掃四周，望向婢女瞪圓了眼。「這是我的東西，我想賣多少就賣多少，妳不願意買，就給老子滾，少在這裡唧唧歪歪，平白讓老子心煩。」

丫鬟被他瞪眼的凶相嚇了一跳，瑟縮了一下，跺了跺腳，罵罵咧咧幾聲就走了。

「這些人也不知道怎麼回事，天天在這裡候著，一點都不像做生意的。」旁邊有人輕聲道。

「小聲點，昨天有個姊姊在這附近等她弟弟，結果等了不過小半個時辰，弟弟沒等到，反而被人逮住，雖然沒受傷，但可是嚇得不輕……」另一個人壓低聲音說。

「你說這些人，不會是因為那個……」

「噓，你我不過是下人，管那麼多作甚，還是早點辦完事回府。」

「對，快走快走。」

沈梨若垂下頭，腳步一轉拐到右邊的巷子，這條巷子是通往不遠處一個小型集市的捷徑，平時倒是有不少人從這裡走。

這一路走來，她已發現有好幾個人已經注意到她了，雖然靖王府已經近在咫尺，但她卻不敢冒這個險。

她一個穿著普通，又獨自行走的婦人，一路走來不逛店鋪，不買東西，就這樣低著頭趕路，在這個滿是盯梢人的街上，難免會引入注意，而她卻不能有半點的失誤。

就在沈梨若要走到拐彎處時，一陣低語聲傳來，她的腳步頓時一頓，身子迅速閃進旁邊的角落裡，陰影將縮在牆角的她完美地籠罩在內。

「有什麼發現沒？」一個輕輕的女聲傳來，聽聲音年紀不大。

緊接著一個壓低的男聲響起。「沒有。」

「這麼久了一點線索都沒有，你們這麼多人做什麼吃的？」女聲聽起來有點惱怒。

「在這靖王府附近可不止我一隊人，妳看看這大街上有多少人在盯梢？」男子也有些怒了。「那嫻夫人不出現，難道我還能將她變出來不成？」

女子不豫地哼了聲。「這段時日，郡主的脾氣極為不好，你最好老老實實地辦差，別想著偷奸耍滑，郡主說了，只要她還活著必然會回到靖王府，所以讓你們都好好守著，見到可疑之人立刻拿下！」

她的話音剛落，窩在牆角的沈梨若身子輕輕抖了抖。郡主？果然是她！

「你也別埋怨我多事，咱們都是下人，為的不過是辦好主子交代下來的差事。」女子頓了一下，聲音柔和了些。

「那真是要感激玉容姑娘隔三差五的提醒了。」男子冷冷道：「不過，我跟在郡主身邊這麼久，該做什麼，該怎麼做，心中自有分寸，無須姑娘掛心。」

過了好一會兒，女子的聲音才傳來。「如此甚好。郡主讓我交代的話已經說完了，我這個小女子就不打擾七爺做事了，告辭。」

說完，便聽到冷哼一聲，一陣腳步聲漸漸遠去。

隔了一會兒，男子才重重「呸」了一聲。「狗仗人勢，也不看看自己是個什麼東西。」

接著他邊走邊咕噥。「唉，也不知道這差事還要做多久，那嫻夫人都失蹤這麼久了，要是能回來早回來了，不知道郡主在想些什麼，非要讓我們在這裡守著。」

男子的腳步聲也漸漸遠去，就在沈梨若鬆口氣的時候，男子忽然停下了腳步，狐疑地轉過頭掃了眼牆角。

頓時，沈梨若的一顆心提到了嗓子眼，右手摸到了右腿腳踝處，那裡綁著一把匕首，是李真前日出門前給她的。前幾日，李真來打聽消息時，得知當日和他一起出來的匪徒中還有兩人未死，如今正關在刑部大牢，他準備妥當後，前日一大早就出了門，一直沒回來。

今日進城後，她也特意四處留意，並沒有聽說有人被抓的消息才微微鬆了口氣。不過那小子的臉那麼具有欺騙性，只要不做什麼莽撞的事應該沒什麼問題。雖然通緝畫像上的五官和李真有幾分相像，但上面寫的年齡是二十八歲，如此一來，李真便安全不少，畢竟誰又會想到，弄得全城翻天覆地的男子，竟然有一張十六、七歲的稚嫩臉蛋。

男子慢慢向沈梨若藏身處走來。

沈梨若屏住呼吸，手已經摸到了刀柄……

就在男子離她還有十來步遠時，忽然一個年輕男子快步地跑了過來。「頭兒，頭兒……」

男子停下了腳步。「什麼事？」

年輕男子湊到耳邊，低低說了兩句之後，男子臉上閃過一絲喜色。「快帶路。」

「是！」年輕男子應聲道。

直到二人的身影消失不見，沈梨若才重重吐了口氣，挪了挪有些僵硬的身子，站起身迅速地消失在巷子裡。

聽兩人的話，盯梢的不止一隊人，她不知道靖王府何時有人外出，在那附近待的時間若是長了，難免會讓人起疑，就像剛才……

見天色漸晚，沈梨若不敢住客棧，便找了間民居，主人家是個寡婦。沈梨若謊稱自己來京城尋親戚，沒想到親戚卻搬了家，這人生地不熟的，天色又晚了，便借宿一晚。

寡婦不過二十多歲，家中還有兩個孩子，日子過得緊巴巴，見沈梨若給了自己貴重首飾借宿，頓時樂開了花，忙滿臉笑容地招呼沈梨若進屋。

好好吃了頓飯，休息了一晚上，第二日天剛濛濛亮，沈梨若便告別了寡婦往城東走去，昨晚她也曾想過去找沈梨落，但既然靖王府門前布滿了監視之人，那顧家自然不會例外。她揉了揉眉心，忽然目光掃過路邊的一團土堆，心中一動，嘴角勾出一絲笑容。

她抬起頭，雙眼牢牢盯著左側小攤販上的首飾，一副喜歡渴望的模樣。

她就這樣盯著，忽然雙腳一絆，整個人往路邊的土堆跌去，頭臉上都沾滿了泥土。

「哈哈哈……」周圍頓時響起了一陣嘲笑聲。

沈梨若似乎是嚇著了，又羞又臊，手腳並用地爬了起來，顧不得拍掉身上的泥土，便跌跌撞撞地跑了。

一直跑了好遠，沈梨若見周圍沒什麼人，才停下腳步，看了看身上一團一團的泥土，頓時笑了。

估計剛下了雪不久，這些泥土有些潮濕，吹了一陣風，便整個黏在衣服上，讓她身上的舊衣服髒得看不出本來的顏色。

她拿出匕首在衣襟上畫個口子，抬起雙手用力一扯，隨著「嗤啦」的布帛破碎聲，衣服裂開長長的口子，露出裡面的棉花，接著她如法炮製，在衣袖、裙襬上又割又撕，弄了大大小小的口子十來個，然後蹲在牆角，挖出一些牆泥塗在棉花上。

沒一會兒，一個衣衫襤褸、滿是污漬且蓬頭垢面的乞丐便出現了。

做完這一切，沈梨若摸了摸小腹，柔聲道：「孩兒，先忍忍，只要見到你父親，那一切便好了。」

離靖王府大門不遠處，有一家賣麵片兒的小店，開店的是一對姓洪的夫婦，因他們的兒子在靖王府隔壁的張常侍家中當門房，兩人便在這附近租了間小鋪子，賣點麵片兒和雜貨，一面賺點小錢，一面就近照顧兒子。

這一日天氣不錯，過了正午，兩人見沒什麼生意，就開始收拾碗筷。

「給，吃點吧。」洪大娘端著碗麵片兒走到牆邊，蹲下身子將碗放到地上。

蜷縮在牆角的人動了動，洪大娘搖了搖頭，轉身忙乎去了。

因這段路全是貴人府邸的聚集地，所以乞兒並不多，也就只有那麼三、四個，平時都聚成一團。

眼前這個眼生、今日一早來的乞兒，一來便直直往他們的牆角一坐，放下兩文錢便再也沒說過話。

因這堵牆的後面便是他們小店的灶臺，比起其他地方倒是暖和不少。

沈梨若看了眼這碗麵片兒，嘴邊泛起一陣苦笑。今兒個一早，她待在這裡守株待兔，沒想到兔子沒守到，反而有不少人扔給她銅錢，叮叮噹噹地散落在她身邊。

為了不讓人生疑，她一個個收了起來，心中卻將那還不出現的凌夢晨狠狠地抱怨了一頓。

滿滿的一碗麵片兒冒著陣陣熱氣，上面漂著一些蔥花，香噴噴地讓人垂涎。

沈梨若摸了摸肚子，早上雖然她吃了不少，但是現在裡面還有個小傢伙，現在已經開始餓了。

雖然她不是大丈夫，但也能屈能伸，再說吃了這碗麵片兒，以後想法子報答兩人便是。

想到這兒，她端起碗拿起筷子，開始吃了起來。

正在收拾碗筷的洪大娘見狀，輕輕搖了搖頭。這姑娘看來曾經家世不錯，不跟人乞討，連吃飯都斯斯文文的，不過那又如何，到了如此地步，那些又有何用？

時間漸漸過去，大約過了一個時辰，遠處走來一個衣著極為華貴的婦人。

洪大娘碰了碰身側的洪大爺。「我說老頭子，這位夫人是誰啊，連著好幾日都要來此逛上一圈。」

洪大爺正昏昏欲睡，被洪大娘這一碰，撐了撐眼皮。「貴人的心思妳能懂？」

牆邊的沈梨若卻直直地望向了那個婦人。原來是她！

夏雨這幾日極不好過，眼看著三皇子給的十日時限一天一天過去了，別說見到沈梨若了，就連半點線索都沒有，好像這個人忽然在人世間消失一樣。

夏雨沈著臉。三皇子脾氣暴躁，喜怒無常，她在三皇子府上整日如履薄冰，費盡心神去討好他，吸引他的注意，她花了多少心思坐上今日的位置，才擺脫那低聲下氣的卑賤日子。事到如今，她找不到沈梨若，那等待她的……屆時就算她想回到從前的日子都成了奢望。

她知道府裡很多人都等著看她失寵，都在說：這麼久了，嫻夫人八成早死了，她夏雨就等著去秋林殿過完下半生吧！可是她不信，她不信沈梨若死了。雖然沒有證據，但不知怎地，她就是知道沈梨若沒那麼容易死，或許這是種直覺，所以每日裡她都在京城遊蕩，來靖王府附近看看，因為只要沈梨若還活著就一定會回到這裡，只要她派人在這裡守著，就一定會等到她。

夏雨仔仔細細打量了一下四周，微微嘆了口氣，一切和昨日沒什麼兩樣。她的視線從牆邊縮著身子的乞丐一掃而過，沒有半分停留。

其實不僅是夏雨，就算是附近一直奮力吆喝的「小販」，也都沒有正眼瞧過沈梨若，畢竟在他們心裡，嫺夫人那樣一個身分高貴的婦人怎可能扮成一個乞丐，以她那樣的身分，估計連身上被碰髒一塊都會覺得無比厭惡吧。

忽然之間，沈梨若動了，她緩緩站起身子，兜到一個小乞兒身邊低語了幾句又轉身走了。當然她這「卑賤」的人自然沒有引起那些人的注意。

「晴兒。」夏雨聽完探子的回報，一臉失望。

「是，奉儀。」跟在她身後的婢女欠了欠身。

「我們再去城門看看。」夏雨道。

「是。」

這名喚做晴兒的婢女轉身欲跟上夏雨時，一個矮小的乞兒跑到她身邊。「這位小姐，發發慈悲，賞口飯吃吧。」

望著眼前衣衫襤褸、骨瘦如柴，冷得瑟瑟發抖的小乞兒，晴兒眼中閃過一絲同情，從荷包裡掏出幾個大錢放到他手裡。「拿著去買點吃的。」

雖然身上尚有不少錢，但她不敢多給，這世間是弱肉強食，就連乞兒之間也不例外，若是給多了，他不僅保不住那些錢，還可能會因此遭來厄運。

「多謝小姐，多謝小姐。」小乞兒一把抓住晴兒的手稱謝。

晴兒皺了皺眉，剛想拉回手，但又瞬間停住了。

就在這時，傳來夏雨的喝斥聲。「晴兒，還不走？」

晴兒這才抽回手。「是，奉儀。」

說完，她低下頭不著痕跡地看了眼手上的紙條，加快了腳步跟上去。

「妳和那種低賤的人拉拉扯扯做什麼？妳不要臉，我還要臉呢。」晴兒還未走近，夏雨便一臉不豫。

晴兒低下頭。「奉儀教訓得是，奴婢不過見那乞兒可憐。」

「可憐……妳有空可憐別人，還不如可憐可憐妳自己！若是再找不到人，妳就等著和我一起去秋林殿喝西北風吧。」夏雨低喝。

「奉儀教訓得是，不過……」晴兒瑟縮了一下，吞吞吐吐。

「不過什麼？」夏雨皺著眉。

「剛剛那乞兒給了婢女一樣東西。」晴兒垂下眸。

「一個乞丐能給妳什麼東西？」夏雨兩眼一翻。

「奉儀請看。」晴兒將手中的東西捧到夏雨的眼前。

夏雨輕輕一瞥，頓時愣住了，一把拿過晴兒手中的玉珮，仔仔細細瞧了瞧，臉上一陣狂喜。

她抓住晴兒的手。「人呢？那個乞兒人呢？快帶我去！」

「奉儀，他給了奴婢這玉珮便跑了，不過那個乞兒說……」

話還未說完，夏雨便打斷了她的話。「他說了什麼，快說！」

晴兒忙道：「那乞兒說，這東西是有個男子讓他交給奴婢，並讓他帶話給奉儀……」

「什麼話？」

「那男子說，這玉珮的主人在他手裡，若是奉儀想要人，便準備五百兩銀子。」

「五百兩？」夏雨一愣。

「是的，五百兩。」晴兒點了點頭。

夏雨嘴一咧，突然笑出聲。五百兩？堂堂的靖王世子妃，皇上親封的嫻夫人就值五百兩，真是諷刺。

估計是哪個窮得紅了眼的傢伙，無意中發現了沈梨若，心中雖然懷疑，卻不敢確定是否為那大名鼎鼎的嫻夫人，若貿然去報官，不但領賞不成，反而吃一頓排頭，這才想著到她這兒來碰碰運氣。

夏雨捏緊了手中的玉珮，跟在沈梨若身邊那麼些日子，這塊玉珮她自然認識，上面那個「沈」字她可是記憶猶新啊，這是沈梨若的父親送給她的，她一直對此十分寶貝。真是踏破鐵鞋無覓處，得來全不費功夫，想不到老天還是眷顧她夏雨，在這時候竟然讓她碰到此等好事。

「那人在哪裡？」夏雨收住了笑，問道。

「說是在靠城西那條巷子最裡面的屋子。」晴兒道。

「快走！」

「是，奉儀。」

或許因為心中急切，夏雨的步子非常快，一會兒便到了。

這是間破敗的屋子，看外觀已有好些年頭沒人住了，四處都布滿灰塵和蜘蛛網。

「可是這裡？」夏雨問道。

「看這樣子，應該是。」晴兒道。

夏雨聞言也顧不得弄髒身上的華服，伸手推開了門。

伴隨著「吱嘎吱嘎」的聲音，門搖搖晃晃地開了。

「那人呢？」夏雨四周看了看，滿是喜色的臉頓時拉了下來。

「奉儀，請稍安勿躁，那乞兒說的就是這裡。」晴兒直起了微微彎曲的背脊。

就在這時，一個冷冷的聲音響起。「晴兒。」

當夏雨詫異時，身後的晴兒猛地暴起，從後頭勒住她的脖子。

「晴兒，妳瘋啦！」夏雨一臉不可置信。

晴兒沒有答話，先前的聲音又響起。「她沒有瘋。」接著一個身影從角落裡走了出來，她雖然滿身污漬，衣服四處都是破損，但她的姿態卻極為優雅，彷彿此時穿的不是破爛衣服，而是精緻美麗的華服。

「是誰？我……」夏雨猛然間頓住，一張嘴張得老大，抖動著嘴唇老半天才說道：

「是……是妳！」

「不錯，是我。」沈梨若摸了摸已經洗乾淨的臉龐笑道。

「妳怎麼在這兒？妳不是被人……」夏雨忽然瞪大眼，吼道：「晴兒妳騙我！」

她的聲音嘶啞難聽，還帶著不可置信和被背叛的痛苦。

「若不是如此，妳會來嗎？夏奉儀。」沈梨若輕輕地笑了笑。

夏雨頓了頓，突然她張開嘴，聲音無比溫柔。「晴兒，我待妳如何？」

晴兒頓了頓。「奉儀待我一直很好。」

「我也覺得如此。」夏雨忽然嘶叫道：「那妳為何要如此待我？」

晴兒淡淡地說道：「奉儀雖然待我很好，但是嫻夫人才是我的主子，奴婢不過是按照主子的吩咐做事而已。」

「什麼！」夏雨全身顫抖，猛地攥緊了拳頭，就連指甲插進了肉裡也沒有發覺。

她向來自視甚高，認為自己除了出身以外，不比任何人差，一直以來，為了往上爬而不擇手段，在她看來所做的一切都是對的！

可是當她快要成功的時候，最信任的人卻背叛她。

為什麼？為什麼她會相信這種忘恩負義之人？

她好恨！

當初不受沈梨若重視，她恨，恨她瞧不起自己。後來跟了穆婉玉，忍受穆婉玉對她的怒喝打罵，她也恨。再後來，三皇子府中的妻妾對她多般嘲笑，她更恨。

但是這一切都比不上晴兒的背叛，那種撕心裂肺的疼痛猛然間襲了上來，讓她呼吸困難，竟然是如此難受，如此痛苦。

「晴兒，動手！」沈梨若瞥了眼面部猙獰的夏雨。

她的話音剛落，夏雨便劇烈掙扎起來，卻怎麼也脫不開晴兒的挾持。

「妳別費力氣了。」沈梨若淡淡地說道：「晴兒可不是一般的弱女子。」

頓時夏雨停止了掙扎，她瞪著眼嘶叫起來。「妳想幹什麼？妳不能動我！」

「夏雨，我只不過是禮尚往來而已。」沈梨若輕輕笑了笑。「雖然這方法直接了點。」

「不……不，要除掉妳的人又不是我！」夏雨尖叫。「我不再是妳的婢女，我是三皇子的奉儀。」

沈梨若環抱著胸，一臉平靜看著夏雨尖叫。

若說恨，她最恨的不是穆婉玉，而是這個她衷心信任的夏雨。

雖然這種刻骨銘心的仇恨淡了很多，她也極力去忘卻，投入新的生活，但夏雨卻一次又一次逼她想起。沈家的事，中秋的事……加上這次遇刺的事，居然又讓她看見了她，這讓埋藏在她心裡深處的仇恨猛然間爆發出來。

「為什麼？為什麼妳一直都不喜我，無論我怎麼做……」夏雨癲狂地叫道。

沈梨若直直地望向夏雨。「夏雨，妳相信輪迴嗎？」

「什麼？」夏雨一愣，好一會兒沒反應過來。

在她愕然的目光中，沈梨若淡淡笑著。「或許在前世，我信妳、看重妳，待妳如姊妹，可是卻被妳背叛，被妳親手送上黃泉路，所以這一世我便不喜妳、厭惡妳，最後再為妳安排一個和我前世一模一樣的遭遇……」

她的話還未說完，夏雨嘶叫道：「胡說，胡說八道！沈梨若，妳想害我便直說，何必找這麼多亂七八糟的藉口？」

沈梨若的聲音輕輕柔柔。「是啊，何必和妳多費唇舌。」接著，揮了揮手。「晴兒，送她上路吧。」

「是，夫人。」

「晴……」

晴兒的雙手一扭，夏雨的聲音頓時戛然而止。

沒想到上一世妳背叛我，讓我死不瞑目，今生我卻一手安排妳死在最信任的人之手。

望著那雙帶著驚慌和恐懼的雙眼好一會兒，沈梨若才抬起頭望向晴兒。「將這裡收拾妥當，再替我給阿左帶個口信，妳就自由了。」

這晴兒便是阿左所說的三皇子府內的「朋友」，事後她才知道，晴兒是三皇子府的「釘子」之一。靖王府掌管皇上的私兵暗衛，主要負責打探消息。這支私兵成立的主要目的，不過是為了防止前朝謀反之事重演而已，當初皇上春秋鼎盛，威勢十足，並沒有重用這支隊伍，直至近兩年幾位皇子羽翼漸豐，爭鬥劇烈，皇上才開始重用這支隊伍。而晴兒便是那個時候進入三皇子府的，由於時日尚短，只是個普通丫頭，直到夏雨進了府……

這晴兒如今不過十七歲年紀，卻整日裡如履薄冰，身不由己，此生最大的希望也不過是獲得自由而已，所以沈梨若便應承她，在適當的時候還她自由。

聞言，晴兒那張冷著的臉終於出現了一絲鬆動，她低下頭欠了欠身。「謝謝夫人。」

雖然晴兒極力壓住心中的激動，但沈梨若還是聽出她聲音中隱隱的顫抖。

「不用，這是妳該得的。」沈梨若揮揮手。「告訴阿左，申時我在王府對面的麵片兒鋪。」

「奴婢遵命，夫人。」

「還有，幫我帶件衣衫，普通的。」

「是。」

第五十章　執子之手

還未到晚飯時間，洪大爺早已睡得昏天黑地，而洪大娘則坐在一旁百無聊賴地左看看右瞧瞧。

「老闆，來碗麵片兒。」忽然一個清脆的聲音響起。

洪大娘踢了身邊的洪大爺一腳，眉開眼笑地迎了上去。「姑娘快坐，這大冷天的，先喝完麵湯暖暖身。」

「好。」

洪大娘在此地開店多年，周圍各府上有面子的丫鬟婆子她都見過，不過這姑娘卻看著有些眼生，不免多瞧了兩眼。見她穿著一件紅底桃花枝的襖子，下面是白色提花棉裙，秀髮上插著根玉簪子，雖然穿著簡單，但全身上下卻有一種優雅和從容。

「姑娘請稍等，麵片兒馬上就好。」洪大娘滿臉堆笑，見洪大爺還在椅子上睡眼惺忪，急忙上去扯了扯他的衣衫。

「不急。」沈梨若見狀輕輕笑了笑。

她這身衣服是晴兒準備的，雖然普通，但料子卻是好的。

「麵片兒來了。」在洪大娘洪亮的聲音中，一碗熱氣騰騰的麵片兒擺在她的面前。

「謝謝大娘。」沈梨若笑道，今日她在這裡可是受了不少洪大娘的恩惠。

「姑娘客氣啥。」洪大娘連忙憨厚地笑道。

沈梨若拿起筷子，眼角輕輕地瞥了瞥靖王府的大門，馬上就到申時了，他應該來了吧？

她的視線一轉，掃了掃周圍神態各異的小販們，嘴角勾起一抹冷笑。

有幾個人已經顧不得掩飾，肆無忌憚地打量她。

她這樣的生面孔突兀出現，確實有些奇怪，雖然穿著普通，但整張臉可沒有半點隱藏或偽裝，此因她在來洪大娘的麵攤時，已經發現緊閉的靖王府大門開了一條縫，她相信若是這些「小販」有任何舉動，裡面的人一定會察覺。

沈梨若若無其事地吃著麵片兒，不遠處幾個「小販」已經丟下自己的攤子，開始往自己這邊移動。

就在這時，「砰」的一聲，靖王府的大門猛地打開，一行人急步走了出來。

那幾個開始移動的小販立刻身形一頓，開始左顧右盼、抓耳撓腮。

不過來人卻沒有理會這些人，他們直直地往洪大娘的攤子走來。

沈梨若站起身癡癡地看著領頭之人，他穿黑色繡金邊的深衣大氅，雖然一臉疲色，但難掩他絕世的風姿。

他來了！

望著他俊美而憔悴的臉，沈梨若的眼睛不由得一陣酸澀。

曾經有那麼一瞬間，她以為自己再也見不到他了。

現在終於又回到了他的身邊。

「若兒。」他沙啞疲憊的聲音竟然隱隱發抖。

「夫君，讓你擔心了。」沈梨若對上他幽深的眸子。

她的話音剛落，身子便猛地被擁入懷中。

「夫君。」沈梨若抬起頭，將他布滿血絲的眼睛和黑黑的眼圈收入眼底，心不由得一痛。

「若兒。」凌夢晨的手撫上了她的臉，嘴角頓時揚起一陣笑意，柔聲道：「咱們回家。」

「好，回家。」沈梨若重重點了點頭。

她轉過臉，冷冷地掃了眼周圍的小販，將他們灰敗的臉色盡收眼底。

凌夢晨似乎察覺到她的神色，轉過頭朗聲道：「阿左。」

「是，殿下。」一直跟在身後的阿左連忙上前一步，躬身道。

「這些人蹦躂了這麼久，也差不多了。」凌夢晨淡淡說道：「全都給我捆了，還給他們的主子。」

「是，殿下，屬下知道了。」阿左低下頭。

凌夢晨聞言，轉過頭俯下身子，一臉歉疚。「讓妳受苦了。」

說完，一把抱起沈梨若，在她的驚呼聲中大步向靖王府走去。

「紫羽，讓人準備熱水給夫人沐浴。」

「是。」

「再讓廚房備好夫人愛吃的菜。」

「是。」

穿過大門，走過青石路，直到進了屋子，凌夢晨才將沈梨若放到床上，但下一刻她的身子又被他攬入懷中。

「若兒，妳終於回來了，回來了。」凌夢晨嘶啞的聲音響起。

沈梨若扭了扭身子。他的力氣非常大，彷彿要將她揉入他的體內一般，或許是抱得太緊，她的肚子裡頓時一陣翻江倒海……

她立馬推開凌夢晨，俯下身子乾嘔起來。

「是不是哪裡不舒服？」凌夢晨連忙輕拍她的背。「我派人去找大夫。」

沈梨若一聽，一把抓住他的衣衫，擺了擺手。

凌夢晨見她臉色蒼白，又乾嘔不止，一臉焦急。「不行，妳這樣一定得看大夫。」

「我……我沒事。」沈梨若掏出手絹擦了擦嘴。

「這模樣怎麼會沒事呢？」凌夢晨擔憂。

見他緊張的模樣，沈梨若低下頭，右手撫上小腹，脫口而出的話頓時有些猶豫。

她可是失蹤快一個月了啊。

「我……」沈梨若忽地抬起頭，直接對上他那雙長長的鳳眸，咬了咬牙。「我懷孕了。」

「什麼？」凌夢晨一愣。

他呆愣的表情讓沈梨若心中頓時一陣苦澀。果然……

她冷冷地站起身。「世子殿下，我的意思是我有孩子了。」

在沈梨若冰冷的眼神中，凌夢晨眼睛一亮，猛地將她擁入懷中。「真的，有孩子了？幾個月了？」

沈梨若望著他滿是驚喜的臉，頓時一愣。他不是懷疑嗎？怎麼一下子又……

「有孩子了，我要當父親了，要當父親了，謝謝妳若兒……」

一聲聲帶著狂喜的話語傳入她的耳中，不知怎地，沈梨若心中一陣酸澀，眼淚唰的一下便流了出來。

察覺到她的異常，凌夢晨伸出手擦著她的眼淚。「怎麼了？怎麼哭了？」

「還不是你。」沈梨若一拳敲在凌夢晨的胸膛上。「我還以為你不認這個孩子。」

「妳在胡思亂想什麼！」凌夢晨吻了吻她的額頭。

「我……我畢竟失蹤了這麼久。」沈梨若吸了吸鼻子。「還是被人掠去的，這一路上不知多少人說我清白不保……」

凌夢晨摸了摸她的頭髮，笑道：「妳失蹤不到一個月的時間，若是別人的孩子，哪能這麼快得知？」

沈梨若一聽，頓時柳眉一豎，瞪圓了眼。「怎麼，若是我再失蹤一段時間，你是不是就認為我肚裡的孩子不是你的？枉費我費盡心思回來見你，你倒好，根本就不信我！」

見她發怒，凌夢晨忙笑道：「怎麼會不信呢，妳這麼機靈，又有誰能占得了妳的便宜。」

「哼！」沈梨若冷哼一聲，別過頭。「誰信你！」

隔了一會兒，凌夢晨的聲音忽然響起。「那人叫李真吧。」

沈梨若猛地轉過頭，錯愕地看向凌夢晨。

「他那倖存的兩個兄弟前幾日已經把一切都招了，包括京城最近的幾樁劫案都是他們做的。」凌夢晨淡淡說道：「昨晚，他劫獄時被抓了。」

「什麼？」沈梨若大驚。「夫君，他不是個壞人，他不僅救了我，還……」

「我知道，父親曾經救過刑部尚書的命，因此他便悄悄告訴了我李真已經落網。我去牢裡見了李真，知道妳在哪裡，連夜去了小李莊，沒想到卻撲了個空，妳竟然回了城……」凌夢晨攬住了她的肩。「妳膽子也太大了，懷著孩子還到處跑。」

「我……我這不是著急嘛。」沈梨若咕噥。

「知道妳回了城，我便讓人四處去尋，結果一直沒有消息，正擔心是否出了意外，沒想到妳竟然自己回來了……」凌夢晨握住沈梨若的手道：「答應我，下次不能這麼冒險了。」

「嗯。」沈梨若頓了頓。「夫君，李真的事……你能不能想想辦法？」

「今兒個一早，刑部尚書已將李真之事上報皇上。」凌夢晨道：「若是沒被抓還能想想法子，事到如今，我也無能為力。」

「可是……總不能眼睜睜地看著他就這樣送死啊。」沈梨若急道。

凌夢晨對上沈梨若擔憂的臉。「放心，我會想辦法保住他的命。」

「謝謝你，夫君。」沈梨若鬆了口氣，靠在他的肩膀輕聲道。

隔了良久，沈梨若抬起頭望著凌夢晨正色道：「夫君，有件事……這個……」

凌夢晨柔聲道：「說吧！別吞吞吐吐的，妳我夫妻，有何事不能說的。」

「當日出現的黑衣人好像是裕德郡主的人。」沈梨若垂下眸。「我回府的路上時無意中聽到一男一女……」

她的話還未說完，凌夢晨冷冷的聲音就傳來。「我知道。」

「啊？」沈梨若錯愕地抬起頭。

「妳不會以為，妳夫君我這些時日就只是在府中乾著急吧。」凌夢晨捏了捏她的鼻子。

「那後來出現的那批人是……」沈梨若問。

「是三皇子的。」凌夢晨冷笑。

一個心腸歹毒，一個自以為是。原先他是顧慮著不見若兒的蹤影，怕他們狗急了跳牆，現在若兒回來了，是時候該給他們一些教訓了，一個讓他們終身難忘的教訓。

就在這時，門外響起紫羽的聲音。「世子、夫人，熱水準備好了。」

凌夢晨低下頭，柔聲道：「妳先沐浴休息，現在妳最重要的事情就是養好身子，孕育我們的孩子，至於其他事情，為夫自會給妳一個完美的交代。」

「嗯。」沈梨若點了點頭。

「我這就讓阿左去找大夫，不對，找御醫來看看。這可是頭一個孩子，一定得好好檢查一下，該注意些什麼呢……母親也真是的，不知道跑哪裡去了，到現在還不回來……」

「或者請皇后娘娘派幾個經驗豐富的嬷嬷？對，就這麼辦……」凌夢晨口中喃喃自語地走出了房門。

「阿左，去顧家請顧永言來一趟。」

「紫羽，好好照顧夫人。」

過了許久，院中爆發出一個驚喜的笑聲。「哈哈，我要做父親啦！」

之後的日子便充滿了戲劇化，先是沈梨若回府、懷孕的消息傳了出去，果然不出所料，頓時引起了眾人的議論紛紛，就連皇后娘娘將凌夢晨傳入宮中時，也告誡他子嗣問題事關重大，要他注意，當場凌夢晨就翻了臉，將聞訊而來的裕德郡主踹翻在地。

接下來的幾天，好幾個女子與她們的父母兄弟堵住順天府的大門，為李真伸冤，說李真眾人不過是見自家女兒受人欺辱，才會路見不平拔刀相助，教訓那些作惡多端的富戶。

人們平日裡本就娛樂甚少，特別是那些深宅內院的婦人，生活枯燥乏味，沒有自由，對於這種只發生在書裡或者戲劇中的事情更是無比憧憬，幾乎是一夜之間，李真便成為所有人口中的大英雄、大豪傑。於是那些官員們便遭了殃，每日一回到家中，便有無數女人圍上來說李真的好話，或是抱怨他們這些當官的有眼無珠、錯把好人當賊，而刑部尚書更是有苦難言，在連著好幾日睡了書房，吃了冷茶冷飯後，終於鼓起勇氣向皇上表明：李真等人雖然罪行累累，但罪不至死。

一番折騰之後，李真等人終於保住了一條命，被判發配流川。

就在李真眾人出發後不久，一疊有關黑衣人的證據已呈到皇上的几案上，皇上一時大發雷霆，就連最心愛的茶具也摔了個粉碎，當天下午，裕德郡主便被摘掉郡主頭銜，杖責三十，永世不得回京。據說，當日裕德郡主的哀嚎聲響徹整個宮殿，她身邊的丫鬟去找皇后求情，卻連皇后的面都沒見著。

當晚，屁股開花的裕德就連夜被人抬出京城。

這是一片荒涼的沙地，除了幾塊為數不多的綠地，視野所及都是黃土地，幾乎沒有人煙。

一行人還有一輛馬車慢慢地走著。

忽然，馬車輾過石子，顛簸了一下。

「慢點兒，馬車走這麼快，若把郡主顛著了，小心你的腦袋。」隨著一個尖利的聲音，車簾被人掀開，一張女子的臉露了出來。

「是，是……玉容姑娘教訓得是。」駕車的男子低下頭，暗罵她狐假虎威。

馬車內，一個年紀不大的女子趴在鋪滿軟墊的座椅上，嘴裡不時哼著，正是裕德。

「郡主，您忍忍，再過半個時辰就通過這裡了，到時候就有城鎮，郡主可以好好歇息，不用受著顛簸之苦。」玉容低眉順眼道。

裕德哼了哼。她從小嬌生慣養，父母視若珍寶，何曾受過如此罪責。雖然如今臀上已經開始結痂，但皮開肉綻的疼痛卻似乎一直在刺激著她的神經。

「郡主！我還是郡主嗎？皇上已經去了我郡主稱號，妳這死丫頭現在這樣叫是在諷刺我是吧！」裕德一邊怒吼，一邊在玉容身上擰著。

「郡……小姐……」

就在這時，馬車猛地停了下來，裕德一時沒穩住身形，從座椅上翻了下來，疼得眼淚、鼻涕直流。

她剛想怒罵出聲，一個高昂的聲音便響起。「保護小姐。」

緊接著一陣劇烈的打鬥聲傳來。

裕德頓時顧不得屁股的疼痛，爬了起來，將玉容往前面一推。「去看看，怎麼回事？」

「可是郡……小姐……」玉容也是嚇得面無人色。

「快去！」

「是。」

玉容顫抖的右手還未碰到車簾，一個黑影猛地撲了進來。

「啊！」頓時玉容的尖叫聲響徹雲霄。「滾開，滾開！」

在玉容的拳打腳踢下，撲來的人影撞到車壁上，「哇」的一聲吐出一口鮮血。

「快……快跑……」說完，又嘔了一口鮮血，趴在地上再也不動彈。

「想跑？先問問我手中的劍。」一個冷冷的聲音傳來。

「小姐，怎……怎麼辦？」玉容順著聲音望去，才看見眨眼間自己這邊的人已盡數倒在地上，鮮血橫流，而站在她們面前的是十幾個蒙面的男子。

裕德臉色發白、渾身顫抖，忽然她雙手一伸，猛地拉過在一旁瑟瑟發抖的玉容擋在自己身前。

「小……小姐，您放開奴婢啊！」玉容劇烈掙扎著。

「妳不是說會一生一世對我忠心嗎？現在就是妳表現忠心的時候了。」裕德死死地攥緊了玉容。

「啪啪啪」隨著一陣鼓掌聲響起，為首之人道：「真是好個自私自利的主人。」

裕德將身子縮在玉容身後。「你們好大的膽子！光天化日之下竟敢殺人搶劫，你們知不知道我可是……」

「我知道，妳不就是那個失去郡主頭銜，被皇上趕出京城的裕德？」為首之人旁邊的男子忽然笑道。

「何必這麼多廢話，殺了。」為首之人冷哼一聲。

他的話音剛落，裕德立刻嘶聲叫道：「別！我有錢，我有很多錢，只要你們放過我，我的錢全給你，若是不夠，我可以讓我父親……」

「錢？再多的錢也換不回我兄弟們的命。」為首之人哈哈一笑，笑聲中滿是森冷恨意。

「這位大俠，別殺我，不關我的事啊……我只是個丫鬟，我什麼都不知道。」玉容尖叫，事到如今就算是傻子也知道這群人不是什麼劫匪，完全是衝著裕德來的。

為首之人瞥了眼玉容。「妳，一丘之貉。」

「你……你們究竟是誰？」裕德的臉上全是驚慌和恐懼。

「我是誰？妳根本沒有資格知道。」為首之人眼睛一瞇，手中的長劍一送，在裕德和玉容驚恐的眼神中貫穿了兩人的胸膛。

「你……你……」裕德木然低下頭，看著噴湧而出的鮮血，口中發出幾聲嘶吼便倒在地上，抽了幾下再也不動了。

為首之人旁邊的男子上前幾步，探了探兩人的脈搏和鼻息，才回頭道：「頭兒，死了。」

聞言，為首之人突然「咚」一聲跪在地上，磕了三個響頭，望著遠方道：「兄弟們，我終於為你們報仇了，你們安息吧。」

「頭兒……」

為首之人擺了擺手，好一會兒站起身，扯下面巾，露出一張稚嫩的臉，正是李真。

他轉過身對著其餘十幾位男子深深一揖。「李真在此多謝各位。」

其中一人上前一步。「李公子不必客氣，倒是李公子三人打暈押解的衙役逃脫，以後還需小心為好。」

李真一愣，忽然笑道：「閣下放心，在下曉得，此事全是在下兄弟三人所為，自始至終從未見過閣下等人。」

「那我們就告辭了。」男子點了點頭，抱了抱拳。

「好，告辭。」李真望著男子等人欲轉身離去的背影，忽然道：「請轉告世子和嫻夫人，他們的大恩大德，李真永世不忘。」

男子身形頓了頓，卻沒有轉頭，一行人的身影轉眼間消失在李真三人的視線內。

裕德的死並沒有在朝中引起軒然大波，一個失去封號、貶出京城的郡主是不會引起朝中那些「日理萬機」的大人們的注意，除了皇后傷心了幾日，皇上在朝堂上發了一頓脾氣外，一切和平日再無什麼不同。

冬去春來，天氣漸漸暖和。

三月十五，朝中絕大部分的大臣奏請皇上冊立三皇子為太子，皇上當場面色鐵青，嚴厲斥責三皇子無才無德，性格暴虐，結黨營私，殘害手足，何德何能可擔任一國之儲君。

四月初九，三皇子去拜見王貴妃時，大罵皇上昏庸無道，有眼無珠。

翌日，皇上下旨嚴厲斥責三皇子目無君父，罔顧倫常。自暴自棄的三皇子終於怒髮衝冠，將皇上派去宣旨的太監和一個侍衛當場打死。

四月十二，皇上下旨立六皇子為太子，將三皇子封為離王，賜封地流川，於十日後出發。

據聞，當晚王貴妃在皇上寢宮前跪了一夜，說流川乃是苦寒之地，自古以來都是犯人流放之所，請皇上收回成命。

但這一切都是無用之功，十日之後，三皇子——應該說是離王，淒涼地離開京城。

這一日陽光不錯，剛用過午膳，凌夢晨便陪著沈梨若到花園內走走。隨著朝中的紛擾遠去，她現在的任務就是專心養胎。

忽然沈梨若停下腳步，低呼一聲。「哎喲……」

「怎麼了？」凌夢晨頓時大驚。

「他……他踢我。」沈梨若摸著圓滾滾的腹部笑道。

凌夢晨頓時臉一拉，俯下身子，用手貼在她的肚子上。「你這個小調皮，又在你母親肚子裡折騰，出來以後看我不收拾你。」

「哪有你這樣嚇唬孩子的。」沈梨若推了推他，嬌嗔道。

「養兒子就是要嚴厲些，妳以後也別太寵了。」凌夢晨正色道。

「這是我兒子，你管得著嗎？」沈梨若兩眼一翻。

「沒有我，妳能生得出來？」凌夢晨輕笑。

夫妻倆吵鬧了一會兒，凌夢晨忽然道：「好了，給妳說件事。」

「什麼？」沈梨若揚了揚眉。

「剛傳來消息，劉家出事了。」

「劉家？」沈梨若愣了一會兒，才想起他說的是哪個劉家。「怎麼了？」

自從三皇子倒臺，力挺三皇子的劉家和穆家便跟著遭了殃，一直夾著尾巴過日子。

「前些日子不是告訴過妳，劉延林續弦一事嗎？」凌夢晨道。

「是啊。」沈梨若點了點頭。

前些日子，凌夢晨倒是和她說過，劉延林這位妻子林氏據說是懷遠將軍的姪女，不知怎地就看上了劉延林，直嚷著要嫁給他。懷遠將軍從小無父無母，是長兄將他撫養大，長兄去世後，他將姪女帶到身邊，視如己出，極為疼愛。雖然懷遠將軍對劉延林這個鰥夫極為不喜，但挨不住林氏的苦苦哀求便答應了。當時三皇子剛倒臺不久，劉家正是惶惶不可終日的時候，對於能和懷遠將軍拉上關係自然滿心歡喜，不顧穆家的意見給兩人完了婚。

穆婉玉本是以妾的身分抬進門，沈梨若死後，憑藉穆婉玉的身分家世，本是劉延林妻子當仁不讓的人選，可這半路上猛地殺出個林氏，穆婉玉算是最後一點希望也沒了。若是這林家小姐知書達禮，溫柔體貼還好，偏偏她雖然身材嬌小，卻力氣頗大，脾氣暴躁，對穆婉玉這個妾自然是橫眉冷眼，明裡暗裡沒少教訓她。

「前些日子，那穆夫人不知怎麼冒犯了林氏，被林氏好一頓教訓，當晚穆婉玉便藉著斟茶認錯的時機，進了劉延林和林氏的寢室，拿著剪子就向林氏刺去……」凌夢晨撇了撇嘴。這婦人心也真夠毒的。

「什麼？」沈梨若大吃一驚。「那林氏……」

「還好林氏及時發現，擋了一下，雖然沒刺到要害，卻也傷得不輕，現在還在床上躺著。」凌夢晨搖了搖頭。「至於穆婉玉被逮了個現行，已被打了一頓趕出府了。」

「哦。」沈梨若輕輕點了點頭。

聽到穆婉玉如此，她本應該高興的，可是如今的她心裡卻沒有激起一點波瀾，有的只是平靜，這也算是善惡到頭終有報吧。

一個月後，靖王府。

「啊……」一陣淒厲的慘叫聲傳出。

緊接著一個更加劇烈的咆哮聲響起。「為什麼都這麼久了，她還沒生出來……」

「殿下，別急，這女人生孩子都是這樣的。」一個老嬤嬤雖然低眉順眼，但語氣卻是極不耐煩。

「都是這樣?妳生過?」凌夢晨一把揪住老嬤嬤的衣領。

老嬤嬤頓時老臉一紅，不知道是臊的還是怒的。她十三歲入宮，一直待到現在，別說生孩子，連個正常男人都沒接近過，凌夢晨這一說頓時戳到她的痛處。

「奴婢沒有。」老嬤嬤氣得全身發抖。

「妳沒有還說什麼風涼話，滾一邊去。」凌夢晨一甩，將老嬤嬤拋到一邊，就要往屋子裡衝。

旁邊的阿左一見，急忙上前阻攔。「世子，不行啊。」

那老嬤嬤好不容易在小丫頭的攙扶下站起身子，見狀忙道：「殿下，這產房乃是血氣污穢之地，您不能進去。」

「裡面是我夫人和兒子，什麼污穢之地!阿左，你讓開。」凌夢晨怒吼道。

「世子，皇后娘娘特地派了經驗豐富的產婆和嬤嬤，沒事的，夫人一定會順利生下小世……」

阿左的話還未說完，裡面又響起一陣慘烈的尖叫聲。

「滾開。」凌夢晨一把推開阿左，衝向門口。「若是夫人有什麼不測，我一定要你們……」

忽然他的咆哮聲戛然而止，緊接著一個淡淡的聲音傳來。「紫羽，進去告訴產婆，好好給若兒接生，這個小子交給我了。」

紫羽一見來者，驚喜道：「長公主、王爺，您們回來了！」

「快進去吧。」徐雪銘揮了揮手。

「是，長公主。」紫羽忙一臉喜色地進了產房。有了長公主和靖王在，世子定不會鬧騰了。

直到天色已黑，靖王府才傳出一陣響亮的嬰兒啼哭聲。

「生了、生了！」徐雪銘一臉興奮。

凌越那冷冷的冰塊臉也難得出現了一絲笑意，雖然看上去比哭還難看。

「恭喜長公主，恭喜王爺，是個小世子。」一個嬤嬤抱著孩子走了出來。

「快給我看看。」徐雪銘抱過孩子。「這孩子長得真好。」

說到這兒，她頓了頓。「夫人呢？」

「稟長公主，夫人一切都好，不過有些疲憊。」嬤嬤滿臉笑意。

「那我們進去看看。」徐雪銘道。

「長……長公主。」

徐雪銘才邁出步子，就被一旁吞吞吐吐的阿左喚住。

「怎麼了？」徐雪銘轉過頭。

「世子……」阿左看了眼癱倒在地的凌夢晨。

「他腦袋不清醒，現在風大，正好讓他在這兒醒醒腦。」徐雪銘翻了個白眼，笑呵呵地抱起孫子跨進了產房。

隔沒一會兒，屋內便響起了陣陣逗弄孩子的歡笑聲。

只留下來來往往的奴僕，和倒在地上「醒腦」的凌夢晨……

望著不遠處巍峨秀麗的群山和潺潺流水，沈梨若躊躇了一會兒說道：「夫君，咱們就這麼走了，合適嗎？」

「有什麼不合適的，他們當初不是就這樣招呼也不打，把咱們丟了就跑？」一旁的凌夢晨撇了撇嘴。「再說了，有他們在，我一天連孩子都看不了幾眼。」

「也是。」沈梨若親了親懷中孩子柔軟的小臉。

就在這時，一葉扁舟徐徐駛來，一個人站在舟頭，遠遠一躬身，正是阿左。

凌夢晨剛扶著沈梨若上了小舟，紫羽便從艙裡鑽出來，行了一禮。

「快走。」

「是。」

小舟剎那間衝出，在河流中激起一串串白色的浪花。

大約行了小半個時辰，小舟拐入群山中，舟速也慢了下來。

沈梨若的眼前頓時呈現出另一番景象。

群山環繞，藍天碧水渾然一體，蔥翠的樹林間，群鳥飛舞，彷彿進入一個世外桃源。

「這世上竟有如此美景。」沈梨若抬起頭，望向身邊的夫君。

凌夢晨一襲白衣立於舟頭，在徐徐清風中，衣袂飄飄，超然如仙境中人。

沈梨若頓時癡了。

見她盯著自己，凌夢晨回過頭，唇角一揚，溫柔笑道：「若兒，這地方妳可喜歡？」

聲音低沈好聽，如同醇酒一般讓人回味。

沈梨若嫣然一笑，目光溫柔得要淌出水來。「喜歡。」

「妳喜歡就好，我們以後住在這兒如何？」凌夢晨伸手攬住她的腰。

「真的？」沈梨若頓時一喜。

「難道我還敢欺騙夫人嗎？」凌夢晨低頭微笑，那笑容中帶著喜悅，帶著滿足。「繞過這座山，便是臨州，那裡雖然不比京城繁華，卻是個水秀山青之地。這裡風景秀麗，又離臨州不遠，所以我便讓阿左在這兒尋了個莊子……」

「你什麼時候讓阿左去尋的？」

「三個月前。」

三個月前，那豈不是孩子剛出世？

頓時，沈梨若的眼睛濕潤了。她眨了眨眼，往凌夢晨懷裡靠了靠。他胸膛的溫暖透過布料溫熱著她的臉，在這一刻，她只覺得上天對她太好了，讓她遇到他，遇到這個愛她、體貼她的人，最重要的是，這個人也是她心中所愛。

作為一個女子，她還有什麼可奢求的？

大約行駛了一個時辰，兩人下了舟，坐上早已候在河邊的馬車。

經過大半日的路程，他們一行人來到目的地。

這是一座面積不大的莊子，坐落在山腳，不遠處有個小湖，樹木環繞、花草相伴，景色秀麗讓人迷醉。

「夫君。」沈梨若抬頭望向身邊的男人。

「快進去吧。」凌夢晨笑道。

「嗯。」沈梨若點了點頭，從紫羽手中接過孩子，和凌夢晨結伴而行。

可剛一跨進莊子，沈梨若便呆了。

站在她眼前的，除了幾個僕人婢女外，還有兩張熟悉的臉，正是留春和許四。

剎那間，沈梨若眼睛紅了，她仰起頭，嘴唇有些發抖。「夫君，謝謝你。」

「妳我之間，何須客氣。」凌夢晨淡淡一笑。「你們許久未見，去說說話吧。」

「嗯。」沈梨若應了聲，歡快地走了過去。

她懷中的孩子似乎也感受到母親的喜悅，從睡夢中睜開眼，咿咿呀呀叫著。

留春和許四急急忙忙迎了上來，朝兩人行禮過後，留春頂著一雙微紅的雙眼。「小姐，這就是小少爺啊？」

「嗯，他是軒哥兒。」沈梨若摸了摸孩子軟乎乎的小臉，一臉溫柔。

兩人說了一會兒話，留春抹了抹眼淚忽然道：「小姐，您猜我來這裡的路上看見誰了？」

對上沈梨若詫異的眼神，她道：「遇到穆小姐和劉公子了。」

「我們剛出陵城沒多久，便見到他們二人，若不是有個婦人喚他們，我都沒有認出來。您不知道，他們倆穿著布衣，滿是灰塵，連腳上的鞋都有些破了，看那樣子好像是走了很遠的路……還有那個喚他們的婦人，凶神惡煞，見到兩人便舉著鞭子又打又罵，劉公子剛開始還破口大罵，後來挨了幾記鞭子就忽地開始罵穆小姐……穆小姐似乎也惱了，衝上去對著劉公子又抓又打……」

在留春滔滔不絕的話語中，沈梨若滿是驚愕。

她知道穆婉玉被趕出了府，卻不知道劉延林和她在一起，留春口中的婦人應該是現在的劉夫人林氏吧……

劉延林、穆婉玉，還有夏雨……這些曾經深入她骨髓的名字已經變得模糊不清了。

前世之事，果然已如夢。

就在這時，一直含笑看著沈梨若的凌夢晨忽然朗聲道：「都來了，還躲什麼躲，出來！」

幾乎是他的聲音一落，門外便響起一陣嬉笑聲。「據聞靖王世子攜妻帶子離開京城，長公主大怒，懸賞一萬兩尋找世子殿下的蹤跡，本人最近阮囊羞澀，正好出來碰碰運氣。」

來人身材修長，面容俊美，正是木易。

凌夢晨嘴角一揚，雙手抱胸。「是嗎？那你覺得你有機會得到那一萬兩不？」

「當然能……」木易揚了揚頭，眼神一掃，忽然看見沈梨若手中的孩子，頓時驚喜地衝了過來。「妹妹，這就是我的乖甥兒啊？快讓舅父看看……」

可他才跨出一步，便被凌夢晨擋住了。

「你擋我幹麼？」木易雙眼一瞪。

「因為我不想讓我兒子和一個唯利是圖的人接觸！」凌夢晨扯了扯嘴角。

「你……」

「我怎樣？」

正當兩人鬥嘴之際，站在不遠處的沈梨若，癡癡地看著凌夢晨的背影，臉上滿是幸福和愛慕，她手中的孩子像是感染了母親的歡愉，也望著父親，揮舞著小手，咿咿呀呀出聲。

這時，正是夕陽西下之時，漫天光華傾瀉而下，在幾人身上渲染了一層淡淡的紅色，宛如一幅美麗的畫卷。

——全書完

重生裡無情似有情·機巧鬥智中藏纏綿悱惻／

一半是天使

想要獲得救贖，只能依靠自己。不想愚昧地懷著悔恨再活一次，

她要穿著美麗的外衣，智慧機巧地為自己推轉命運之輪……

絕色煙柳

文創風 079 上

那年，十五歲的柳芙，
從軟弱可欺的相府嫡女成為皇朝的「公主」，被迫塞上和親。
絕望的她在踏進草原的那一刻，
選擇自盡以終結即將到來的噩夢。
她奇蹟似地重生，回到八歲那年，
她開始明白，死亡改變不了自己的命運；
「前世」那些教她恨著的一切人事物，照舊來到她的面前；
為了獲得真正的「新生」，
她必須善用我見猶憐的絕色之姿，必須費盡心機、步步為營……
然而，姬無殤……成了她重生路上最大最洶湧的暗潮，
他那蘊藏著無盡寒意的眼眸，那看似無心卻能刺痛人的淡漠笑意……
總能將她帶回「前世」那些噩夢中，驚喘不已……
她愈想避開，他偏愈來糾纏；
他究竟意欲為何，連才八歲的她也緊迫盯人……

既然天可憐見，讓她重生一回……
她再不是那個任人欺凌的懦弱女子，
纖纖若柳、絕色之姿成了她的掩飾，
堅強的心志才是她扭轉命運的後盾……

文創風 080 中

柳芙這不到十歲的小人兒，心思玲瓏剔透，姿色猶如出水芙蓉，
想他姬無殤從不把任何一個女子看在眼內，
但這小小女子竟勾惹起他的好奇心，對她出乎尋常的在意。
然而就算對她上了心又如何，她不過是他計劃裡的一顆棋子，
她要是乖乖聽話，他可以容許她那些小小心眼兒、私心籌劃；
倘若她膽敢拒絕了他的交易，哼，她再沒一天好日子可過了……
這可恨又可惡的姬無殤，懂不懂得男女之別？
說話就說話，老愛貼得這麼近，那霸道氣息就快讓她窒息了。
雖然這副身子還只是個不到十歲的女童，
但她的心智已經是十五、六歲的少女了，
前生的她何曾和男子如此靠近過？更何況姬無殤還是她最怕的男人！
在他威逼的態勢之下，她哪有拒絕跟他交易的餘地……
她的生、她的死、她所在意的一切，無一不在他掌握之中啊！

姬無殤，這個天底下她最該防的男人，
時時刻刻放在心底怕著又躲著男人，
居然開口要跟她交易，
她竟傻得與虎謀皮……

文創風 081 下

皇上跟她要一句真心話，只要她願意，便讓她做裕王姬無殤的妃子……
她想起姬無殤那個霸道的吻，勾起的並非只是他心底的慾火，
更讓她正視了那顆掩埋已久、悄然生根發芽的懵懂情種。
一天天的，情意蔓延，愛了卻不敢真的去愛；
那種只有彼此相屬的感情，平淡相依、真實相守的日子，
是她想要的，卻不是姬無殤給得起的……
既然如此，不如就深埋起這段情，
為了他和親出嫁，這是她唯一能為他做的、真心真意……
姬無殤終於懂得情之一字有多折磨人！
在國家大事之前，他與柳芙只是兒女私情。
他能怎麼選擇，根本無從選擇！
眼看著自己唯一愛上的女子，穿上大紅嫁衣，和親出嫁……
他第一次嘗到剜心的痛，
他誓言，要在最短的時間內底定大局，迎她回朝……

願得一心人，白首不相離……
這是她唯一所願，
卻無法奢望她唯一所愛的男人能承諾實現……

國家圖書館出版品預行編目資料

吉時良緣 / 百里堂著. --
初版. -- 臺北市 : 狗屋, 民102.07
冊 ; 公分. --（文創風）
ISBN 978-986-328-099-6（下冊：平裝）. --

857.7 102011360

著作者	百里堂
編輯	黃淑珍
校對	黃鈺菁　黃薇霓
發行所	狗屋出版社有限公司
地址	台北市104中山區龍江路71巷15號1樓
電話	02-2776-5889～0
發行字號	局版台業字845號
法律顧問	蕭雄淋律師
總經銷	知遠文化事業有限公司
電話	02-2664-8800
初版	102年7月
國際書碼	ISBN-13　978-986-328-099-6
原著書名	《重生之名門閨秀》，由瀟湘書院（www.xxsy.net）授權出版

定價250元

狗屋劃撥帳號：19001626

網址：love.doghouse.com.tw　E-mail：love@doghouse.com.tw